KB171562

공부는 하기 싫지만 책은 쓰고 싶어

공부는 하기 싫지만 책은 쓰고 싶어

지은이 임세연,김채이,전은수,이용준,김보민,류채령,박하민,구민경,장현빈,정세린,이승민

발 행 2022년 09월 13일
펴낸이 한건희
펴낸곳 주식회사 부크크
출판사등록 2014.07.15.(제2014-16호)
주 소 서울특별시 금천구 가산디지털1로 119 SK트윈타워 A동 305호
전 화 1670-8316
이메일 info@bookk.co.kr

ISBN 979-11-372-9471-4

www.bookk.co.kr

공부는 하기 싫지만 책은 쓰고 싶어

임세연, 김채이, 전은수, 이용준, 김보민, 류채령
박하민, 구민경, 장현빈, 정세린, 이승민 공저

BOOKK

차례

머리말 5

제1화 책 읽기는 비타민이다 -- By 임세연 6
제2화 그저 사랑(just love) -- By 김채이 21
제3화 자존감이란(넘어져도 괜찮아)? -- By 전은수 49
제4화 미친 사람에 미친 사람 -- By 이용준 67
제5화 미친 사람 중에 미친 사람 -- By 이용준 84
제6화 사춘기 소녀들을 위한 -- By 김보민 103
제7화 중학교 심리 생기부 -- By 류채령 117
제8화 지구 온난화가 미치는 영향 -- By 박하민 132
제9화 클래식 음악에 퐁당 -- By 구민경 140
제10화 학생은 운동을 해야 하나 -- By 장현빈 147
제11화 보다 빠르게, 보다 높게, 보다 강하게 -- By 정세린 177
제12화 당신이 책을 써야만 하는 이유 -- By 이승민 188

맺음말 228

〈90일 책 쓰기 프로젝트〉를 진행하고 벌써 2년 6개월이라는 시간이 흘렀다. COVID 바이러스가 세계적으로 확산하면서 한 치 앞을 볼 수 없는 불확실한 미래가 펼쳐 졌지만, 포스트 코로나를 준비하는 뜨거운 열정은 그것을 뛰어넘었다. 우여곡절 끝에 15기를 마무리한 〈90일 책 쓰기 프로젝트가〉가 그 사례이지 않을까?

불확실한 미래를 떠안고 글을 쓴다는 것은 무엇보다 힘든 일이다. 잠시 한눈을 팔면 끝없는 나락으로 떨어지기 가장 좋은 작업이기 때문이다. 그러나 그 힘든 인내의 과정을 거쳐 또 한 권의 열매가 탄생했다. 짧은 시간에 누구나 글을 쓸 수 있다는 것을 보여 주는 귀중한 사례이다. 글쓰기를 시작하려는 예비 작가들은 이글을 보면서 용기를 얻을 수 있기를 바란다.

경험한 것보다는 경험해야 할 것들이 더 많고 배운 것 보다 배워야 할 것이 더 많은 풋풋한 중학생의 글이다. 학원에 보충학습에 바쁜 학생들이 소중한 방과 후 시간과 여름방학을 할애해서 쓴 글이다. 최소한의 편집 과정을 거쳐서 있는 그대로의 글을 옮겨 담았다. 부디 중견 작가에게 향하는 질타의 눈으로 이 글을 읽지 말고 초보 작가들이 책 쓰기라는 긴 여행에 첫발을 안전하게 내디딜 수 있도록 격려와 용기의 눈으로 바라봐 주기를…….

제1화 책 읽기는 비타민이다

어렸을 때 부모님이 읽어주시던 동화책이 있었습니다. 아무것도 모르고 마냥 책 읽는 것이 좋아서 집에 있는 동화책을 부모님께 읽어달라고 부탁했었던 기억이 납니다. 그때는 그 작은 종이 안에 재미있는 이야기가 엄청나게 많이 들어있다는 사실이 너무 신기했었습니다. 그런데 초등학교에 입학하고 나서부터는 책을 거의 읽지 않았습니다. 글을 스스로 읽을 수도 있었고, 학교에 도서관도 있어서 책을 읽을 기회는 많아졌지만, 책을 읽지 않고 놀기만 했습니다. 매일매일을 똑같이 학교가 끝나면 스마트폰으로 유튜브를 보면서 시간을 보냈습니다. 말 그대로 초등학생 생활을 놀고먹기만 하면서 할 일 없이 시간을 보냈습니다. 지금에 와서 생각해 보면 왜 그랬을까 하고 후회가 됩니다. 그렇게 놀기만 하다 보니 책은 거의 읽지 않고 겨우 방학 숙제로 독후감을 쓸 때나, 수업시간에 필요할 때만 도서관에서 빌려서 읽었습니다. 어느덧 시간은 훌쩍 흘러서 1학년에서 6학년이 되었습니다. 지금도 지속하고 있지만, 그때는 전국적으로 코로나바이러스가 퍼져서 야외 활동을 거의 하지 못했습니다. 때마침 여름방학 때 숙제로 내준 '책 읽고 독후감 쓰기'가 있었는데 한 권의 책을 읽는 것으로만 그치지 않고 다양한 책들을 참고하기 위해 서점에 갔습니다. 학교에서 읽으라고 해서 읽은 책은 재미가 없었는데 스스로 서점에 가서 읽었던 책은 무척이나 재미있었습니다. 책을 다 읽고 나서는 스스로 그리고 여러 권의 책을 읽었다는 사실에 뿌듯함과 성취감도 느낄 수 있었습니다. 그날 이후로 시간이 나면 서점에 가서 종종 책을 읽었습니다. 저에게 있어서는 6학년 여름방학 독후감 숙제가 독서에 관심을 가지고 독서가 취미가 될 수 있었던 결정적 계기를 제공해 주었다고 생각합니다.

그런데 계속 읽다 보니 '책을 읽으면 나에게 어떤 점이 좋을까?'라는 생각을 가지게 되었습니다. 사실 이런 생각은 학교에서 방학 숙제로 독서를 내줄 때부터 가지게 되었는데 책을 읽다 보니 점점 더 궁금해졌습니다. 그래서 선생님과 어른들께 '독서를 하면 무엇이 좋나요?'라고 물어보았습니다. 그러나 선생님과 어른들은 비슷한 대답만 들려주었습니다. '그냥 어렸을 때부터 많이 읽어놔야지 어른이 돼서 좋다.', '책을 읽으면 마음이 편해진다.', '책을 읽으면 마음의 양식이 쌓인다.' 등등 구체적이지 않고 공감이 안 되는 대답을 해주었습니다. 책을 읽는 좋은 점에 관해서 구체적이고 멋있는 말이 돌아올 줄 알았지만, 누구나 대답할 수 있는 일반적이고 교과서 같은 대답만 해주어서 실망감이 들었습니다. 그때부터 제대로 대답을 해주지도 못하면서 책을 읽으라는 어른들의 말에 약간에 반발심이 들었습니다. 그래서 초등학교 저학년 때는 매일 귀에 피가 나도록 책을 읽으라는 어른들의 말을 듣고도 책을 읽지 않았습니다. 한참을 지나 초등학교 6학년이 되어서야 '왜 책을 읽어야 하는지'에 대해 조사해볼 마음이 생겼고 '책을 왜 읽어야 하는지'에 관한 답을 조금이나마 찾을 수 있었습니다. 그 답을 안 뒤부터는 무작정 책만 읽으라는 어른들에 대한 반발심이 줄어들었습니다. 서점에 가서 책을 고를 때마다 '이 책을 읽으면 나에게 이런 점이 좋겠지?'라는 생각을 가지게 되었습니다. 책의 좋은 점을 알고 나니 새로운 책을 만날 때마다 알 수 없는 기대감과 책에 대한 믿음이 생기기 시작했습니다.

시간이 흘러서 중학교 1학년이 되었습니다. 그전까지는 청소년 필독도서에만 있는 책을 읽었는데 서점에 있는 책들을 둘러보다가 그동안 읽지 않았던 종류의 책들이 눈에 들어왔습니다. 그것은 바로 '수필'이었습니다. 수필은 그동안 읽었던 책과는 달리 형식이 정해지지 않고 작가가 전달하고 싶은 내용을 자유롭게 적은 책입니다. 그래서 그런지 일반 책들과는 달리 읽기가 편하고 더 재미가 있었습니다. 수필을 읽고 나서 삶을 더 긍정적으로 바라볼 수 있게 되었습니다. 평소에 이상하다고 생각해서 하지 않았던 행동들이 이상한 것이 아니라고 수필은 말해주었습니다. 그런 수필을 자주 접하다 보니 글을 쓰는 것에 관해 점점 관심을 두게 되었습니다. 글을 써서 다른 사람에게 생각을 전달하는 것이 너무나 멋있어 보였고 나도 그런 책을 쓰고 싶다는 생각을 하게 되었습니다.

중학교 2학년이 되었습니다. 2학년 때에는 시험공부 때문에 중학교 1학년 때보다는 책을 많이 읽지는 못했습니다. 그때 한 선생님이 나에게 '다독다독'이라는 독서 동아리를 추천해주셨습니다. 아직은 책을 읽는 것에 관심이 있어서 이참에 동아리에 들어가서 책을 읽어보고 이야기를 나눠보는 것도 재밌겠다 싶었습니다. 동아리에서는 하나의 주제로 짧은 글쓰기를 하거나 릴레이로 소설을 써서 친구들에게 발표하는 시간을 가졌습니다. 또 한 주제와 관련된 책을 읽고 토론을 하는 활동을 했습니다. 책을 읽고 생각한 것을 다른 친구들은 다르게 생각하기도 하고 공감하는 친구도 있었습니다. 다양한 생각들을 공유하는 것이 굉장히 흥미롭고 재미가 있었습니다. 그러던 중 동아리 선생님께서 여름방학에 작가분이 오셔서 글을 쓰는 방법을 알려주고 자신이 쓰고 싶은 주제를 정하여서 책을 만든다고 하셨습니다. 평소 글쓰기에 관심이 있었고 책을 쓰고 싶다는 생각을 하고 있었기에 기분이 엄청 좋았습니다. 그래서 초등학교 1학년 때부터 초등학교 6학년 때까지 고민하고 궁금하였던 주제인 [책은 왜 읽어야 하고, 읽으면 무엇이 좋을까?] 라는 내용으로 책을 쓰기로 마음먹었습니다. 지금부터는 제가 고민했던 '책은 왜 읽어야 하고 읽으면 무엇이 좋은지'에 대해서 자세하게 알려드리도록 하겠습니다.

우선 책이 왜 좋은지에 대해 말해보겠습니다. 책은 과거의 사람들이 살아가기 위해 만든 매체입니다. 글이 없었던 시대에는 지식을 가지고 있던 사람이 죽게 되면 남아 있던 사람들에게 지식을 전할 수 없었다고 합니다. 그래서 사람들은 글을 만들었고 지식을 가지고 있는 사람이 그 글을 이용하여서 자신이 알고 있는 지식을 글로 남겼습니다. 그 글을 모아놓은 것이 책이라고 합니다. 이렇게 만들어진 책은 수백 년 길게는 수천 년까지 이어져서 후대에 사람들에게 영향을 줍니다. 그래서 책이 없던 시대에는 지식을 가지고 있는 사람이 죽으면 그 지식을 다른 사람이 알려면 수십 년이 걸려서 지식의 발달이 느렸지만, 책이 생긴 다음부터는 지식을 가지고 있던 사람이 죽어도 그 사람이 적은 책을 읽기만 하면 그 지식을 알 수 있게 되었습니다. 현재에도 책이 없었더라면 지금은 없는 작가의 생각을 알 수 없었겠지만, 우리는 책이라는 매체를 통해 현재는 없는 작가의 생각도 들여다볼 수 있게 되었습니다.

또 성공한 사람들이 쓴 자서전을 통해 어떻게 성공할 수 있었는지, 어떻게 고난을 이겨내었는지 알 수 있게 되었습니다. 그리고 책은 어디서나 읽을 수 있다는 것이 장점입니다. 글이 없던 시대에는 전하고 싶은 말이 있었으면 직접 그 사람에게 찾아가서 전해야 했습니다. 하지만 글이 생기고 나서는 편지라는 것으로 의사소통을 하였습니다. 그리고 지금에 와서는 SNS를 통해서 멀리 있어도 의

사소통이 가능해졌지만, 자신이 알리고 싶은 내용을 한 명한 명에게 써야 한다는 단점이 있습니다. 하지만 책은 좀 다릅니다. 자신이 원하는 정보를 한번 쓰고 복사를 해서 책으로 만들면 그 정보에 대해 알고 싶어 하는 사람들이 책을 빌리거나 사서 읽으면 된다는 큰 장점이 있습니다. 이제는 왜 책을 읽어야 하는지 말해보도록 하겠습니다.

첫째, 공부를 더 잘할 수 있게 도와줍니다. 우리는 학생입니다. 그래서 공부를 해야 합니다. 공부하려면 충동성을 억제해야 합니다. 공부하기로 계획을 세웠지만, 게임을 하고 싶다는 생각이 들 때가 있습니다. 그럴 때는 게임을 하고 싶다는 충동을 이겨내야지만 공부를 할 수 있습니다. 하지만 충동성을 이겨내려면 뇌에 앞부분의 있는 전두엽의 힘이 있어야 합니다. 하지만 상대적으로 전두엽의 힘이 충동성보다 현저히 낮다고 합니다. 그래서 이 전두엽의 힘을 기르려고 노력을 하지 않는다면, 충동성은 더욱더 커져 결국에는 조절조차 불가능해질 것입니다. 그러면 전두엽의 힘을 기르려면 어떻게 해야 할까요? 바로 자기조절능력을 기르는 것입니다. 이 자기조절능력을 기르려면 집중력을 높여야 하는데요. 자신이 흥미롭다고 생각하여 자연스럽게 생기는 집중력이 아닌, 자기 자신이 집중하고 싶어서 만들어내는 집중력을 높여야 합니다. 이 집중력을 높이기 위해서는 책을 읽어야 한다고 합니다. 즉 충동성을 억제하고 더 좋은 선택을 하기 위해서는 책을 읽어야 한다는 것입니다. 하지만 마냥 책을 많이 읽는다고 해서 집중력이 높아지는 것은 아닙니다. 책을 훑어보듯 읽지 말고 꼼꼼하고 이해하면서 읽어야지 집중력이 높아집니다. 이렇게 책을 꼼꼼하고 이해하면서 읽게 되면 집중력이 높아지게 되고 나면 자신이 계획한 일은 실천하게 되는 사람이 될 것입니다. 또한, 공부하려고 교과서를 읽었을 때도 책을 읽지 않았을 때와 다르게 기억에 더 오래 남고 이해도 더 잘 될 것입니다.

또 공부에 도움이 되는 것이 있습니다. 학교에서 시험을 볼 때 국어에서는 지문이 나옵니다. 고등학교에서는 문학과 비문학이 나오기도 합니다. 여기서 시험을 잘 보기 위해서는 글을 잘 읽고 잘 이해할 수 있어야 합니다. 글을 잘 읽고 잘 이해하게 만들 방법은 독서를 하는 것입니다. 여기서 중요한 것은 꼼꼼하고 천천히 읽으면서 완전히 이해하면서 읽고 꾸준히 읽어야 한다는 것입니다. 책을 읽는 것이 익숙하지 않은 사람의 뇌는 꾸준히 일고 책에 익숙한 사람의 뇌보다 책을 읽는 효과가 떨어집니다. 그래서 효과를 높이고 싶다면 꾸준히 책을 읽어야 합니다. 책을 꾸준히 읽으면 우리의 뇌는 글을 읽는 능력인 독해력과 글을 이해하는 능력인 이해력을 높여줍니다. 이 독해력과 이해력은 우리가 시험에서 지문을 읽을 때 유용하게 사용됩니다. 책을 평소에 읽지 않은 사람들보다 더 지문을 빨리 읽고 잘 이해하게 되는 것입니다.

두 번째 이유는 누구나 잘 알고 있는 사실이기도 합니다. 바로 어휘력 향상입니다. '어휘력이 좋아지면 무엇이 좋냐'라고 궁금해하는 사람이 있을 것입니다. 사람을 처음 볼 때 많은 것을 봅니다. 그 사람의 성격, 외모, 취향, 행동 등등이 있습니다. 그중에는 사람의 말투도 포함이 되어있는데요. 당연히 상대방의 말투가 어눌하고 서툴다면 호감 역시도 떨어지게 될 것입니다. 하지만 말을 조리 있게 잘하고 자신이 전하고 싶은 말을 분명 있게 말한다면, 그 사람에 대한 호감 역시 높아지게 될 것입니다. 책은 앞에서도 말했듯이 책은 수백 년 길게는 수천 년 동안 이어져 온 것입니다. 그중에는 전문가들이 쓴 책들도 있습니다. 전문가들이 쓴 책들은 그 분야에 관한 전문용어들이 있습니다. 우리가 그 책을 꼼꼼하고 이해하면서 본다면 그 전문용어에 대해 익숙해집니다. 그렇게 된다면 자신이 아는 분야가 다양해질 것이고, 자신이 표현하고 싶은 말을 할 때 막힘 없이 단어 선택을 함으로써 어휘력이 높아질 것입니다. 어휘력이 높아지면 다양한 상황 속에서 유리하게 작용합니다. 예를 들어 회사에 들어가기 위해 면접을 볼 때라던지, 자신이 원하는 것을 얻기 위해 상대방을 설득할 때라던지 등등 어휘력 하나만 높아져도 자신에게 이득이 되는 일이 많아집니다.

이제부터는 책을 읽음으로써 좋은 점을 가지게 된 인물을 소개하거나, 그 인물이 어떻게 책을 읽는지에 대해 알려드리겠습니다. 먼저, 유명한 자동차 회사의 회장인 일론 머스크입니다. 일론 머스크의 동생 킴 벌의 말에 따르면 "일론 머스크는 어렸을 때부터 손에 책이 있었습니다. 하루에 열 시간씩 책을 읽었고, 주말이면 책을 두 권을 읽었습니다."라고 말할 정도로 어린 시절에 일론 머스크는 독서를 좋아하는 아이였습니다. 일론 머스크는 다양한 책 중 특히 훌륭한 기술자나 기업가들의 자서전을 읽는 것을 좋아했다고 합니다. 벤저민 프랭클린, 알베르트 아인슈타인, 니콜라 테슬라 등의 자서전을 읽었다고 합니다. 그리고 일론 머스크는 로켓을 만드는 방법을 어디서 배우게 되었냐는 질문에는 "책에서"라고 대답할 만큼 책 읽는 것을 좋아했습니다.

세계에서 가장 유명한 억만장자라고 불리는 사람입니다. 바로 빌 게이츠인데요. 빌 게이츠는 누구나 알다시피 책을 좋아하는 사람이라고 알려져 있습니다. 사춘기 때는 부모님에게 반항하려고 연필을 씹으면서 책을 읽었다고도 합니다. 책에 대해 "오늘의 나를 있게 한 것은 우리 마을의 도서관이었다. 하버드 졸업장보다 소중한 것은 독서 하는 습관이다"라고 말할 만큼 책에 대한 애정이 남달랐습니다. 빌 게이츠가 책을 읽는 방법은 세 가지가 있습니다.

첫 번째, 노트에 정리하면서 읽는 것입니다. 빌 게이츠는 책을 읽을 때 작가의 생각과 본인의 생각이 맞는지, 다르면 어느 점이 다르고 작가가 왜 그렇게 생각하는지 적는다고 합니다. 때로는 자기 자신과 토론을 하기도 한다고 합니다. 이런 독서 방법은 책의 내용을 자기 것으로 만들고, 완벽하게 이해할 수 있어서 책의 내용을 잘 기억할 수 있다고 합니다.

두 번째, '끝까지 읽지 못할 책은 읽지 않는다'입니다. 빌 게이츠는 자신이 끝까지 읽지 못하는 책은 읽지 않는다고 합니다. 빌 게이츠가 책을 고를 때는 '나의 시간을 투자하여 읽어도 안 아까운 책'과 '끝까지 읽을 만한 가치가 있는 책'으로 기준을 세워서 책을 고른다고 합니다. 책을 읽을 때 자신만의 기준을 세워서 꼼꼼하고 까다롭게 고르고 골라서 좋은 책을 골라서 자신의 시간을 투자해도 아깝지 않고, 자신에게 꼭 필요한 책을 읽어서 자신을 더욱더 발전시킬 수 있는 독서 방법 같습니다.

그럼 어떻게 좋은 책을 고를 수 있을까요? 좋은 책을 고르는 것은 앞에서 말했듯이 시간을 낭비하지 않고 자기 자신을 빠르게 발전시킬 수 있다는 것입니다. 그리고 책을 사는 비용도 아낄 수 있습니다.

좋은 책을 고르는 첫 번째 방법은, 자신의 수준과 맞는 책을 고르는 것입니다. 책의 수준이 자신과는 맞지 않고 너무 높으면, 오히려 책의 흥미를 떨어뜨릴 수 있습니다. 그리고 책을 읽는데 가독성이 떨어져서 시간 효율도 떨어질 수 있습니다. 그러니 자신의 수준을 고려하여 읽는 것이 좋습니다. 책의 장르도 마찬가지입니다. 자신이 관심 있는 장르를 골라야지 책에 들어있는 지식도 잘 들어와서 책의 좋은 점이 배가 될 것입니다.

좋은 책을 고르는 두 번째 방법은, 주변으로부터 좋은 책을 추천받는 것입니다. 앞에서 말했듯이 빌 게이츠도 선생님의 추천을 받아서 책을 읽었습니다. 책을 추천받는 것은 먼저 책을 읽은 사람으로부터 추천을 받아서 읽는 것 또한 좋은 방법입니다. 만약에 주변에 물어볼 사람이 없다면 인터넷 사이트의 댓글을 보아도 됩니다. 하지만 무작정 추천을 받았다고 해서 읽으면 안 됩니다. 직접 서점에 가서 초반 내용을 읽어보는 것이 좋습니다. 사람마다 취향이 다르고 책을 읽는 스타일이 다르기 때문입니다.

좋은 책을 고르는 마지막 방법은 다양한 장르에 도전해 보는 것입니다. 자신이 평소에 소설을 즐겨 있었다면 열 번 중에 한 번은 수필을 읽고, 특정 분야 책을 읽는 것이 좋습니다. 특정 장르의 책만 읽게 된다면 다양한 책은 못 읽게 될 것입니다. 그리고 같은 장르만 읽게 되면 질리게 되어서 책에 대한 흥미를 떨어뜨릴 수도 있습니다. 특정 분야를 전문적으로 다루는 책을 읽게 되면 당연히 그 분야에 대한 지식도 자연스럽게 가지게 될 것입니다. 다시 빌 게이츠가 책을 읽는 방법으로 넘어가겠습니다.

세 번째는, 책을 읽을 시간을 확보하는 것입니다. 빌 게이츠는 책을 읽기 위해 한 시간이라도 시간을 만들어서 읽으라고 말합니다. 책을 집중하고 꼼꼼하게 읽어야지 기억에 오래 남기 때문에, 오로지 책에만 집중할 수 있는 시간을 만드는 것입니다. 또 매일 같은 시간에 한 시간씩 책을 읽게 되면 책 읽는 것이 습관이 되어서 나중에는 억지로 책을 읽는 것보다는 자신이 읽고 싶어서 책을 읽게 될 것입니다. 책의 힘을 최대한 쓸 수 있게 최적의 환경을 만드는 간단 하면서도 어려운 방법인 것 같습니다.

일론 머스크와 빌 게이츠를 제외하고 수많은 부자 혹은 성공한 사람들의 특징은 독서를 즐겨 한다는 것입니다. 꼭 독서를 한다고 성공하는 건 아니지만 성공한 사람들은 독서를 합니다. 휴가를 갈 때도 꼭 읽을 책은 가지고 간다고 합니다. 그들은 어떻게 책을 습관처럼 읽을 수 있었을까요? 바로 꾸준함이라고 생각합니다. 자신이 하고 싶은 일이 있으면 끈질기게 매달려서 자신의 것으로 만들려는 생각을 꾸준히 하면, 책을 읽는 습관이 생길 것입니다.

이렇게 책을 읽는 것은 파면 팔수록 좋은 점만 나옵니다. 하지만 주변 어른들은 자세하고 구체적인 책을 왜 읽어야 하는가를 알려주지 않았습니다. 매일 추상적인 대답으로 '진짜로 책을 읽으면 저렇게 될까?'라는 의구심을 가지게 되었습니다. 그러다 보니까 우리는 서서히 책에 관심을 주지 않게 된 것 같습니다. 가면 갈수록 떨어지는 '청소년 독서량이 떨어지는 문제가 왜 일어났을까?'에 대해 알아보겠습니다.

청소년 독서량이 떨어지게 된 이유 첫 번째입니다. 예전보다 우리 주변에 전자기기들이 많아졌다는 것입니다. 우리는 어딜 가든 스마트폰을 들고 다닙니다. 요즘에는 어린아이들도 하나씩은 꼭 스마트폰을 들고 다닙니다. 예전에는 필요한 지식이 있으면 신문이나 책에서 찾아보았습니다. 하지만 요즘은 필요한 지식이 있으면 인터넷에 쳐 찾아보는 방식으로 바뀌었습니다. 그리고 자신의 재미를 충족시키기 위해서도 스마트폰을 보기도 합니다. 그리고 최근에는 바이러스 때문에 밖에 잘 안 나가고 온라인으로 수업하다 보니 전보다 훨씬 전자기기에 가까워졌기 때문에 책을 안 읽게 되었습니다.

두 번째 이유입니다. 책을 읽을 시간이 없다는 것입니다. 청소년 독서량은 나이가 들면 들수록 낮아집니다. 초등학교는 중, 고등학생과 비교하면 비교적 책을 읽을 시간이 많아서 책을 읽고 싶다면 읽을 수 있습니다. 하지만 중, 고등학생은 시험공부, 학원 숙제, 수행평가 준비 등등 해야 할 것이 많이 있어서 책을 읽고 싶어도 못 읽게 됩니다.

대부분 이유가 비슷비슷합니다. 스마트폰을 하고 싶어서, 책은 재미가 없어서, 시간이 없어서 등등이 있습니다. 만약 이 문제점이 해결되지 않는다면 청소년 독서량은 가면 갈수록 떨어지게 될 것입니다. 그렇게 계속 떨어지게 된다면, 문해력이 떨어지게 될 것입니다. 문해력은 좋은 일자리를 얻는 것에 깊은 관련이 있는 것으로 알려졌습니다. 높은 수준의 문해력을 가지게 된다면 최하위 수준에 비교하면 평균 시급은 60% 이상 올라가게 되고, 취업률은 2배 가까이 올랐습니다. 그리고 문해력이 높아지게 된다면, 학습 능력을 높일 수 있습니다. 공부하려면 문제집에 나오는 문제들과 지문들을 완벽하게 이해해야지 문제를 잘 풀 수 있습니다. 만약 문해력이 떨어지게 된다면 문제를 풀 수 있는 능력은 있어도 문제를 이해하지 못하기 때문에 문제를 지 못합니다. 그러니 공부를 잘하려면 책도 꾸준히 읽어줘야 한다는 것입니다. 또 어른이 돼서도 필요합니다. 이제는 살아가기 위해 다양한 지식을 요구하는 세상입니다. 그 모든 지식을 이해해야지 잘 살아갈 수 있는 것입니다. 그리고 사회는 갈수록 진실한 정보와 거짓된 정보를 판단해야 합니다. 그래서 앞으로의 사회를 살아가기 위해서는 정보를 해석하는 능력인 문해력을 필수로 요구합니다. 그래서 스스로 문해력을 높이고 정보를 읽고 해석하여 실천할 수 있는 문해력을 꼭 가져야 합니다.

그럼 학생들이 책을 읽게 하려면 어떻게 해야 할까요? 우선 책에 대한 거부감을 없애줘야 합니다. 학교에는 독서를 하면 무엇이 좋은지 정확하게 알려줘야 하고, 실천할 수 있게 도와줘야 합니다. 그리고 자기 자신도 그것을 실천하기 위해 끊임없이 노력해야 합니다. 앞에서도 말했듯이 똑같은 장소, 똑같은 시간대에 매일매일 한 시간이라도 책을 읽게 된다면, 책을 읽는 것이 습관이 될 것입니다. 그리고 이런 말이 있습니다.

“반드시 한 가지 책을 익히 읽어서 그 안의 참된 이치와 뜻을 모두 깨달아 모두 통달하고 의심이 없게 된 연후에야, 비로소 다른 책을 읽을 일이다. 여러 가지 책을 탐내어 이것저것을 얻으려고 분주히 섭렵해서는 안 된다.” - 율곡 이이

처음에 너무 다양한 지식을 얻기 위해서 여러 가지 책을 대충 훑어 읽으면 안 됩니다. 꼭 하나의 책을 완전히 읽을 때까지 꼼꼼하게 이해하면서 읽어야지 책의 좋은 점을 얻을 수 있다는 사실을 기억해 주면 좋겠습니다. 이 책을 읽는 사람 모두 성공하길 바랍니다.

저는 책을 처음 써 보았습니다. 그래서 아직 이상하고 어색한 부분이 있겠지만 양해 부탁드립니다. 독서 동아리에서 책을 써보는 좋은 경험을 하게 되어서 기뻤습니다. 저도 이 책을 쓰면서 책을 읽으면 좋은 점을 처음 안 부분도 있어서 신기했습니다. 이 책을 읽고 책의 좋은 점을 알게 되어서 평소에 책을 많이 읽게 되었으면 좋겠습니다. 지금까지 저의 책을 읽어주셔서 감사합니다.

책은 위대한 천재가 인류에게 남긴 유산이다. - 에디슨

제2화 그저 사랑(just love)

처음으로 글을 쓰게 되었다. 주제를 무엇으로 할까 고민하다 그때 딱 사람들이 관심을 가질만한 주제가 생각났다. 바로 '사랑'이라는 주제다. 사랑은 예전 구석기 시대부터 우리와 동물들이 느꼈던 감정이다. 그때는 서로 사랑이라는 감정을 몰랐던 시대고 자신이 느껴보지 못했던 감정을 느꼈을 거다. 이렇게 오래전부터 있었던 사랑의 감정이 지금은 꼭 필수라고 생각하는 시대가 되었다. 그래서인지 지금은 사랑이 어떠한 감정이고, 어떠한 마음을 가지는지 아는 사람이 좀 많아졌다. 그러면서 좋아하는 것과 사랑하는 것의 차이까지 아는 사람이 많아졌다고 한다. 좋아하는 것과 사랑하는 것, 이 둘의 차이가 있긴 한 걸까?

이 둘의 뜻은 놀랍게도 차이가 있다. 좋아한다는 것은 마음을 숨길 수 있고, 그 사람이 이 세상에 있으면 좋다. 하지만 사랑하는 것은 그 마음을 숨길 수 없고, 그 사람이 이 세상에 없으면 안 된다. 곰곰이 생각을 해보면 그 사람을 사랑으로 느끼는 건지 아니면 좋아하는 거로 느끼는 건지 알 수 있을 거다. 이러한 생각과 감정들로 인해 사람들이 사랑에 대해 알고 싶어 하고 사랑에 대해 완벽해지고 싶어 한다. 완벽해지면 문제점이 없을 것 같으니까, 사랑하다가 포기하기가 두려우니까. 그런데 사람들은 사랑하면 좋은 감정도 느끼지만 안 좋은 감정을 많이 느낄 수 있다는 것임에도 불구하고 사랑을 그렇게 미친 듯이 하는 걸까? 사랑이 뭔지 너무 궁금해 졌다. 사랑이 뭐길래, 도대체 사람들은 사랑을 품에 껴안고 다니는 걸까?

'사랑은 뭘까?'라는 말을 떠올리며 정보를 머릿속에 넣었다. 인터넷에서는 사랑과 관련된 주제들이 많다. 그런 글을 보고 깨달은 것이 있었는데, 바로 사람들이 착각하는 것이 있다는 거다. 사랑의 뜻을 정확히 모른다는 것. 지금 사람들에게 사랑이 뭐냐고 물어보면 어리바리하게 대답 사람과, 어려운 말로 사랑의 뜻을 알려주는 사람들이 있다. 하지만 대부분 사람은 '사랑은 사랑이다'라고 대답을 한다. 이처럼 사람들도 사랑을 말로 표현하기에는 어렵고 표현을 해도 어딘가 부족한 기분이 든다는 것이다. 그래서 난 나 자신에게 물었고 가족에게도 물었다. 사랑이 뭐냐고, 나와 가족 역시 사람들과 똑같이 '사랑은 사랑이다'라는 생각이 먼저 떠올랐고 말도 그렇게 했다. 놀랐다. 사랑이라는 단어의 뜻을 알고 있는 줄 알았는데 전혀 알지 못했다는 것에, 사랑에 뜻을 정확하게 알고 있는 사람은 많지 않다. 사랑에 대해 표현하고 싶어도 말이 잘 안 나오는 것이다. 감정에 북받쳐 얘기해야 할 것 같은 기분이 드는 데 사실은 그렇지 않다. 과연 사랑의 뜻은 뭘까?

다시 사랑의 뜻을 찾았다. 인터넷 검색 결과 사랑은 '어떤 사람이나 존재를 몹시 아끼고 귀중히 여기는 마음'이다. 뭔가 이 뜻을 보고 맞는 것 같으면서도 아닌 것 같은 기분이 들었다. 과연 사랑이 그냥 뭔가를 아끼고 귀중히 여기는 마음이 사랑일까? 사람들의 사랑이 인터넷에 나와 있는 사랑의 뜻이랑 잘 안 맞는다고 생각한다. 인터넷에서 나온 뜻도 맞는다고 생각하는 사람들도 많이 있겠지만, 나는 사람들은 사랑하면서 느끼는 감정은 다 다르고, 생각하는 것도 다 다른 것처럼, 오히려 사랑의 뜻은 사람마다 다 다르다는 생각이 컸다. 표현이 자유로운 것처럼. 가슴으로 느끼면서 생각하는 사랑의 뜻, 예를 들자면 어떤 사람들은 사랑을 생각하면 사랑을 '가시덩굴 같지만, 알고 보면 아름다운 꽃'이라고 말하는 사람들도 있을 거고, 또 어떤 사람은 사랑을 세상이 핑크빛인 하트 세상이라고도 표현을 할 수도 있다. 내가 생각하는 사랑은 네 잎 클로버 같다. 네 잎 클로버는 같은 색상에 같은 풀밭에서 딱 하나 있다. 그걸 찾으면 큰 행운이다. 이처럼 사랑도 사랑이 이루어지는 게 큰 행운과 비슷하기 때문이다. 이렇게 뜻이 무조건 정해져 있는 것보다 자유로웠으면 어떨까 하는 생각이 든다. 표현은 자유롭다.

사랑을 나쁘게 또는 좋게 나타낼 수 있다. 마냥 긍정만 있는 것도 아니고 부정만 있는 것도 아니기 때문이다. 사랑이라는 배경으로 여러 가지 주제로도 표현해볼 수 있다. 오직 사랑이라는 한 단어가 아닌, 짝사랑, 썸, 권태기 등등 말이다. 이 여러 가지 주제를 가지고 표현을 하다 보면 내가 어떤 건 부정으로 썼는지 또 어떤 건 긍정으로 썼는지 알 수 있고, 추억이 떠오르기도 한다. 아무튼, 여러 가지 주제로도 표현을 해보기 전에 인터넷에서 사랑에 대한 여러 가지 주제를 찾아보았다.

인터넷에서는 짝사랑이라는 단어를 검색창에 치면 제일 먼저 나오는 것이 '짝사랑을 포기하는 법과 짝사랑이 이루어지는 법'인 것을 모두 다 알 거다. 제일 먼저 짝사랑에 대한 글을 읽어보았고, 짝사랑이 힘들어 도움을 요청하는 사람들에 이야기 글도 읽었다. 글의 주제와 내용은 다양하다. '짝사랑이 이루어지고 싶다', '상대방이 나를 좋아하는 것 같지 않다.' 등 짝사랑과 관련된 글이 많이 있었다. 그 글을 다 읽어보고 그 글의 댓글도 다 읽어보았다. 이러한 글의 댓글을 보면 위로의 댓글이 많았다. 그런데 글에 남긴 사람들의 댓글 반응은 다 다르며, 분위기도 달랐다. 일단 짝사랑이 이루어지는 방법의 글 댓글은 이러했다. "갑자기 따귀를 한 대 때려보세요. ㅋ 그러면 그쪽 신경 쓰일 듯 ㅋㅋ" , "솔직히 짝사랑 이루어지는 법이 다 똑같음 ㅋㅋ", "얼굴이 잘생기거나 예뻐야 쌉가능 ㅋㅋㅋㅋㅋ" 이것처럼 글에서 생각지도 못하게 장난이 가득한 댓글이 가득했다. 사람들은 모르는 것이다. 설마 저 글이 하라는 대로하면 이루어질 수나 있을까 하는 생각이 사람들은 많이 든다고 해서 이러한 댓글 단 것이다. 그리고 짝사랑을 포기하는 법의 댓글은 "헐…. 힘내요. 저도 포기했어요. ㅜㅜ" "그러면 과감히 포기하세요" "고백하면 깔끔하게 포기됨" 등 위로의 댓글도 있었지만 포기하는 방법을 엉뚱하게 알려주는 사람들의 댓글이 많고 많았다. 이러한 글에도 위로의 댓글이 아닌 상처가 되는 글을 남기는 사람들도 있다는 거다. 짝사랑이 이루어지는 법의 댓글은 현실적으로 생각하면 맞는 말이기도 했다. 지금 시대는 겉모습만 보고 좋아하는 시대이기도 하고. 또 얼굴만 보고 사람을 판단하기까지 하기 때문이다. 하지만 사람들은 대수롭지 않게 이렇게 다시 생활한다. 어쩔 수 없다는 것처럼, 그래서 사람들은 "나 같은 게 우주만큼 눈부신 너를 좋아해서 미안하다는 글도 있었고, 그에 비해 자신이 너무 별로라는 글들이 인터넷에서 많이 있다. 그럼 정말 짝사랑이 이루어지는 방법은 이것밖에 없는 건가? 있다. 그렇다고 해도 정말 사람들은 믿을까? 혹시 몰라 다른 주제는 믿을지 궁금해 찾아보았다.

다음 찾은 주제는 권태기에 대한 글이다. 사랑에 대한 종류 중 권태기 말고 다른 여러 가지가 많았지만, 그중 권태기는 커플들이 제일 힘들어해 고민 글을 적은 것이 많아서 골랐다. 커플 중 권태기 때문에 헤어지는 커플이 정말 많다. 서로 극복하려고 했으나 지겹고 사랑의 욕망이 늘어나며 새로운 사람을 만나고 싶어 아주 쉽게 헤어진다. 그런 커플들은 "권태기인 걸 미리 알았으면…."이라는 말을 한다. 근데 사람의 심리이며 어쩔 수 없다. 감정은 미리 알 수 있는 것이 어렵기 때문이다. 그래도 혹시 몰라 권태기를 극복하는 방법을 알려주는 글을 찾아보았고 앞과 같은 방법으로 댓글을 읽어보았다. 권태기를 극복하는 방법으로 써 놓은 글의 댓글 중 "애인을 존중해 주려다가 더 부딪혀서 결국 헤어짐…." 이 있었다. 이 댓글처럼 노력했지만 결국 실패한 사람이 많았다. 서로 이해하려고 했지만 결국 다시 싸움으로 돌아와 사이만 안 좋아진 거다. 커플들에게 권태기가 왜 일어나는 것이고 그걸 극복하려 했으나 실패하는 이유는 무엇일까? 그리고 다른 사람이 권태기 극복방법을 알려달라는 요청의 글도 보았다. 그 커플은 한 사람만 권태기가 온 상태이고 자신은 그 상대방을 아직도 좋아하고 있다며 권태기를 극복하는 방법을 알려달라는 마음 아픈 글이다. 마찬가지로 댓글을 읽어보았지만, "시간이 답이에요" "헤어지는 게 맞을 듯" "그냥 헤어져요. 어차피 다시 또 그럼" 등 이러한 댓글만 가득했다. 다른 글과 똑같이 여전히 위로만 있을 뿐 해결책이 없다.

사랑은 생각보다 어렵고 복잡했다. 권태기, 짝사랑 등등. 내가 기억이 남는 글은 여러 가지 글을 보는 중 그중 영원한 사랑을 믿냐는 글이 있었다. 댓글에는 "영원한 사랑을 맹세하지 않아도 좋으니 나와 함께 한 모든 순간만큼은 진심이었길"이라는 댓글이 있었다. 이 댓글에 진심이 담겨있었다. 간절히 바라는 느낌도 든 댓글이었다. 이 댓글을 보고 사랑에 대해, 또 사랑의 여러 가지까지 관심을 두게 되었고, 사람들에게 꼭 필요한 역할이자 단어라는 것을 알았다. 사랑이라는 단어가 너무 아름답게 느껴져 책을 쓸 때 '사랑의 여러 가지 단어들을 가지고 더 알아보면서 책 주제로 사용하자'라는 마음을 가졌다. 근데 솔직히 말하자면 책 주제로 사랑이 가장 많고 쉬운 줄 알아서 주제로 결정했다. 사랑은 만질 수 없는 구름 같으니까, 사람들이 미친 듯이 찾고 찾는 거니까, 근데 전혀 쉽지 않았다. 사랑이 '나를 정말 쉽게 본 것 같다'라며 나를 보고 고개를 절레절레하는 기분이 든 것이다. 사랑을 그대로 글로 표현하자니 너무 어려운 거다. 그래서 사랑에 대해 자세히 다루는 게 어려워서 다른 주제를 고를까 하다가 결국, 어쩔 수 없이 포기했다. 이미 사랑과 사랑에 대한 여러 가지 주제에 관해 관심이 있어 알아보았고, 이미 사랑이라는 단어에 빠져있었기 때문이다. 어렵고 복잡해도 끝 가지 글을 써내고 싶었다. 그렇게 해서 더욱 사랑과 사랑의 여러 가지 주제에 관심을 두게 되었다. 만약 이 글을 보고 있는 사람도 사랑이라는 단어를 알아보았으면 좋겠다. 가슴이 감성적으로 되고 편안해진다. 모험을 떠날 때 풀과 나무가 많은 것처럼 사랑에 대한 글과 사랑의 관련된 여러 가지에 대한 글이 정말 많기도 하다. 사랑과 사랑에 대한 여러 가지 주제에 글을 읽어보면 공감도 많이 될 거다. 내 말대로 사랑에 대해 찾아보고 알아둔다면 연애 박사가 된 것 같은 기분이 들면서 뿌듯할 거다. 나도 이렇게 사랑과 사랑에 대한 여러 가지 주제를 알아보아서 느낀 경험이면서, 추억이다.

사랑을 조사하면서 드는 생각이 있다. 과연 이 사랑이라는 단어는 우리 사회의 영향이 심하게 끼칠까? 정보를 찾아본 결과 사랑은 사회에 많은 영향을 끼친다. 사람들은 사랑으로 인해 여러 가지를 알게 되고 느끼고 생각하게 된다. 또 사랑이 발전해 아름답고 로망인 사랑도 꿈꾼다. 일단 여러 가지 중에서 사랑이라는 주제가 가장 눈에 띄는 것은 드라마, 노래, 책 등이다. 대부분 사랑이라는 장르가 공통으로 들어가 있다. 영화, 책, 애니메이션 등은 사랑으로 만들어진 스토리가 가득하고 사랑의 여러 가지 주제를 다룬 노래가 정말 많아졌다. 특히 드라마, 영화 같은 것은 항상 사랑하고 이별을 하며 다시 결합하는 사랑의 과정까지 나오기도 한다. 그런 과정에서 사랑으로 인해 만들어진 명대사들도 있다. (그중 '소울메이트'라는 드라마에서 "그 사람이 너무나 심장 깊이 박혀 있어서 그걸 뜯어내면 내가 죽어"라는 대사) 노래에서도 '사랑해'라는 노래 가사 중 "이제 멈추려 해 사랑하니까 사랑해서 사랑을 사랑으로 멈추려 해"라는 감정이 담긴 가사도 있다. 한 가지만 더 얘기하자면 사랑으로 인해 소개팅 앱이 나오고 TV 프로그램에서 커플을 만들어주는 프로그램(환승 연애 2, 러브 캐처 등)도 많이 생겨 요즘 시대 사람들에게 인기를 얻고 있다. 이렇게 우리는 사회가 발전해 사랑으로 만든 것을 공감하며 느낀다. 이때 우리는 알 수 있다. 사랑이 사회에 큰 영향을 준다는 것을.

사랑 노래를 듣고, 로맨스 영화를 보고, 로맨스 소설 읽고 등등. 이렇게 사랑은 사람들에게 많은 영향을 끼친다. 사람들은 사랑을 해서 느껴보지도 못했던 감정을 느끼고 자신이 몰랐던 행동을 하기도 하며 좋은 추억도 많이 생겨 정신적으로 건강해진다. 그래서 정신이 온통 사랑으로 가득해 자신이 아닌 것처럼 사랑꾼이 되어 있다고 한다. 심지어 사랑한다는 말을 숫자로 표현하기도 한다 (예 20475 : 너를 사랑해서 행복해, 14551 : 난 너밖에 없어, 04517 : 넌 나의 산소 등) 그렇게 우리는 이러한 행동과 말로 사랑의 많은 추억을 남길 수 있고, 짝사랑하며 그 사람과 설렜던 일, 그리고 연애할 때는 나의 애인과 함께한 데이트나 먹거리, 감정이 담긴 대화 등등 모두 좋은 추억이 된다는 것이다. 생각해 보자. 사랑해서 만들어진 추억을 회상해 보면 안 좋은 추억도 있겠지만 좋은 추억도 많을 거다. 이처럼 우리는 자기가 느끼는 소소한 행복이 아닌 느낄 수 없는 행복을 느낄 것이고, 사람들은 자신이 사랑받고 있다는 것을 많이 깨달아 자신을 더더욱 사랑하게 되어, 자신감을 많이 상승할 수 있다. 이것이 바로 사랑의 힘이다. 심지어 동물들도 사랑이라는 감정을 안다. 사랑의 힘으로 또 이렇게 우리 세계 사람들이 사랑하는 사람과 서로 의지하며 사랑하다가 결혼을 하고, 아이를 낳고 서로 힘내며, 사랑으로 만든 한 가족이 탄생한다. 이렇게 해서 우리 사회가 탄생한 것이다. 사랑이라는 감정이 만약 없었다면 우리 사회에서는 사랑하는 애인과 가족이 없었을 거고, 사랑이라는 특별한 감정도 못 느낄 거다. 사랑이라는 감정이 있어, 이렇게 "어느샌가 나의 세상과 마음이 너한테 향해 있다"라는 말까지 나오는 거다. 이게 바로 사랑이라는 감정으로 인한 사회와 사람의 변화이다.

이렇게 사랑을 하면 좋지만 아쉽게도 사랑이 마냥 사회에 좋은 영향만 끼치는 것이 아니다. 이유는 일단 사랑은 감정이다. 감정은 컨트롤이 가능한 사람들도 있고 없는 사람들도 많겠지만. 우리가 감정을 컨트롤이 되는 이상 감정이 커지는 것을 막을 수 없다. 일상에서는 집착과 다름없다. 이러한 사랑은 점점 더 커져 결국 욕심이 되고 그 욕심이 나쁜 짓까지 벌이게 된다. 이처럼 사랑해서 오직 사랑만 해서 다른 사람에게 큰 피해와 고통을 줄 수 있고, 사회에 큰 문제가 될 수 있다. 예를 들면 우리 사회문제인 스토커, 데이트 폭력, 납치, 등이다. 일상생활 속에서 드라마나 영화 같은 걸 보면 전 애인을 스토커하고, 짝사랑하는 사람을 납치하고, 또 사랑이 불안해 집착을 심하게 하는 스토리를 보았을 거다. 이 범죄도 알고 보면 사랑과 관련이 조금이라도 되어있다. 하지만 명심해야 할 것은 이것은 사랑과 착각해서는 안 된다는 것이다. 사랑과 관련이 있을 뿐 이러한 범죄는 사랑이 아닌 욕심이다. 사람들도 다 알 거고, 느낄 것이다. 사랑과 관련된 나쁜 범죄는 지금 누구에게도 일어날 수 있는 사회가 되었다. 그러니 항상 연애할 때도 상대가 사랑이라고 하기엔 너무 지나치다면 무조건 헤어지거나 멀리 떨어져야 한다. 그래야 자신의 몸과 마음을 지킬 수 있다는 사람들의 뜨거운 반응 있기 때문이다. 그리고 그게 자신이 지킬 수 있는 사랑의 욕심을 예방하는 방법이고, 사랑이 커져 만들어진 사회의 문제점이니까.

사회에 끼치는 나쁜 영향은 여기까지다. 이번에는 사람에게 사랑이 어떤 나쁜 영향을 끼치는지 알려주겠다. 사랑도 사람들에게 안 좋은 영향을 끼친다고 한다. 예를 들어 사랑은 과정이 있는데, 사랑하면 첫 번째 과정 '짝사랑'을 하게 된다. 짝사랑은 알다시피 많은 사람이 경험했다. 지금 읽고 있는 당신도 짝사랑에 대한 아픔이 있을 거다. 없다고 생각할 수도 있는데 계속 생각해 보자. '짝사랑은 설렘도 있지만 아픔, 괴로움, 슬픔이 있다고 한다. 처음으로 짝사랑을 하면 그 사람이 한 행동과 말을 자동으로 의미 부여하게 된다. “이건 나만의 착각이었다"라는 말이 많이 나올 정도다. 그러므로 그 사람이 한 행동과 말을 의미 부여하게 돼 설렘은 더더욱 많이 상승하지만, 그러다 자신이 너무 의미 부여한 건 아닌지 후회와 현타가 오면서, 마음에 상처를 받게 된다. 또 그 사람과 잘 되려고 연락과 호감 표시 등등하겠지만 그때 드는 생각은 거절당하진 않을까? 또는 자신에게 관심이 없다고 느끼면서 걱정할 것이다. 연락과 호감 표시조차 하기 어려운 사람들도 자신이 또 바보같이 느껴져 마음이 힘들어지고 괴로 울 것이다. 이것이 모든 사람이 고민하는 문제의 공통점들이다.

이러한 사랑의 대표적인 짝사랑은 제일 아프고 설레게 해 기억이 많이 남을 거다. 다들 한 번쯤 기억나는 짝사랑이 있을 거다. 그것이 바로 내가 말한 제일 아파했으며 설레었던 짝사랑의 추억일 거다. 이러한 추억이 왜 생기냐면 그 감정이 자꾸 올라와서 사랑은 커질 거고, 사랑은 점점 더 무거워질 거다. 또 갑자기 뭘 하거나 뭘 볼 때마다 그 사람이 생각나기도 할 거다. 사랑은 분명히 말했듯이 감정이므로 힘껏 올라간 감정이 다시 내려가긴 너무 힘들다고 한다. 결국, 짝사랑하는 사람들은 오랫동안 짝사랑을 하면 정신적으로도 힘들고 몸으로도 지칠 거다. 짝사랑은 알고 보면 제일 사랑하고 증오한 감정이다. 이러한 감정이 든다는 것이 바로 사랑이 사람들에게 부정적인 영향을 끼친 것이다. 사랑의 대표 주제인 이별과 외사랑, 권태기 등도 마찬가지다. 대표적인 짝사랑과 비슷한 이별은 사랑하는 사람과 헤어지고 나서 상대가 너무 보고 싶어 괴로울 거고, 그 사람에게 미안하면서 원망을 할 것이다.

그리고 커플 중 헤어지면 애인과 좋은 기억이 스쳐 지나가서 붙잡고 싶지만 그러기엔 너무 지쳐 잡지를 못 하는 경우가 많다. 만남은 이별하기 위해 있는 거라고 말하는 글까지 있다. 이 글은 만나면 이별을 겪을 수밖에 없다는 것을 보여 준다. 그래서 이별을 하면 어쩔 수 없이 생기는 마음 상처 때문에 둘 다 정신적으로 힘들어 아무것도 하지 않을 수도 있고 몸은 더욱 악화할 거고. 실제로 이별 때문에 몸이 악화해 며칠 동안 아팠다는 사례도 있었다. 이 글을 보면 알 수 있는 것은 사랑이 사람 마음에 큰 부분을 차지했다는 걸 알 수 있다.

마지막 사랑의 대표 외사랑도 사람에게 큰 영향이 있다. 사랑의 대표 외사랑을 간단히 설명하자면 상대방은 나를 좋아하지 않는데 나만 상대방을 좋아하는 것을 외사랑이라고 하는데, 외사랑이 자신만 그 사람을 좋아하는 거니까 가능성도 없고 마음은 계속 더 커져 괴로워지는 사랑의 영향이 나온다. 외사랑을 하는 사람들이 은

근 많다고 한다. 그런 사람들이 똑같이 얘기하는 말이 "왜 잘해줬냐고, 사람 헷갈리게 왜 그랬냐고"라는 말이다. 그만큼 아픈 거다. 사랑이라는 것이 사람에게 큰 영향을 끼쳐 포기하기가 힘들고 짜증 난다는 거고, 해결책도 없어 이루어질 수도 없는 사랑을 계속 지켜보기만 해야 한다는 거다. 결국, 아픈 외사랑도 짝사랑과 이별과 똑같다.

이렇게 사랑은 짝사랑, 이별, 외사랑 등이 있다. 사랑은 소중함, 깨달음, 원망, 질투, 설렘 등등 감정을 제일 많이 느끼게 해준다. 사랑의 여러 가지 주제 이별, 짝사랑, 외사랑 등 사랑은 괴롭기도 하지만 그만큼 상대방을 너무 사랑했을 거다. 그래서 사람들이 더 성장하고 많은 것을 느끼게 해주는 것 같고, 많은 것을 깨달았을 거다. 또 추억을 만들어준 사람이 추억이 돼주기도 한다는 것이다. 이 글을 또 보니 정말 많은 것들이 사랑과 관련되어있고, 사랑에 대한 여러 가지 주제도 사람과 사회에서 가장 중요하면서 가장 좋고, 가장 나쁘기도 하다. 지금 내 글을 읽고 있는 사람들에게도 물어보고 싶다. "당신은 어떤 사랑이 제일 아프고 기억에 남냐고" 이 많은 사랑과 사랑에 대한 여러 가지 주제가 사람들한테 어디까지 가게 될까 궁금하다. 사회와 사람 그리고 사랑.

이제 문제점을 생각해 보았으니 이 사랑과 사랑에 대한 여러 가지 주제를 어떻게 해결해야 하는지 궁금해졌다. 솔직히 얘기하면 사랑은 딱히 문제점만 있는 것은 아니다. 생각해 보면 좋은 점도 정말 많은데 문제점도 조금 있으니 그걸 해결해 보면 사회와 사람들이 어떻게 되는지 궁금했다. 만약 사랑에 문제점을 해결하면 이 사회는 어떻게 될까? 사랑이 완벽해지는 것인가 아니면 좋은 영향밖에 안 끼치는 것인가. 그럼 이 사회와 사람들에게 큰 영향을 끼친 문제를 해결하는 방법은 뭐가 있을까? 노력? 경험? 많은 것을 생각해 보자. 생각하던 도중 제일 사람들이 궁금해하고 괴로워했던 사랑의 대표 짝사랑을 먼저 얘기해 보는 거다. 사회와 사람들 사이에서 가장 문제점을 일으키는 거다. 이 문제점들은 바로 사랑 때문에 힘들어한다는 거다. 그래서 사랑의 대표인 짝사랑에 대해서 가지고 왔다. 내용은 바로 짝사랑을 어떻게 포기하거나 이루어지는지! 일단 사람들에게 제일 알려주고 싶은 건 짝사랑이 이루어지는 법이다. 왜냐하면, 짝사랑이 이루어지는 법의 글과 댓글을 보고 계속 생각났던 것은 바로 이 짝사랑이 이루어지는 해결법을 알려주고 싶다는 생각이다. 만약 진짜로 이루어지면 사랑의 문제점은 끝이다. 그래서 이 글을 읽고 효과가 있었으면 좋겠다는 생각이다. 그럼 바로 짝사랑이 이루어지는 법에 대해서 생각해 보자.

일단 짝사랑이 이루어질 수 있게 하는 법 첫 번째는 짝사랑하고 있음을 인정해야 한다. 가끔 자신이 그 사람을 짝사랑하고 있다는 걸 부정할 때가 있다. 또 자신이 그 사람을 짝사랑하고 있나? 라는 생각을 하며 헷갈리는 사람도 있다. "내가 그 사람을 진짜로 좋아하나? 아닌 것 같은데…. 심장도 별로 안 뛰고 걔 생각도 별로 안 나는걸?" 분명 한 명쯤 그런 생각을 한다. 그 사람을 그냥 친한 친구로 생각하는지 아니면 내가 그 사람을 이성으로 생각하고 있는지. 그런 걸 알 수 있게 하는 방법을 내가 가지고 왔다. 그럼 시작하겠다.

첫 번째 자신이 그 사람을 많이 쳐다보게 되고, 막 신경 쓰이고 그 사람이 어디에 있는지 궁금하고 계속 쳐다보게 된다. 이건 관심이 생기면 하는 기본 사랑본능 행동이다. 왜냐하면, 사람은 사람에게 관심을 두게 되면 눈길이 계속 가기 때문이다. 이런 행동을 하게 되면 당신은 호감이 분명히 있다는 것, 호감이 없으면 사람들은 그 사람이 뭐 하는지 궁금하기만 할 뿐 계속 시선이 가는 일은 없다. 그리고 두 번째 그 사람이 그냥 말한 걸 자신이 어느새 기억하고 있다. 예를 들면 사람들 사이에서 가장 인기 있는 사례. 관심이 있는 상대방이 자신은 아이스 아메리카노를 못 마신다고 그냥 얘기한 그 날부터 당신은 그걸 카페 갈 때마다 자주 생각이 날 거다.

그런 생각이나 행동을 얘기한다. 그 사람에게 관심이 있으므로 그 사람이 그냥 툭 말한 것도 잘 기억해 둔다고 한다. 관심이 없으면 그 사람이 중요한 얘기를 해도 까먹는 사람들이 대부분이라고 한다. 그리고 벌써 마지막 세 번째는 그 사람과 같이 있고 싶은 기분이 든다. 이것도 관심이 있거나 좋아하면 하는 대표적인 행동이다. 막 그 사람과 뭐든지 같이 하고 싶고 그 사람 옆에 있고 싶은 기분이 계속 든다는 것이다. 짝사랑하면 이런 기분이 많이 든다. 이게 바로 마음이 생기면 드는 기분인 거다. 관심이 없으면 내가 다른 사람과같이 하든 그 사람이 다른 사람과같이 하든 상관없어한다. 따라서 이 글을 보고 3개 다 맞는다면 당신은 그 사람한테 관심이 있는 거다. 2개가 맞는다면 당신은 점점 그 사람에게 스며들고 있는 거다. 1개가 맞는다면 그 사람이 조금은 눈에 보이고 신경 쓰인다는 것이고, 아무것도 맞지 않으면 당신은 그 사람을 이성으로 안 보인다는 것이다. 3개 다 맞는 사람은 자신의 마음을 인정해야 한다. 조금은 혼란스러운 사람들도 있을 거고, 그렇구나 하고 대수롭지 않게 넘기는 사람도 있을 거다. 하지만 거의 혼란스러워하는데, 자신의 마음을 되돌아보며 이것을 인정해 보는 거다. 사람들은 대부분 이런다. "처음에는 그냥 신경만 쓰였는데 어느새 내가 걜를 좋아하고 있더라"라고. 이게 바로 사랑에 발전이다. 이처럼 자신의 마음을 인정해야 자신이 더 용기 낼 수 있고, 더 많이 사랑할 수 있을 거다. 그리고 자신의 마음을 알게 돼 심장이 콩닥콩닥해질 거다.

첫 번째를 알았다면 짝사랑이 이루어지는 방법 두 번째를 알아본다. 짝사랑이 이루어지는 방법 두 번째는 직진을 살짝 한다. 한마디로 플러팅이다. 플러팅이란 상대방을 좋아해 유혹을 목적으로 행동하는 것이다. 물론 천천히 마음을 여는 사람도 있지만 그렇다고 너무 답답하게 철벽만 치면 안 된다. 철벽만 쳐서 타이밍을 놓치기도 하는 상황도 있다. 그리고 또 그 사람은 내가 부담스럽나? 나랑 같이 있기 싫은가라는 생각을 한다고 한다. 그러므로 최대한 너무 직진은 하지 말고 천천히 그 사람의 속도를 알아가며 가끔가끔 씩 플러팅도 조금 하고 직진을 해주면 좋다. 너무 직진하면 안되는 이유가 사람마다 다르게 때문에 그 직진이 부담스러울 수도 있어서 살짝살짝 하라는 거다. 그래야 어느 정도 그 사람은 나에게 호감 정도는 있다고 생각하며 그 사람도 마음이 살짝 변할 수도 있다. 근데 하기가 힘들고 자기가 너무 소심하면 용기를 내야 한다. 기다리면 사랑이 찾아오겠지 하는데, 아니다. 그 사람을 기다리다가 몇 년이 지나고, 결국 지칠 거다. 이 사랑 사례를 보면 모두 용기를 내서 성공했다는 말이 있다. 그 사람을 많이 사랑한다면 우리와 같이한 번만 용기를 내보는 거다.

두 번째도 다 봤다면 이제 짝사랑이 이루어지는 방법 3번째다. 짝사랑이 이루어지는 방법 3번째는 그 사람에 대해 알아보고 연락과 대화를 시도한다. 그 사람이 뭘 좋아하고 뭘 싫어하는지 알아보며, 그 사람이 좋아하는 주제로 이야기를 걸면 그 사람은 당신의 말에 흥미를 느끼게 될 거다. 짝사랑하면 연락이 필수다. 나의 경험담 좋아하는 사람과 연락을 안 하면 사이는 그대로여서 짝사랑 성공이 안 보였다. 이처럼 연락을 하면 점점 친해지고, 그 사람이 흥미를 느낄만한 주제로 얘기하면 그 사람은 당신과 더 얘기하고 싶고 같이 있고 싶을 것이다. 그리고 연락을 할 때는 대화의 흐림이 끊이지 않게 상대방이 귀찮아하지 않고, 부담스럽지 않게 잘해야 한다. 연락과 대화는 무조건 흐림이 중요하니 기억해야 한다.

드디어 마지막 짝사랑이 이루어지는 방법 4번째는 당신의 매력을 발산해야 한다. 사람은 매력에 끌리는 법이다. 매력이라는 것은 예를 들면 '조금 까불지만 자기 일할 때는 집중하는 모습' 이런 걸 말하는 거다. 사람들은 자기가 모르고 있었던 상대방의 매력에 빠지곤 한다. 그러므로 당신도 자신에 매력을 발산해야 그 사람도 당신의 매력을 알아 당신에 대해 궁금해질 것이다. 네 번째는 이게 끝이다. 자신의 매력만 발산하면 충분하다. 자 이렇게 해서 짝사랑이 이루어지는 법을 4가지를 알려주었다. 사랑이 이루어지는 것이 안 통하고 실패할 수 있지만, 그만큼 당신에 추억이 많이 생길 거다. 그 사람과 대화했던 그 계절 시간, 장소 등을, 네가 보고 싶고, 너를 갖고 싶고, 너와 함께하고 싶은 세상

다음은 짝사랑을 포기하는 방법을 알려줄 거다. 짝사랑을 포기하려는 사람들은 마음이 무척 아프고 힘들지만 깨달은 것도 있을 거다. 나는 그런 사람들에게 말하고 싶은 게 있다. 왜 짝사랑을 포기하는 건지, 이유는 다양할 거다. 그래서 나는 그 사람들을 위해 짝사랑을 포기하는 방법을 알려줄 것이다.

짝사랑을 포기하는 방법 첫 번째는 그 사람을 사랑해 자신의 모든 걸 포기하면서 사랑을 했을 거다. 그래서 그 사람을 잊기 위해서는 자신에게 관심을 두고 자신에 시간을 사용해야 한다. 그 사람을 짝사랑 한 날부터 당신은 마음도 몸도 무거웠을 거기 때문에 휴식이 필요하므로 자신이 좋아하는 취미를 하는 것을 추천한다.

그런데 그 사람이 자꾸 생각이 나, 힘든 경우 무언가에 몰두해 보자. 몰두하면 정신이 다른 데로 가 있어, 그 사람이 잠시 기억이 안 나. 마음이 편해질 거다. 그리고 연락은 중요한 연락 빼고는 안 보는 것이 좋을 것이다. 그러면 자신의 시간을 보내면 그 사람의 모습과 짝사랑이 당분간 잊히게 될 것이다.

짝사랑을 포기하는 방법 두 번째 그 사람과 거리를 두어야 한다. 그 사람과 가까우면 자꾸 눈에 보이고 신경 쓰이고 그 사람과 대화하고 결국 다시 사랑이 커질 거다. 그렇게 계속 옆에 있으면 결국 짝사랑을 포기하는 것은 몰래 방아처럼 빙빙 돌기만 할 거다. "애초에 만나지를 않았다면 이런 일은 없었을 텐데"처럼 그 사람을 포기하려면 거리를 두어야 한다. 그 사람과 거리를 두면 자동으로 그 사람도 당신도 잊게 될 거다. 그때 당신은 깨달을 거다. 그 사람이 당신에게 호감이 있었는지 없었는지, 있다면 그 사람은 당신이 신경 쓰일 거고, 없었다면 마음이 아프지만, 평소처럼 깔깔 웃고, 당신이 그러든 말든 지나칠 거다.

다음 마지막 짝사랑을 포기하는 방법 세 번째는 다른 사람을 만나보는 것이다. 그 사람을 잊기 위해서 다른 사람을 만나면 된다. 다른 사람을 만나고 얘기하고 놀고 그러다 보면 그 사람을 잠깐 잊을 수 있다. 사람들은 짝사랑을 잊기 위해 처음에는 잊기 힘들고 지치고 몸이 아팠지만 다 지나면 아무 일도 없었단 듯이 웃고 다른 사람과 사랑에 빠진다. 이별도 짝사랑과 포기하는 방법이 같다.

이별도 짝사랑을 포기하는 방법을 사용하면 마음이 그나마 괜찮아지고 편해질 거다. 그래서 일단 정리를 하면 짝사랑이 이루어지는 법은 짝사랑을 인정하고 너무 철벽만 치지 않으며 상대방에 대해 잘 알아보고 연락의 흐름을 잊지 않는 거다. 그다음 짝사랑을 포기하는 법은 자기의 시간을 갖고 거리를 두며 다른 사람을 만나는 것이다. 이렇게 해서 사랑의 소주제 대표 짝사랑에 대한 문제점 해결법은 끝이다. 기다리기엔 너의 사랑이 안 올 것 같고, 다가가기엔 네가 떠날 것 같고, 포기하기엔 네가 너무 좋은 짝사랑.

사랑의 문제 해결법은 아직도 있다. 바로 사랑의 소주제 대표 두 번째 권태기가 있기 때문이다. 권태기는 커플들이 가장 겪기 싫어하지만 피할 수 없는 운명처럼 몇몇 커플들에게 권태기가 찾아본다. 권태기는 서로 이제 설렘이 사라지고 자신이 사랑했던 그 사람의 모습의 매력이 손상되며 연애 관계에서 지켜야 할 약속을 무시하는 등 새로운 사랑을 하고 싶어진다고 한다. 그때 커플들은 극복하고 싶어 하지만 금방 포기하게 돼 사람들은 권태기가 오면 무조건 헤어질 수밖에 없다고 생각을 한다. 권태기를 극복하는 방법은 없지는 않다. 그것이 힘들 뿐 그 힘든 과정을 이겨내면 권태기도 이겨낼 수 있다. 권태기는 사랑이 식은 거니 그 사랑이 다시 불타오르게 하는 방법을 알아보았고, 나는 그것 중 제일 효과가 있다고 생각하는 것과 내 생각과 경험을 넣었다.

권태기를 극복하는 방법 첫 번째는 새로운 것을 애인과 같이 해

보는 것이 좋다. 권태기는 서로 사랑하다 더 이상 사랑이 더 생긴다는 것이 아닌 사랑이 점점 식어가고 있다는 뜻이다. 그럴 때 커플들이 원하는 것은 다시 새로운 것에 도전하고 싶어 하고 사랑의 설렘을 느끼고 싶어 한다. 그러므로 애인과 새로운 것을 하면 추억도 생기고 더더욱 식었던 사랑이 돌아와 애인의 소중함을 알게 된다. 그리고 예전에 사랑이 꽃피던 추억으로 돌아가서 생각을 많이 하게 될 거다. 하지만 이렇게 해도 싸우기만 하는 커플이 있을 거다. 그럴 때는 두 번째 글에 집중해야 한다.

권태기를 이겨내는 방법 두 번째는 각자의 시간을 좀 가진다는 것이다. 커플들은 처음에는 자신의 애인이 최고고 다른 사람이 안 보이며 애인의 장점밖에 안 보인다. 그런데 그건 잠깐일 뿐 시간이 지나면 점점 애인의 단점이 크게 보일 것이다. 그런 걸 없애기 위해서 각자의 시간이 필요하다. 커플들은 사랑할 때 무엇 갈 보면 자신의 애인이 먼저 생각나는 법이다. 이처럼 자신이 각자의 시간을 보낼 때 애인의 소중함과 애인의 사랑이 그리워 다시 서로 사랑을 확인할 수 있다. 커플들은 서로 같이하고 혼자만의 시간이 없으니 새로운 걸 하고 싶은 마음이 드는 거기 때문에, 각자의 시간을 즐기는 것도 좋은 방법이다.

마지막 권태기를 이겨내는 방법 세 번째는 자신의 감정을 말한다. 커플 중 이러한 커플이 있을 거다. 자신의 마음을 알 거라는고 믿는 것, 이건 정말 흔한 착각이다. 이 감정은 말을 안 하고 서는 사람들은 알 수 없다. 그것도 사랑은 더더욱, 그러기에 당신의 애인이 자신의 마음을 알 거라고는 생각하지는 말아야 한다. 자 그래서 서로의 마음을 확인하는 법은 당신의 애인과 천천히 대화하면서 자신의 감정을 말한다. 자신이 권태기 같으면 애인에게 권태기가 온 것 같다며 얘기를 한다. 그리고 천천히 얘기를 시도해 본다. 권태기가 온 것 같다고 들은 사람들은 그런 애인이 다시 사랑이 불타오르게 붙잡아야 한다. 애인과 함께했던 추억과 말을 얘기하며 나는 이러이러한 것 때문에 너무 사랑받는 기분이었다. '지금 나는 너를 정말 사랑하고 있나 보다, 그러니 우리 다시 천천히 사랑을 해보자.' 등 어떻게든 사랑이라는 감정을 북받쳐 얘기하는 거다. 그럼 권태기가 온 애인은 내가 이렇게 사랑받고 있구나, 나는 아직 이 사람을 사랑하고 있다는 것을 깨달을 거다. 이렇게 해서 사랑의 소주제 대표 두 번째 권태기도 끝이 났다. 정리를 다시 하면 권태기를 이겨내는 방법은 애인과 새로운 것을 도전하며, 그러기 힘들 땐 각자의 시간을 가져야 하고, 권태기가 온 것 같으면 애인에게 솔직히 얘기하고 천천히 대화를 해보는 것이다. 이 방법을 통해 많은 커플이 다시 사랑을 되찾았으면 좋겠다. '붙잡아 보는 너라는 큰 사랑.'

드디어 마지막 두근두근 심장이 떨리고 스릴이 있는 사랑의 대표 주제는 바로 썸이다. 썸은 서로 관심이 있거나 신경이 쓰일 때 생기는 감정이다. 사귀는 건 아니지만 그렇다고 그냥 친구는 아닌 그런 사이를 얘기한다. 노래에서도 썸이라는 노래가 있다. "요즘 따라 내 거인 듯 내 거 아닌 내 거 같은 너, 네 거인 듯 네 거 아닌 네 거 같은 나" 이런 가사가 썸이라는 노래에서 나온 가사다. 이 노래는 정말 가사처럼 사람들이 많이 느끼는 감정이다. 그래서인지 사람들은 이 노래를 들으면 공감이 많이 된다고 한다.

이처럼 썸은 이 노래 가사와 같이, 가사처럼 썸을 타면 상대방이 내 애인은 아니지만 그렇다고 남한테 주기는 질투 나고 짜증나는 감정이 든다. 이 썸은 정말 알콩달콩하고 문제점이 없어 보이지만 아쉽게도 문제점이 있다. 바로 썸을 탈 때 서로 관심이 있는 상태이기 때문에 상대방이 하는 행동과 말을 듣고 설렘을 느끼지만, 가끔 어장이면 어떡하지라는 기분과 생각이 든다고 한다. 이 어장은 좋아하지도 않으면서 좋아하는 척을 하며 다른 사람의 마음을 가지고 노는 것을 말한다. 이 어장이라는 것이 썸을 막을 수도 있다. 그리고 또 다른 문제도 있다면 바로 썸이 타이밍을 맞추기가 정말 어렵다는 거다. 이 썸의 문제점은 정말 감정이 만들어낸 문제점이어서 해결하는 방법이 많이 없지만 나는 그래도 알려주고 싶은 마음이 크다. 그래서 난 지금부터 썸이 연애로 가는 법을 알려줄 거다.

일단 썸이 연애로 가는 방법 첫 번째는 썸 탈 때 하면 안 되는 행동과 말은 절대 하지 말하라. 썸이 이어가려면 일단 연락을 한다. 연락할 때 대화가 이어지게 '너는 뭐해?' '오늘 뭐 했어?' 등등 연락이 안 끊기고 해주면 좋은데, 썸 타는 사람과 연락을 할 때

하면 안 되는 말과 행동이 있다. 첫 번째는 전 남자친구, 전 여자친구 얘기는 하면 안 된다. 두 번째는 자신이 애인인 것처럼 행동하는 것이다. 세 번째는 너무 밀당을 하는 것. 딱 이 세 개다. 이유는 첫 번째는 썸 타는 사람한테 전 남자친구, 전 여자친구 얘기를 하면 정이 확 떨어질 수 있으니 조심해야 한다. 두 번째는 자신은 지금 그 사람에 애인이 아닌데 그러한 행동을 하면 부담스러워 이것도 정이 확 떨어진다. 세 번째는 밀고 당기기만 하면 호감이 뚝 떨어진다. 이 세 개만 조심하면 썸은 거의 성공이다. 그런데 이걸 하기 전에 두 번째 글을 보면 좋다.

바로 썸이 연애로 가는 방법 두 번째는 어장과 썸을 구분해야 한다. 어장은 내가 말했듯이 사랑을 가지고 노는 것이다. 사람들은 어장을 하는 사람이 많다고 한다. 그러므로 사람들도 어장에 자주 걸리게 된다는 거다. 그래서 나는 사랑을 가지고 노는 이 어장을 구분하는 방법을 알려줄 거다. 어장을 구분하는 것은 간단하다. 일단 어장은 약속을 잡을 때 정확하게 약속을 안 잡고 연락의 대화가 끊긴다. 그러면서 마냥 좋아하는 것처럼 말로 직진 표현을 한다. (익숙한 스킨십) 그리고 잠수를 잘 탄다. 그러다가 본인이 필요할 때만 연락을 엄청나게 빨리 본다. 이것이 바로 어장이다. 이게 바로 끝이다. 어장 하는 사람들은 거의 이렇게 행동을 하며 사랑을 가지고 놀았다고 한다. 그런데 사람들은 어장을 구분하는 법을 알려줘도 헷갈리는 사람들이 많다. 헷갈릴 때는 내가 알려준 어장 구분법을 보면 금방 알 수 있을 거다. 근데 애초에 우리가 이 방법이 통했다면 어장이라는 것은 있었겠느냐는 생각이 드는 사람들도 있을 거다. 해결되는 사람도 있고, 없는 사람들도 있겠지만 내가 알려준 방법은 어장에 큰 공통점을 모은 거다. 그러기에 어장이랑 썸이 똑같아 보여 어장인 것 같은 기분이 조금이라고 들게 할 수 있다. 그렇게 해서 썸이 어장과 다른 점은 썸은 약속을 잡을 때 정확하게 잡으며, 연락을 빨리빨리 보며 대화를 이어간다. 그러면서 마냥 직진은 하지 않고 살짝살짝 호감 표시를 하며 자신의 마음을 최대한 노력해서 표현하기도 한다. 어장은 연락이 자꾸 끊기고, 정확한 약속이 없으며, 익숙한 스킨십을 하고, 잠수를 많이 타 필요할 때만 찾는 것을 말한다. 이렇게 해서 내가 알려준 어장을 구분하는 방법은 이제 끝이다. 짝사랑을 포기하는 법과 이루어지는 법, 그리고 권태기를 극복하는 법, 썸이 연애로 가는 법을 알려주었다. 이것들은 다 사랑과 인연이 있는 것이다. 사랑과 사랑의 여러 가지 주제의 해결법은 이것보다 많다. 그래도 이 해결법을 보고 정말로 해결이 되면 너무 좋을 것 같다.

내 책 말고도 사랑과 사랑의 여러 가지 주제가 들어가 있는 책과 해결법이 있는 책은 정말 많다. 그중 나의 글을 읽고 있는 사람들에게 추천하고 싶은 책들을 소개하고 싶어 가지고 왔다. 왜냐하면, 내 글을 읽고 있는 사람들은 다 사랑과 관련이 되는 사람이기 때문에, 사랑에 대한 마음이 더 뛸 것 같아서다. 그래서 처음으로 나는 이 책들을 소개하고 싶다. 첫 번째 책의 제목은 '왜 나는 너를 사랑하는가'라는 책이다. 저자는 알랭 드 보통이라는 작가님이시고, 이 책은 사랑이 시작하는 것을 운명으로 여겨 쓴 소설 같은 책이다. 주인공과 그 주인공이 사랑하는 사람과 서로 낭만적인 운명처럼 만나 사랑에 빠지고 서로 사랑을 하다가 주인공이 사랑했던 사람이 다른 사람과 사랑에 빠져 주인공과 이별을 했다. 주인공은 이별한 그 사람을 너무 사랑해 마음이 아파 극단적인 선택을 할 정도로 힘들었고, 왜 나에게 이런 시련을 주셨는지 신에게 원망하기도 했다. 그러다가 주인공은 생각하게 됐다. '왜 나는 너를 사랑하는가'라고, 주인공은 그런 생각을 안고 이렇게 이야기가 시작했다. 이 책은 주인공의 사랑 과정이 담겨 저 있으며, 대표적인 주제가 이별이므로, 이별을 경험한 사람이나 주인공이 어떻게 잊을 건지 궁금한 사람들이 많이 좋아하고 볼만한 책인 것 같다. 이별이라는 게 많이 힘들다는 것이 이 책이 많이 표현해 준다. 그리고 나와 제일 비슷한 공통점은 사랑에 대한 여러 가지 주제이기도 하다. 이별을 경험한 사람은 이 책의 글에 공감하고 슬픔을 같이 느낄 거다. 과연 주인공이 이별을 경험하고 어떻게 이별을 표현할 건지 궁금증을 유발하는 첫 번째 '왜 나는 너를 사랑하는가'이라는 책이다.

그다음 두 번째 추천할 책은 서로 사랑하는 사람과 같이 읽으면 공감해서 눈물을 흘릴 정도로 재미있고 슬픈 책이다. 제목은 '오늘 밤, 세계에서 이 사랑이 사라진다 해도'라는 소설책이다. 이 저자는 이치조 미사키라는 작가이다. 이 책은 진한 사랑이 가득 담긴 책이며, 다른 사람들은 이 책을 읽으면서 머리가 아플 정도로 펑펑

울었다고 한다. 내용은 서로 사랑하지만, 주인공(히노 마우리)은 매일 기억이 사라져 상대방(가미야 도루)가 하루하루 시간이 지나면 잊어버린다. 하지만 상대방(가미야 도루)는 주인공을 매우 사랑하기 때문에 매일 같이 함께 있어 준다. 그러다 기억을 매일 사라지는 주인공(히노 마우리)은 하루하루마다 그 상대방(가미야 도루)에게 호감을 느껴 상대방(가미야 도루)에게 고백한다. 가미야 도루는 그 고백을 매일 받아주는 그런 내용이다. 이 책은 정말 슬프다. 사랑이 그 사람을 포기하지 않게 해준다는 것이 멋지고 대단하다고 느낀 책이다. 또 진흙 같은 현실을 극복하고 사랑이 다시 이루어질 수 있을지 궁금한 책이기도 하다. 사랑의 힘이 얼마나 큰지 알려줄 수 있는 책이기 때문에 모든 사람에게 추천하는 책이다.

그리고 마지막 이 책은 사랑이 너무 힘들 때 짝사랑이 지겹고 마음이 무거울 때 이 책을 추천한다. 바로 '왜 사랑했을까'라는 장세희 작가님의 책이다. 이 책은 누군가를 사랑한다는 것을 알려주며 힐링 되는 글이 가득하다. 주제는 사랑의 소주제 짝사랑이 가득하며, 왜 사랑했을까 하는 의문점과 보고 싶다, 사랑한다는 듯 말하고 싶었던 말을 이 책이 대신해주는, 위로가 크게 되는 책이다. 정말로 이 책은 사랑으로 인해 마음이 지친 사람들을 추천한다. 이 책으로 마음이 조금이라도 좋길 바라는 마음이다. 이렇게 딱 이 세 개의 책을 추천하며 이 책을 읽고 많은 생각을 했으면 좋겠다. 왜냐하면, 이 두 책은 사랑이 분명하게 드러나 있는 책이고, 서로 사랑으로 인한 문제점과 해결법이 나와 나의 책과 연관성이 있기 때문이다. 자신과 관련성이 멀리 있는 것 같지만, 알고 보면 나와 가까이 있기도 하기 때문이다. 반대로 사랑이 가까이 있는 것 같아서 손으로 잡으려 그래도 잡히지 않는 것처럼 말이다. 사랑에 대해 이 세상에 사랑을 다 알고 완벽한 사람은 없을 거다. 그냥 자신의 감정을 다 해서 사랑했으면 한다. 그것이 두렵고 힘들어도 괜찮다 잠시 쉬어도 된다. 사랑의 힘이 들면 안 되고, 행복하게 해야 한다. 나의 책은 그 말이 꼭 해주고 싶은 것이다. 사랑은 부메랑처럼 다시 돌아오니까.

모두 사랑이 이루어지고 행복하길.

제3화 자존감이란(넘어져도 괜찮아)?

내가 자존감에 관심을 가졌던 건 아마 중2 때부터였을 것이다. 나는 중2가 되기 전까지는 아마 자존감에 관심이 없었었던 것 같다. 사실 중2 때부터 자존감이 뭔지 확실히 알기 시작했던 것 같다. 그전까지는 자존감이라는 단어에 대해 자주 듣기는 했었지만, 자세히 알지는 못했고 그렇다고 해서 관심을 가져 자존감에 대해 찾아보거나 하지 않았다. 아마 그 이유는 그때 본격적으로 사춘기가 찾아오지 않아서 그랬던 것 같다. 나는 그렇게 생각한다. 사춘기. 사람들이 말하기를 질풍노도의 시기라고 한다. 이런 사춘기가 내가 본격적으로 찾아온 것은 중 1이었고 그때 나는 자존감이 많이 떨어졌었다. 그때 나는 내가 자존감이 떨어진 줄도 몰랐었고 그냥 자존감이 떨어져서 생긴 감정들로 마음만 힘들어할 뿐이었고 그저 그 자리에서 머물러 있을 뿐이었다. 그런 나는 나중에서야 자존감에 대해 알게 되었고 자존감을 되찾게 되었다. 자존감은 자신을 사랑해야 키울 수 있는 마음이라는 것을 깨달았기 때문이다. 그 뒤로 시간이 흘러 지금 책을 쓰기 위해 원고를 쓰고 있는 내가 이 주제에 관심을 두게 된 시기는 정확히 중2 때부터였던 것 같다. 내가 중2 때 또래 상담자로서 처음 활동을 할 때 친구를 상담해줄 때 자존감의 중요성과 더불어 자존감에 대해 깊게 생각해 볼 수 있었으며 혹은 또래 상담자로서 또래 상담자에 관련해서 수업을 들을 때 자존감에 대해서도 많이 배웠었고 그때도 자존감에 대해 깊이 생각해 볼 수 있었다.

그리고 학년 바뀌고 나서도 이어서 또래 상담자를 2년째 하고 있다 보니 자존감에 대해서 더 깊게 생각해 볼 수 있었고 그러다 보니 '자존감은 과연 무엇일까?','자존감은 어떻게 키울 수 있을까?' 에 대해서 곰곰이 생각해 보다 보니 '과연 친구들은 자존감에 대해서 어떻게 생각할까?'에 대해서 생각을 하게 되었다. 그리고 더불어 '친구들이 자존감이 떨어졌을 때 극복할 수 있는 자신만의 방법을 가지고 있을까?',' 아니면 자존감을 가지는 방법에 대해서 알고 있을까?' 에 대해서 생각해 보면서 제가 자존감이 떨어졌을 때를 생각해 보게 되었다. 그 당시에 나는 자존감이 무엇인지 알지 못했고 그랬기에 그 당시에 나 자신이 자존감이 떨어진 줄도 몰랐다. 그냥 그 당시에 자존감이 떨어짐으로 인해 만들어진 감정으로만 힘들어만 할 뿐이었다. 그러다가 자존감이 무엇인지 알게 되었고 그제야 자존감이 떨어진 나를 발견하게 되었다.

그때 나는 자존감을 올릴 방법을 찾아보았다. 자존감과 관련된 도서도 찾아보았고 자존감을 높일 수 있는 기사에 대해서도 보기도 하고 여러 방법을 찾아보았지만 가장 친한 친구에게 고민을 털어놓고 위로를 받는 것이 도움이 되었다. 나를 모르는 남에게서 나 자신을 위로할 방법을 찾는 것보다 나를 잘 아는 가장 친한 친구에게 공감을 받으면서 위로를 받는 것이 자존감을 잃어버린 나에게 다시 자존감을 되찾을 수 있는 계기가 되었었던 같다.

비록 위에 써진 다른 방법들도 나의 자존감을 높이는 데 도움이 되었지만, 친구의 위로가 나의 자존감을 다시 찾고 자존감을 키울 수 있는 원동력이 크게 되었던 이유는 아마도 나이가 같은 또래 친구가 공감을 해주었기 때문이 아니었을까 싶다.

그래서 나 또한 청소년 관점에서 자존감에 관해 이야기하면서 공감을 해주고 위로가 될 수 있는 책을 만들고 싶어서 자존감이라는 주제를 선택하게 되었다. 내가 읽었던 책들을 보면 어른들이 썼던 책들이 대부분이었고 청소년기를 지금 보내고 있는 청소년들과 청소년기가 이미 지나가 버린 어른들의 시점이 다를 거로 생각한다. 아니 달랐다. 내가 읽었던 책 중 빨강머리 앤이 하는 말 중 '나는 이제 절대라거나 결코라는 말을 하는 사람을 잘 믿지 않게 되었다. 절대, 결코 일어나지 않는 일 같은 건 없으니까. 그럴 수도 이럴 수도 있는 게 인생이었다. 그것이 지금까지 간신히 이해한 삶이다.'라는 부분이 있는데 나는 사실 이 부분이 잘 이해가 되진 않는다. 아직 내가 어른이 되지 않아서일까? 그러므로 어른들의 시점에서 써진 '자존감'이 주제인 책들은 자존감을 높일 방법을 찾고 그것을 실천하는 데에는 크게 도움이 될 수 있겠지만 또래의 관점에서 이야기를 해주는 것이 진짜 자신을 찾는 방법을 찾음으로써 더욱 견고해진 자존감을 키울 수 있지 않을까 생각한다. 그리고 더불어 자존감은 결국 자신을 찾는 데에서 시작한다. 결국, 방법을 찾는 것보다 자신에 감정을 받아들이는 데에서 시작하는 것으로 생각한다. 그러려면 자신과 같은 시점을 가지고 있는 사람에 말이 가장 효과적일 것으로 생각한다.

비록 나와 다른 친구들 혹은 선배나 후배들 입장이 나와 모두 같지는 않겠지만 같은 청소년기를 보내고 있는 상태에서 청소년 시기에만 느낄 수 있는 감정, 나중에 커서는 잃어버리게 되는 감정들을 공감을 잘할 수 있는 것은 청소년이라 생각합니다. 그렇기에 내가 쓰는 이 책이 모든 청소년에게 도움이 되지는 않겠지만 적어도 위로는 되길 바라 이 주제로 선정했다. 또 청소년들을 위한 책은 많지만, 청소년을 위해서 청소년이 직접 쓰는 책은 얼마 없다. 그렇기에 이 주제가 특별하다고 생각되어 꼭 이 주제로 글을 쓰고 싶다. 그리고 더불어 또래 상담자를 함으로써 힘들어하는 친구, 고민이 많은 친구, 상담이 필요한 친구 등 여러 친구를 만나보고 지켜보았지만, 상담을 받고 싶어도 그것이 두려워 상담을 못 받거나 혹은 상담조차도 받고 싶지 않은 친구들이 있었다. 그런 친구들이 상담을 받지 않아도 위로를 받고 자존감을 다시 찾을 수 있게, 위로를 받고 지금의 상황을 위로를 통해서 잘 이겨내길 바라는 마음으로 이 주제로 글을 쓰고 싶다. 그리고 더불어 나는 친구들에게 고민을 털어놓고 위로를 받아서 자존감을 되찾았지만, 친구에게도 털어놓기조차 힘든 상황일 때 그렇지만 누군가에게 위로는 받고 싶을 때 읽었으면 좋겠는 책이기 때문에 위 주제로 책을 쓰게 되었으며 비록 글솜씨는 부족하겠지만 진심을 담아 써서 이 주제로 힘들어하는 친구들이 줄었으면 좋겠다. 그리고 이 주제로 인해 힘들어하더라도 그렇게 많이 힘들어하지 않았으면 좋겠고 곧바로 일어날 수 있다는 자신감과 희망을 품으며 살아갔으면 좋겠다는 마음으로 이 주제를 선택했다. 그리고 나는 이 책을 지금 사춘기를 보내고 있는 내 동생에게 보여 주고 싶으므로 이 주제로 글을 쓰고 싶다.

사실 내 동생은 짐 중1로 한창 사춘기를 보내고 있다. 심하게 사춘기를 보내고 있지는 않지만 내 눈에 "아, 사춘기를 겪고 있구나" 가 보인다. 나는 사춘기를 겪을 때 힘들었었던 것 같다. 마음도 힘드니 몸도 힘들고 여러모로 지쳐있었던 것 같다. 그때 나는 누군가라도 의지를 하기는 했지만, 동생은 나랑 성격이 정반대라 그런 이야기는 절대 하지 않는다. 자신이 힘들거나 속상하거나 화나는 일도 자신 마음 깊숙이 묵혀둔다. 물론 그렇다고 해서 주변 사람들이 그것을 모르지는 않지만, 주변 사람들의 그 이야기에 대해서 직접 이야기를 꺼내기까지 먼저 이야기를 하지 않는다. 그래서 걱정이 된다. 먼저 말을 꺼내지 않으니까 알 수 없다. 어떤 마음인지. 그래서 이 책을 통해 지금 힘들다면 위로를 받았으면 좋겠다. 물론 내 동생뿐만 아니라 모든 사람에게 특히 내 동생같이 힘들어도 말하지 않은 사람들에게 그리고 이 책을 통해서 지금 자신이 힘들다고 느낌은 감정이 괜찮은 거라고 사람이니까 힘든 거라고 말해주고 싶다.

나는 힘들어하는 나 자신을 이상하게 생각하고 구박했고 자책했다. 그러니까 지금 자존감이 떨어진 사람들에게 말하고 싶다. 지금 그 마음 전혀 이상한 게 아니니까 괜찮다고 말이다.

자존감이 낮으면 어떤 문제가 있을까? 사람들에게 미치는 영향은 무엇일까? 자존감이 낮으면 먼저 스스로가 행복하지 않다. 그 이유는 자존감은 말 그대로 자신을 존중하고 사랑하는 마음이다. 그렇기에 자존감이 낮아지면 자신을 존중하고 사랑하는 마음 또한 없어지게 되면서 스스로가 행복하지 않다. 그리고 무슨 일을 하더라도 결과에 대한 성취감과 만족감을 느끼지 못하고 결과에 따른 실패에 대한 우려와 걱정 때문에 항상 불안해하기 때문에 실패의 경험으로부터 회복 탄력성이 약하며 실패를 겪기 두려워하고 도전의식 또한 저하되고 집단으로부터 어떤 프로젝트를 할 때 스스로 리더의 자격이 없다고 생각하여 자신이 직접 주조하려 나서지 않는다.

또한, 자신에 대한 호의적이지 못한 견해를 갖고 있으며 이 때문에 자기혐오와 부정적인 말을 자주 하게 된다. 그리고 자존심은 높아지고 타인에 비교하여 열등의식을 가지고 있으므로 자신에 대해서는 방어적으로 대하여 남의 탓을 하기도 하며, 혹은 스스로 와 타인을 안 좋게 평가하기도 한다. 그리고 겉모습에 지나치게 관심을 가져 외모, 관리, 다이어트, 명품에 과하게 집착하게 되고 남에 대한 시선에 과하게 신경을 쓰기 때문에 직업이나 학과를 선택할 때에도 자신이 하고 싶은 일보다 사람들의 시선을 생각해 선택한다. 그러므로 자신이 좋아하는 일에 관심이 없고 자신이 생각하는 멋의 기준에 엄청나게 집착하며 그 멋의 기준에 맞는 직업을 가지면 멋있다고 생각하고 자존감이 올라갈 것으로 생각한다. 그렇기에 자기 자신보다 자기가 소속감을 느끼고 있는 조직에 더 자부심을 느끼고 자신을 사랑하지 않고 자신이 소속되어있는 조직에 집착하게 되며 그 조직만을 사랑하게 된다. 그리고 사회적 영향력이 강한 타인에게 설득당하기 쉽다. 또 사람 자체가 부정적으로 변하게 되며 모든 일을 할 때 자신에 대한 부정적인 평가나 혹은 모든 일상이 부정적으로 변하게 되면서 심할 경우 우울증 증상이 나타날 수 있다. 위 같은 이유로 마음에 병이 생기면서 몸에도 이상이 생겨 건강이 악화할 수 있다. 그리고 일상에서도 불안함을 자주 느낄 수 있으며 또한 돈이나 사회적 지위를 이용해서 다른 사람들에게 칭찬이나 복종을 요구하기도 하고, 다양한 방법을 이용해 애정표현이나 칭찬을 얻으려 하죠. 때로는 자신에게 도움이 되지 않는데도 아첨이나 좋은 얘기를 해주는 사람을 곁에 두기도 하고요. 그리고 자신보다 힘이 약한 사람들을 괴롭히면서 힘을 과시하기도 한다.

[그 외에 다른 문제]

1. 상대에게만 너무 맞춰주려 한다. - 자존감 낮은 사람 특징은 자신의 견해는 뒤로 미루고 상대방의 입장만을 고려하며 눈치를 살핀다.

2. 자신을 사랑받을 수 없는 존재로 느낀다. - 아무리 생각해도 나의 장점을 찾을 수 없다. 누군가가 나를 사랑한다고 하면 받아들이는 게 아니라 '나를 왜? 내 어디가 좋아서?'라는 식으로 생각한다.

3. 상대와 끊임없이 비교하면서 나를 깎아내린다. - '걔는 예쁘게 생겼는데 나는 왜 이렇지?' '나는 너무 평범해, 저 사람은 특별한

데…..'라며 평소에 이런 생각을 하기도 하고, SNS 사진을 보면서도 끊임없이 비교하면서 부러워하고 나를 깎아내린다.

4. 스트레스에 취약하다. - 사소한 것에도 불안을 느끼며 다른 사람의 반응에 하루의 기분이 좌우된다.

5. 다른 사람의 시선을 지나치게 의식한다. - 나 자신에게 관심을 두기보다는 타인의 시선을 지나치게 의식하며 행동하고 나의 가치를 과소평가한다.

6. 타인이 나를 부정적으로 볼 것 같다. - 타인은 아무 생각 없이 쳐다봐도 '왜 쳐다보지? 내가 싫은가?' '저 사람은 나한테만 저러나?'라고 생각하며 혼자 멋대로 해석하고 주눅 들기도 합니다.

7. 누군가 화나 있으면 나 때문인 것 같다. - 곁에 있는 누군가 혹은 직장 동료가 화가 나 있으면 나 때문인 것 같아 '혹시 나 때문에 화난 건 아닐까?' 하고 생각하다가 상대가 아니라고 할 때 마음이 놓이기도 한다.

8. 칭찬이나 비판을 받아들이기 어려워한다. - 누군가 칭찬을 하거나 비판을 한다면 그대로 받아들이지 못한다.

9. 나의 장점을 모르겠다. - 내가 나를 봤을 때, 마음에 드는 부분이 없다. 남은 항상 빛나고 멋있는데 나는 내세울 만한 장점이 없는 것 같이 느껴진다.

10. 내 몸의 건강 상태를 신경 쓰지 않는다. - 자존감 낮은 사람 특징은 내 몸을 아끼고 사랑하지 않기 때문에 건강 관리에 힘쓰지 않는다. 통제력이 떨어지기 때문에 공격적인 성향을 보인다.

그렇다면 자존감을 어떻게 높일 수 있는가? “내가 나라서 좋아!”[1]라는 제목으로 게시된 자존감을 높이는 6가지 방법을 인용하면 다음과 같다.

1. 현재에 집중하기 - 과거를 반추하거나 미래에 집착하지 않고, 현재의 순간에 집중할 때 자존감이 높아진다. 자기만의 세계에 갇혀있거나, 직면한 상황을 회피했을 때 해결되는 것은 아무것도 없다. 반면, 주어진 하루하루를 성실히 살아가다 보면 부정적인 사고 회로에서 빠져나올 수 있다. 이와 더불어, 새로운 경험을 통해 그동안 몰랐던 자신의 장점을 발견하기도 한다.

2. 있는 그대로 수용하기 - 조건 없이 자신을 그 자체로 받아들이는 태도가 중요하다. 실수하거나, 목표하는 일이 잘 이루어지지 않는 상황은 누구에게나 있다. 이때, 죄책감에 빠져 “역시 난 무능력하고, 가치 없는 사람이야”라고 생각하면 안 된다. 자신의 문제점을 있는 그대로 받아들이면서, 이 경험을 통해 문제 상황에서의 대처 방법을 배웠다고 생각해야 한다.

3. 책임감 있게 행동하기 - 자존감을 높이기 위해서는 자기 책임을 져야 한다. 자기 책임이란, 자신의 행위나 그 결과에 대해 수용적, 긍정적, 자발적으로 대처하는 태도를 의미한다. 자신에 대한 책임감이 낮으면 타인의 관점에 따라 중대한 결정을 선택하는 참

1) 출처 (https://www.hidoc.co.kr/healthstory/news/C0000711896 | 하이닥

사를 초래할 수도 있다. 인생은 아무도 책임져주지 않는다. 본인이 자신의 인생을 책임질 만큼 가치 있고, 중요한 사람이라는 사실을 절대 잊으면 안 된다.

4. 의견을 당당히 말하기 - 자기주장을 하는 것은 타인에 대한 배려가 없다고 생각하며, 자기 자신의 의견을 뒷전으로 미루며 타인의 주장을 따르는 경우가 있다. 그러나 서로의 생각을 공유하는 것과 자기 생각만 옳다고 우기는 것은 엄연히 다르다. 모든 사람의 의견은 그 자체로 존중받아야 한다. 말하고 싶은 것이 있으면 다른 사람의 눈치를 보지 않고 당당히 말해야 하는 이유다.

5. 목표 세우기 - 목적의식은 자신이 무가치하다는 생각에서 빠져나올 수 있게 만드는 핵심적인 방법이다. 여기서 주의할 점은, 달성하기 어려운 목표를 피해야 한다는 점이다. 실패를 거듭하면 오히려 자존감이 낮아지는 결과를 초래한다. 반면, 실현 가능한 목표를 성취하는 날이 늘어날수록 자존감이 높아지면서 스스로에 대한 믿음이 강해진다.

6. 성실하게 생활하기 - 일상을 성실하게 보내는 습관만으로 자존감을 높일 수 있다. 목표한 만큼 결과가 나오지 않아도, 그 과정을 묵묵히 해낸 자신이 대견하기 때문. 하이닥 정신건강의학과 상담의사 정건 원장(정건연세정신과의원)은 하이닥 Q&A에서 "자존감을 높이기 위해서는 먼저 자기 자신을 사랑하는 마음을 만들어 가

야 하고, 자신이 하고자 하는 일에 최선을 다해야 한다."라며 "운동을 꾸준히 하는 것도 도움이 된다."라고 덧붙였다. 자존감이 낮으면 몸 관리에 소홀해지기 쉽다. 이때 운동을 하면 육체적, 정신적 건강 모두 잡을 수 있다.

"자존감을 높이려면 4가지를 기억하라[2]"라는 데이터박스 게시물의 내용을 인용하면 다음과 같다.

자존감은 자기 자신에 대해 느끼는 감정, 자신에 대해 가지고 있는 생각을 말한다. 즉, 객관적이고 중립적인 판단이라기보다 주관적인 느낌이다. 관계, 일, 건강 등 사실상 삶의 모든 측면에 영향을 미치는 자존감을 높이려면 어떻게 해야 할까.

우리 인간은 자신의 인지, 정서, 행동을 변화시킬 수 있는 능력이 있다고 믿는다. 다시 말해, 사람들은 자신의 선택에 따라 그동안의 행동 패턴과 다르게 반응하고 인지를 변화시킴으로써 심리적 문제를 변화시킬 수 있다.

1. 문제가 되는 조건이나 상황을 파악하기 - 자신의 자존감을 끌어내리는 조건이나 상황에 대해 생각해 본다. 흔한 계기로는 학교에서의 프레젠테이션, 친구 등 가까운 사람과의 문제와 같이 역할이나 생활 환경의 변화 등이 있다.

2) 출처 : https://databox.tistory.com/16 | 데이타박스

2. 생각과 믿음 인식하기 - 문제가 되는 상황을 찾았다면, 그것에 대한 자기 생각에 주의를 기울여보자. 여기에는 자신에게 하는 말(자기 대화)과 그 상황이 어떤 의미인지에 대한 자신의 해석이 포함된다. 자기 생각과 믿음은 긍정적일 수도 있고 부정적일 수도 있으며 중립적일 수도 있다. 근거나 사실에 기반한 합리적인 생각일 수도 있고, 잘못된 생각에 근거한 비합리적인 생각일 수도 있다. 이러한 믿음이 사실인지 스스로 물어보라. 친구에게라면 그렇게 이야기하겠는가? 다른 사람에게 그렇게 말하지 않을 거라면, 자신에게도 그렇게 말하지 않아야 한다.

3. 부정적이거나 부정확한 생각에 도전하기 - 처음 든 생각이 상황을 보는 유일한 방법은 아닐 수 있으므로, 자기 생각이 정확한지 시험해본다. 자신의 관점이 사실이나 논리와 일치하는지 아니면 상황에 대한 다른 설명이 가능한지 스스로 물어보라. 생각에서 부정확성을 인지하는 것은 어려울 수 있다. 오랜 생각과 믿음은 비록 많은 것들이 단지 자신의 의견이나 인식일 뿐일지라도 정상적이고 사실적으로 느껴질 수 있기 때문이다. 또한, 자존감을 약화하는 생각의 패턴에 주의를 기울여라.

- 전부가 아니면 아무것도 아니라는 생각: 모든 것이 좋거나 나쁜 것 두 가지로 본다.
- 정신적 여과(Mental filtering): 부정적인 면만 보고 그것에만 연연해 사람이나 상황에 대한 자신의 견해를 왜곡한다.

- 긍정적인 것을 부정적인 것으로 바꿈: 자신의 성취나 다른 긍정적인 경험을 중요하지 않다고 주장하며 모두 거부한다.
- 성급하게 부정적인 결론 내리기: 뒷받침할 증거가 거의 또는 전혀 없는데도 부정적인 결론에 이른다.
- 감정을 사실로 착각: 감정이나 믿음을 사실과 혼동한다.
- 부정적인 자기 대화: 자신을 과소평가, 비하하거나 자신을 비하하는 유머를 사용한다.

4. 생각과 믿음 조정하기 - 이제 부정적이거나 부정확한 생각을 정확하고 건설적인 생각으로 바꾼다.

- 희망적인 표현을 사용한다. 자신을 친절과 격려로 대한다. 프레젠테이션을 망칠 거란 생각 대신, "어렵지만, 난 잘 해낼 수 있어"와 같은 말을 스스로 해준다.
- 자신을 용서한다. 사람은 누구나 실수를 한다. 내가 한 실수가 인간으로서의 나를 평생 반영하지 않는다. "실수했지만, 그렇다고 내가 나쁜 사람이 되는 건 아니야"라고 스스로 말해준다.
- "해야 한다."라는 표현은 피한다. 생각이 이런 표현으로 가득 차 있다면, 자신이나 다른 사람에게 불합리한 요구를 하는 것일 수 있다. 생각에서 이런 단어를 지우면 보다 현실적인 기대를 할 수 있다.
- 긍정적인 것에 집중한다. 내 인생에서 잘 풀리고 있는 부분에 대해 생각한다. 어려운 상황에 대처하는 데 사용한 기술을 잘

생각해 보라.

- 지금까지 배운 것을 생각해 본다. 부정적인 경험을 했다면, 좀 더 긍정적인 결과를 얻기 위해 다음번에 무엇을 따르게 할 것인가.
- 부정적인 생각이 들 때 새로운 관점에서 생각해 본다. 부정적인 생각에 부정적으로 반응할 필요는 없다. 대신, 부정적인 생각을 새롭고 건강한 패턴을 시도하기 위한 신호로 생각하라. 스스로 "이 일로 덜 스트레스 받기 위해 나는 무엇을 생각하고 어떻게 행동할 수 있을까?" 물어보라.
- 자신을 격려한다. 긍정적인 변화를 만든 자신을 칭찬하라. 예를 들어 "내 프레젠테이션이 완벽하지 않았을지 모르지만, 동료들이 질문했고 참여했으니 내 목표는 달성한 거야."

사실 앞에서 여러 가지 방법들이 나왔지만 (자기 자신을 사랑하기, 성실하게 생활하기 등) 내가 가장 효과적이라고 생각하는 방법은 자기 자신을 사랑하는 방법이라 생각한다. 목표를 세우며 성실하게 행동하는 것도 맡은 일에 책임감 있게 행동하는 것도 현실을 있는 그대로 수용하고 현재에 집중하는 것도 남들에게 자신의 의견을 당당히 말하고 부정적이거나 부정확한 생각에 도전하는 것도 다 좋은 방법이라 생각한다. (물론 더 좋은 방법도 많겠지만 말이다) 그러나 나는 아무래도 자기 자신을 사랑하는 것이 가장 효과적인 방법이라 생각한다.

앞에서도 그렇고 지금도 그렇고 계속이 이야기만 반복하고 있기에 지루하게 느껴질 수도 있고 '왜 이 말만 계속 반복하지?'라고 생각할 수도 있다. 그러나 내가 이것을 계속 말하는 이유는 앞에서도 말을 하였듯이 가장 중요하다고 생각하기 때문이다. 아무래도 자기 자신을 미워하게 되면 그 누구도 사랑할 수 없으며 그러다 보면 남들에 대해 심하게 경계하게 되고 그러다 보면 남들의 시선을 지나치게 신경 쓰게 되며 자신에 대한 믿음과 신뢰가 떨어지고 그러다 보면 자신의 그 어느 모습도 사랑할 수 없고 자신에 대한 원망과 미움만 커져만 갈 것이다.

사실 자존감을 키우려면 자기 자신을 그 누구보다도 사랑해야 한다. 다른 누가 나의 안 좋은 점에 대해 말을 하더라도 그 점조차도 장점으로 바꿀 수 있다는 자신감을 가지고 긍정적으로 받아들일 수 있을 정도로 자신을 사랑해야 하며 자기 자신의 안 좋은 점도 좋은 점도 있는 그대로 받아들일 수 있을 정도로 자기 자신을 아껴주어야 한다. 그렇지 않으면 아무리 위와 같은 방법을 실천한다 한들 그 어느 것도 달라지지 않는다고 생각한다. 비록 자존감이 많이 떨어져 있더라도 버티기 힘들어 주저앉아 버렸지만, 자신의 아픔을 잊고 다시 일어서기에 너무 힘들다고 생각하더라도 지금 당장 그 자리에 머물러 있어도 좋으니까 일어서서 앞으로 나아가지 않아도 되니까 지금 주저앉아 있더라도 그 상태에서 자기 자신을 사랑하였으면 좋겠다. 결국, 그 아픔을 딛고 일어나 다시 앞으로 나아가는 것은 나 자신이 나에게 손을 내밀어야 가능한 일이니까 말이다.

누군가가 내 아픔을 대신 아파해줄 수 없다. 사람마다 아픔의 크기는 개개인 다 다르니까 그리고 아파할 아픔의 종류도 다 다르니까 말이다. 그러니 내가 이 아픔을 딛고 일어날 수 있게 도와주는 것은 나 자신이다. 완벽하지 않더라도 모든 것이 결점투성이라 고쳐야 할 부분이 많아도 나를 세상에서 잘 알고 나를 모두 이해해주고 열심히 노력했지만, 생각과 다르게 일이 잘되지 않을 때도 결국 나를 끝까지 믿어줄 사람은 이 세상에 나 하나뿐이니까 말이다. 물론 나를 끝까지 믿어줄 사람은 나 자신 말고도 많을 것이다.(부모님, 친구 등등) 그러나 내가 나를 믿어주지 않으면 다른 사람의 믿음은 보이지 않을 것이다. 아무리 응원이나 칭찬을 해주어도 부정적으로 생각하여 의심할 것이며 이 세상에 그 누구의 말도 듣지 않을 것이다. 비록 자기 자신의 말 일지라도….

그렇기에 자기 자신을 사랑했으면 좋겠다. 누가 뭐라 하더라도 모두 긍정적으로 받아들여 그게 원동력이 되어 하루하루를 그 누구보다도 행복하게 열심히 후회 없이 살았으면 좋겠다. 사람은 누구나 넘어지고 다치고 때론 상처도 받으며 완벽하지 않아 실수도 한다. 그렇게 세상을 살아간다. 그러니 넘어져도 괜찮으니까 다시 힘을 얻어 오늘 하루도 내일도 그다음 날도 다시 일어나려고 노력을 해보았으면 좋겠다. (그것으로도 충분하다) 이것이 지금까지 내가 글을 쓴 이유다.

마지막으로 자존감에 관련된 책을 소개하고 마무리하려고 한다. 개인적으로 '빨간 머리 앤이 하는 말'이라는 책을 추천하고 싶다. 이유는 이 책은 에세이인데 자존감이 주제는 아니지만, 이 책에서 느낀 것도 깨달은 것도 많고 위로도 받기도 하고 해서 이 책을 추천하고 싶다. 그리고 이 책은 에세이기도 하고 지루한 느낌은 들지 않아서 오래 꾸준히 읽을 수 있기에 꼭 읽어보라고 추천하고 싶다. 그 외에 자존감과 관련된 다른 책들은 다음과 같다. '자존감 수업', '자존감이 낮은 사람들을 위한 책', '지금 나의 자존감'

제4화 미친 사람에 미친 사람

우리는 살면서 '~에 미친놈'이라는 얘기를 많이 들어본다. '운동'에 미친 사람, '공부'에 미친 사람, '여자/남자에 미친 사람' 등 이런 얘기를 많이 들을 수 있다. 나는 한 가지에 미친 게 아니라 그냥 사람 자체가 이상해서 다른 의미의 '미쳤다'라는 말을 듣긴 하지만 나도 가끔 이런 얘기를 종종 듣는 경우가 있다. 돈에 한창 빠져있을 때는 '돈에 미친 놈', 한창 랩에 빠져서 온종일 랩만 불러댈 때는 '랩에 미친 놈', 지기 싫어서 미친 듯이 열심히 할 때는 '승리에 미친 놈', '게임에 미친 놈' 등 많이 듣게 된다. 이런 말을 듣게 될 때 가끔 혼자 질문을 던질 수 있다.

“‘도라이’라고 할 때 ‘미친다.’와 ‘공부에 미친다.’라고 할 때 ‘미친다.’는 어떻게 다를까?” ‘도라이’할 때 ‘미친다.’는 ‘상식에서 벗어나는 행동을 한다.’라는 뜻의 ‘미친다.’이고 ~에 미친다. 할 때 ‘미친다.’는 ‘어떤 일에 지나칠 정도로 열중하다.’라는 뜻의 ‘미친다.’이다. 이런 것들에 한창 호기심이 생길 때 나에게 글을 쓸 기회가 찾아왔고 그 기회를 ‘미친다.’라는 주제로 잡기로 했다.

내가 ‘미친다.’라는 것으로 주제를 잡은 이유는 따로 있다. 바로 평소에 많이 듣는 말이기 때문이다. 물론 ‘~에 미친놈’보다는 그냥 ‘미친놈’이라는 말로 더 많이 듣긴 하지만 한 가지 일에 몰두할 때는 그런 말을 많이 듣는다. 내가 한 가지 일에 몰두를 좀 많이 해서 그런 말도 적지 않게 들어서 나는 그런 말을 듣는다고 느끼는 것 같다. 평소에 이 두 ‘미친다.’라는 말을 수도 없이 들어서 난 남에게서 그런 말을 들으면 “드디어 나에 대해 아는구나”라는 생각을 하며 뿌듯하게 된다. 그럼 나는 나에게 질문을 던질 수 있다.

‘난 무엇에 미쳐있는가?’

난 게임에 미쳐있고 유튜브에 미쳐있고 잠에 미쳐있고 사람에 미쳐있고 영어에 미쳐있다. 하지만 진짜로 하나에 미쳐있는 것은 없는 것 같다. 그때그때 매일 관심 있는 것이 바뀌고 그러니 어디에 미쳐있는지도 계속해서 바뀐다. 지금은 글을 쓰니 글에 미쳐있다지만 내가 만약 대회에 나갈 그림을 그리고 있었다면 그림에 미쳐있었을 것이다. 이렇게 매번 뭘 하느냐에 따라 뭐에 미치냐가 달라지는 날 보며 이러는 내가 맞는 것인가에 대해 질문을 하게 됐고 그에 대한 질문을 이 글을 쓰면서 답해보고 싶다.

글을 쓴 또 다른 목적은 '미친다.'라는 말에 대해서 말하고 싶어서이다. '미친다.'는 앞에 말했듯이 뜻이 한가지가 아니다. 앞에선 두 가지만 말했지만 '미친다.'라는 뜻은 앞에 있는 두 가지뿐만이 아니다. 아까 말했던 뜻 2개와 사투리를 빼더라도

'정신이상이 생겨 말과 행동이 다른 사람과 다르게 되다'라는 뜻,
'정신이 나갈 정도로 매우 괴로워하다.'라는 뜻,
'공간적 거리나 수준 따위가 일정한 선에 닿는다'라는 뜻 등

'미친다.'라는 단어는 많은 뜻으로 해석될 수 있다. 이렇게 많은 뜻으로 해석될 수 있는 뜻 중에 난 두 가지 뜻에 대해 글을 쓰려고 한다. 하나는 '어떤 일에 지나칠 정도로 열중하다.'라는 뜻의 '미친다.'를 주제로 쓸 것이고, 하나는 '상식에서 벗어나는 행동을 한다.'라는 뜻의 '미친다.'를 주제로 쓸 것이다. 그리고 이 먼저 나오는 글은 '어떤 일에 지나칠 정도로 열중하다.'라는 뜻의 '미친다.'라는 주제로 쓰인 글이다.

'미친다.'라는 말을 주제로 잡은 마지막 이유는 이미지 개선을 위해서다. '~에 미친다.'라는 말은 안 좋은 이미지가 많이 박힌 말이

다. 그냥 '미친다.'라는 말보단 아니어도 '~에 미친다.'라는 뜻부터 가 "무언가에 '지나치게' 열중하다"인 만큼 좋은 뜻으로 많이 쓰이지 않는다. 그냥 몰두가 아닌 남들을 다 무시하면서 공부할 때는 '공부에 몰두한다.'라고 하지 않고 '공부에 미쳤다'라고 하며, 여자가 남자를/남자가 여자를 지나치게 찾고 밝히는 것을 '남자/여자에 미쳤다.'라고 한다. 이처럼 안 좋은 이미지와 뜻을 내포하고 있는 '~에 미친다.'라는 단어의 이미지를 바꿔주고 나쁜 말에 쓰이지 않게 하고 싶다. 그리고 단어뿐만 아닌 미친 사람까지도 이상한 사람이나 안 좋은 이미지가 사라지길 바란다.

일단'미친 사람'이 끼치는 영향을 알아봐야 한다. 일단 부정적인 영향부터 알아보자면 '미친 사람'은 보통 한 가지 일에만 빠져있기 때문에 다른 사람이 하는 일이나 자신이 빠진 일이 아닌 다른 일에 관심도 없고 거들떠보지도 않기 때문에 다른 사람에게 손해를 끼치거나 감정적인 피해를 줄 수도 있다.

그리고 다른 부정적인 영향은 사람에 따라 다르긴 하지만 한 가지 일에 미쳐있는 사람은 그것을 다른 사람에게 추천할 수 있는데 그것을 하기 전까지는 계속해서 추천하고 안 하면 계속해서 하라고 추천을 하기도 하여 그 사람을 귀찮게 할 수도 있다. 그리고 자신이 재밌거나 도움 돼서 빠진 일이 다른 사람에게는 도움이 안 돼 보여서 그렇게 말하면 크게 실망할까 봐 말하지도 못할 때도 있다. 이런 부정적인 영향만 보다 보면 '미친 사람'이 좋은 곳은 없다고 생각할 수도 있게 된다. 하지만 '미친 사람'은 부정적인 영향만 끼치는 것이 아니다. 여는 것과 다르지 않게 부정적인 영향만 있는 것이 아닌 긍정적인 영향도 끼치기도 한다.

긍정적인 영향 중 하나는 발전에 끼치는 영향이다. '미친다.'라는 뜻을 다시 한번 살펴보자면 '어떤 일에 지나칠 정도로 열중하다.' 이다. 이 뜻에서 부정적으로 보이는 이유는 '지나칠 정도'라는 말이 있기 때문이다. 이 뜻에서 '지나칠 정도로'라는 말을 빼면 '어떤 일에 열중하다'라는 뜻이 되고 이렇게 되면 뜻풀이만 봤을 때 '몰두하다', '몰입하다', '빠진다.'와 같은 말과 같아진다. 이렇게 부정적인 뜻을 빼고 다시 '미친다.'를 대입하고 좋은 것에 써보면 '과학 발전에 미친다.'와 같은 말이 되는데 이걸 좋게 해석해보면 과학 발전에 몰두하여 과학 발전에 공헌하고 이바지하는 것이 될 수도 있다. 이런 식이 되면 '과학 발전에 미친 사람'은 남에게 피해가 갈 수는 있기는 해도 과학 발전에 이바지하고 도움을 줄 수 있는 좋은 사람일지도 모른다.

또 다른 긍정적인 영향이라고 한다면 그 분야에 대한 전문가가 생긴다는 것이다. '공부에 미친 사람'이 공부를 죽을 듯이 해서 공부를 잘하게 되는 것과 같이 자신이 미쳐있는 분야에 빠져들고 연구하면서 그 분야에 전문가가 될 수 있다. 만약 '돈에 미친 사람'이 있다고 치면 그 사람은 돈을 요령 없이 모으다간 돈을 모으기가 힘들다는 것을 깨닫고 돈을 모으고 저축하는 방법을 알게 될 것이다. 이 방법을 혼자만 아는 것은 다른 사람들에게 긍정적인 영향을 끼칠 수는 없지만, 그 요령과 팁들을 요즘 블로그 또는 인터넷에 올린다면 그 요령을 다른 사람과 공유하면서 다른 사람들에게 좋은 사람이 될 수도 있다.

'미친 사람'이 끼치는 영향은 이뿐만이 아니다. '미친 사람'은 한 가지에 몰두하기에 그 분야만 큼에서는 남들보다 뛰어나고 너 높은 수준을 가질 것이다. 그 분야에 따라서 다르겠지만 작은 일이라도 개인의 성과가 올라갈 수도 있고, 큰일이라면 나라의 일에 큰 도움을 줄 수도 있다. 나라의 일에 도움을 주는 게 아니더라도 나라의 위상을 높여줄 수도 있는 일을 할 수도 있다. 그렇기에 무언가에 미치는 것이 무조건 좋다고는 할 수는 없지만 무조건 안 좋은 것이라고는 할 수는 없다.

또, 앞에서 말했듯이 자신이 미쳐있는 것을 다른 사람에게 추천해 줄 수 있지만, 상대방이 이걸 싫어할 것이라는 법은 없다. 그 사람이 추천해 준 그 활동이나 물건이 마음에 들어서 그 사람도 이것에 미칠 수 있다. 그렇게 되면 그 사람은 재밌거나 도움 되는, 아니면 개인의 흥미를 끌 수 있는 어떤 것을 얻은 것이고 원래 그것에 미쳐있던 사람은 그대로 취미와 생활을 하는 것이므로 둘 다 피해 보는 것 없이 원하는 것을 얻은 것이다.

이렇게 너무 매달리듯이 다른 사람에게 추천하지만 않는다면 이것은 다른 사람에게 손해를 끼치지 않을 수 있고 다른 사람이 더 재밌고 질 좋은 생활을 할 수 있도록 도울 방법을 말해줄 수도 있는 것이다.

그리고 굳이 공공의 이익이 아니더라도 도박, 사기 같은 나쁜 것에 미친 것이 아니라면 그 사람의 개인적인 발전과 성장에 밑거름이 되어 줄 수도 있다. 위에서 말했던 것으로 예를 들어보자면 '돈에 미친 사람'은 돈을 모으는 법을 남들에게 알려주지 않고 혼자 알고 있음으로써 자신의 부를 축적해가면서 자신의 발전과 성장을 더 당길 수도 있고 '공부에 미친 사람'의 경우는 공부하는 과정이 학생이라면 그 공부를 통해 시험을 더 잘 보거나 국가의 발전에 도움을 주는 공부를 해서 국가장학금을 받을 수도 있다. 그리고 그런 공부에 미쳐서 열심히 한 것을 이용해서 취직도 쉽게 할 수도 있는 것이다. 나이가 들어서도 공부에 미치면 언제든 공부를 해서 더 성공한 삶을 살수도 있는 것이다.

그러면 미치지 않아도 한 가지 일에 몰두하기만 하면 되는 것 아니냐는 의문이 생길 수도 있다. 틀린 말은 아니다. 하지만 여기서 알아둘 것은 '지나칠 정도로'라는 말이 뜻풀이에 있었다는 것이다. '지나칠 정도로'라는 말은 나쁘게 해석한다면 안 좋은 말이 맞는다. 하지만 간단하게 해석해본다면 '아주 많이', 또는 '눈에 띄게'라고 해석할 수 있다. 이걸 풀어서 말해본다면 미치는 것은 그냥 어떤 것에 집중하는 것으로 끝내는 것이 아닌 한 가지 일에 아주 많이 집중하여 그것을 깊이 파낼 수 있는 것이다. 여기서 알아야 할 것은 '해보다.'와 '미친다.'라는 정확한 차이다. 여기서 이걸 제대로 알아야 '미친다.'가 왜 필요하고 긍정적인 영향이 왜 '미친 사람'의 영향인지 알 수 있다. 한 가지 일에 전념하는 것과 한 번 해보는 것의 차이는 매우 크다. 이것이 그냥 하는 사람 여럿보다 '미친 사람' 하나가 더 필요한 이유다.

한 가지 일에 미치는 것이 좋을 때는 또 있다. 한 가지 일에 미쳐있는 상태라면 다른 것을 신경 쓰지 않을 수 있으므로 다른 것에 상관하지 않고 자신이 빠진 것에 몰두할 수가 있다. 우리 주변엔 한 가지를 하는 것에 방해가 되게 하는 요소들이 많다. 공부를 예로 들어보자면 공부 방해 요소로는 스마트폰, 잠, 체력 부족 등이 있는데 이런 것들에 상관하지 않고 공부를 하는 것은 매우 어렵다.

우리가 보통 하는 유머로 많이 쓰이는 경우도 그렇다. '공부를 시작하려 하면 책상이 더러운 게 보이고 책상을 다 치우고 나면 핸드폰에 알림이 와서 봤더니 친구의 연락이라서 답장을 하다 보니 시간이 오래 지나서 공부를 못 하고 잠이 드는 것'이 이것과 비슷하다. 공부하겠다는 의지가 있더라도 그 의지는 다른 방해 요소가 생기면 꺾일 수 있다.

하지만 한 가지 일에 미쳐서 한 가지만 바라보고 몰두한다면 아무리 방해 요소가 걸리적거리더라도 그 방해 요소를 제치고 자신이 바라보는 목표에 도달할 수 있는 것이다. 물론 학생 시절에는 이런 식으로 한 가지에 미쳐서 잠도 자지 않고 한 가지만 하는 것은 좋지 않으니 적당히 하는 것도 중요하다는 것을 기억해야 한다.

이 외에도 '미친 사람'이 미치는 영향은 더 있다. 물론 긍정적인 영향이 있는 만큼 부정적인 영향도 많이 있을 것이다. 하지만 부정적인 영향이 많은 만큼 긍정적인 영향도 많아질 것이고 긍정적인 영향이 부정적인 영향을 보완할 수 있는 때가 올 것이다.

지금까지 한 가지 일에 '미치는 것'이 왜 좋은지와 '어떤 일에 미치는 것'이 끼치는 영향을 말해보았다. 그렇다면 어떻게 한 가지 일에 미치는지 알고 싶을 수 있다. 그럼 지금부터는 한 가지에 미치는 방법을 알려주도록 하겠다.

한 가지에 미치는 일은 쉽지만, 막상 하려고 하면 어려운 것 중 하나다. 말로만 듣기엔 매우 쉽다. 그냥 한 가지 일을 '곧 죽어도 이 일을 끝내고 죽겠다.'라는 생각으로 끝까지 하는 것이다. 하지만 이것이 어려운 이유는 따로 있다.

바로 관심이 없기 때문이다. 물론 자신이 좋아하는 것이 있을 수 있다. 하지만 만약 진짜로 하고 싶어서 하는 것이고, 그 일이 좋다면 미치는 방법을 몰라도 그것에 미칠 수 있게 된다. 무언가를 해야 하긴 하지만 그것을 미칠 정도로 하고자 하는 의지가 없다면 그것에 미치기는 힘들다. 정말 그것에 미칠 정도로 하고자 하는 의지가 있다면 미치는 방법을 몰라도 될 수 있다. 하지만 미칠 정도의 관심이 없으면 그것에 미치기도 쉽지 않다. 관심이 있어서 그것을 잘하고 싶거나 잘 알고 싶어서 미치는 것인데 그것에 관한 관심 없이 그냥 해야 해서 하는 것이라면 특별한 재능이나 능력이 있는 것이 아니라면 그것에 미칠 정도로 빠져들기 힘들다.

그러나 한 가지 방법이 있다. 그 일에 흥미를 느낄 수 있거나 그것을 했을 때 얻을 수 있는 것을 눈에 보이게 하는 것이다. 그 일에 흥미를 느끼는 방법은 그것을 재밌게 하는 것이다. 실제로 공부를 게임형식으로 바꿔서 공부를 해보았을 때 학생들은 그것에 흥미를 느껴 더 좋은 성적을 거두었다. 이처럼 그 일에 흥미를 느끼게 되면 더 몰입할 수 있게 되고 더 쉽게 그 일에 미칠 수가 있다.

그것을 했을 때 얻는 것을 만드는 것은 간단하다. '내가 이것에 성공하면 이걸 할 수 있다.' 또는 '내가 ~에 도달하면 이걸 할 수 있다.' 꼴로 목표를 설정하고 그 목표에 맞는 상품을 주는 것이다. 목표를 정할 때는 쉬운 단계가 아니라 정말로 열심히 해야만 달성하거나 성공할 수 있는 것으로 하는 것이 좋다. 그렇게 되면 목표를 이루기 위해서 그 일을 더 열심히 할 수 있게 되고 그렇게 그것에 점점 미쳐가는 것이다.

이와 비슷한 것으로 경쟁도 있다. 경쟁함으로써 승부욕과 이기겠다는 목표로 그것에 더 열정적으로 참여하게 되고 그렇게 점점 그것에 미쳐갈 수 있다. 경쟁은 게임이나 경쟁이 가능한 것만 가능하다고 생각할 수 있지만 그렇지 않다. 공부 같은 경우는 성적을 통해서 경쟁할 수 있듯이 그 일을 했을 때 나오는 결과를 통해서 비교해가며 경쟁할 수도 있다.

이런 식으로 하려는 것에 흥미를 느끼면서 하면 더 쉽게 몰입하고 그것에 미칠 수 있다. 그러니 그냥 무작정 하지 말고 이런 식으로 흥미를 느끼고 해보길 추천한다.

그리고 한 가지에 미치는 것을 힘들게 하는 것은 또 있다. 바로 방해 요소다. 앞에 말했든 공부에는 스마트폰, 잠, 체력 부족 등이 있고 다른 것들에도 방해 요소가 있기 마련이다. 그런 방해 요소는 우리가 한 가지 일에 미치는 것을 방해한다. 공부에 미치는 것으로 예를 들자면 우리가 공부하려고 할 때 핸드폰으로 알림이 올 수 있다. 그때 핸드폰의 알림을 무시하기는 쉽지 않은 사람들이 많다. 누구에게 왜 왔는지도 모르기에 궁금한 것이다. 하지만 여기서 알림이 왔을 때 알림이 왜 왔는지 확인하는 것은 잘못된 것이 아니다. 하지만 여기서 알림을 확인하고 그 핸드폰을 계속하는 것이 문제가 된다. 핸드폰을 봤을 때 핸드폰을 본 목적을 잊고 다른 행동을 하는 것이 문제가 되는 것이다.

이와 비슷하게 공부를 하는 과정에서 잠이 오는 것도 있다. 잠을 참는 것은 매우 어려운 행동이다. 그렇기에 공부를 하는 과정에 잠이 오게 되면 잠을 참으려고 하다가도 어느샌가 잠들어 있는 자신을 볼 수 있다. 잠은 3대 욕구 중 하나이기도 하고 참기가 힘들다는 것은 대부분 아는 사실이다. 그렇기에 더 참기가 힘들고 어려운 것이다.

그리고 마지막 제일 문제인 체력 부족이다. 흔히들 공부는 엉덩이로 한다고 한다. 그런 얘기는 그냥 있는 얘기가 아니다. 공부하려면 앉아있는 시간이 길어져야 하지만 길게 앉아있으려면 체력이 좋아야 한다. 의자에 오래 앉아있는 것도 체력싸움이기 때문이다. 이때 오래 앉아있는 게 힘들다면 그것이 가장 큰 방해 요소자 위험요소다.

이렇게 방해 요소들이 있지만, 이것들이 공부에 방해된다고 자지도 않고 무작정 앉아 있는다고 해서 공부가 잘되는 것은 아니다. 그리고 이런 것에 져서 그날만 공부를 못 해도 그 하루만 그렇게 못 하는 것은 공부 실력 향상에 타격을 크게 주지도 않고 성적을 올리는데 큰 피해를 주지 않는다. 하지만 한 가지 일에 미치는데 큰 타격을 주는 것은 이런 식의 일이 계속 반복되는 것이다. 이런 식으로 공부를 못 하는 날이 쌓이고, 쌓이면 공부에 미치는 것은 실패하게 된다.

한, 두 번 이런 식으로 공부를 못하는 날이 생기는 것은 상관없지만 이런 일이 반복되면 안 된다는 말이다. 그렇지 않고 꾸준히 공부한다면 언젠가는 공부 실력이 늘고 성적도 오를 것이다. 그것이 공부에 미친 그것에 관한 결과다.

한 가지 일에 미치는 방법은 앞에 내용만 지키면 매우 쉽다. 그냥 한 가지 미치고 싶은 일을 정해서 그 일에 흥미를 느낄 수 있게 하고 그것을 계속하면서 관심을 가지고 그것에 점점 미쳐가면 되는 것이다.

미쳐가는 것에는 문제가 있을 수 있다. 한 가지 일에 미치는 것은 좋지만은 않을 수 있다. 앞에서 짧게 말하긴 했지만 좋은 점만 있는 것은 아니기에 한 가지에만 심하게 미치는 것은 위험할 수 있다. 앞에서 말했듯 다른 것에도 관심을 가지면서 하는 것이 중요하기 때문에 미친다고 해도 하나에만 심하게 미치는 것은 피하는 것이 좋다. 무언가에 미친다고 하더라도 너무 빠져들어 있지 않고 적당히 미쳐있는 것이 좋다. 적당히 미치는 게 어려울 수도 있다. 적당히 미치는 게 어려울 수 있기에 적당히 미치는 방법을 알려주도록 하겠다.

적당히 미치는 것은 한 가지만 하면 된다. 지나치지 않을 정도로 시간이나 수량을 정해놓고 하면 된다. 시간이나 수량을 정하면 딱 적당한 시간이나 양만큼만 하고 적당히 끝낼 수가 있기에 딱 정한 만큼만 하고 끝내면 지나치지 않게 하고 끝낼 수가 있고 그렇게 되면 너무 지나치게 미치지 않을 수가 있다.

인터넷에 ‘미친 사람’이라고 검색한 후 도서로 가보면 사실 ‘돌다’의 뜻을 가진 ‘미친 사람’보다는 ‘몰두하다’라는 뜻의 ‘~에 미친 사람’이 제목에 들어간 책이 거의 모든 자리를 차지하고 있다. 확실히 ‘돌다’ 뜻의 ‘미친다.’를 주제로 하면 ‘미친 사람’을 주인공으로 하고 스토리를 진행하는 만화나 소설이 더 쓰기 쉽고 간단해서 ‘돌다’ 뜻의 ‘미친 사람’을 주제로 한 주장문이나 설명문 같은 책이 많이 없는 것이다. 그 대신 같은 형태이지만 다른 뜻이 있는 ‘몰두하다’ 뜻의 ‘미친 사람’이 많이 쓰인 것이다.

하지만 반대로 ‘몰두하다’ 뜻의 ‘미친 사람’은 소설이나 만화에 주인공으로 많이 나오지 못한다. 정말로 하나만 하면서 다른 것에 신경 쓰지 않기 때문에 만화나 소설의 주인공이 되기엔 적합하지 않아서 많이 쓰이지 않고 쓰이더라도 주인공으로 많이 쓰이지 않는다. 하지만 ‘돌다’ 뜻의 ‘미친 사람’은 이리 튀고 저리 튀는 재밌는 전개로 인해 재미 요소가 필요한 소설이나 만화에 많이 쓰인다.

이번에 할 얘기는 ‘미친 사람’에 대한 얘기이다. 지금까지는 그냥 설명만 하였지만, 이번엔 자료에 관해 얘기할 것이다. 내가 이 얘기를 같이할 자료는 ‘하늘을 걷는 남자’라는 영화다.

‘하늘을 걷는 남자’는 말 그대로 하늘을 걷는, 외줄 타기를 하는 사람을 보여 주는 영화다. 주인공 필립은 전부터 외줄 타기를 하고 싶었고 그런 꿈을 반길 리 없는 가족은 필립을 내쫓았다. 하지만 그런데도 포기할 수 없던 필립은 길거리에서 공연하며 돈을 벌면서까지 외줄 타기를 배웠고 그는 하고 싶은 것을 하기 위해 허가를 받지 않았음에도 뉴욕의 쌍둥이 빌딩에서 외줄 타기를 할 계획을 세우고 연습하고 또 연습했다. 그렇게 준비를 마친 필립은 밧줄 타기를 선보이며 이목을 끌게 되었고 결국 쌍둥이 빌딩에서의 밧줄 타기는 성공적으로 마치게 되며, 그는 계속 외줄 타기를 계속할 수 있게 된다.

이 이야기는 밧줄 타기에 미쳐있는 남자, '필리프 프티'라는 남자의 실화를 그린 이야기다. 그는 외줄 타기를 미치도록 하고 싶었고 그는 결국 그 끈기로 외줄 타기를 하는 것에 성공했다. 극 중 필립은 쌍둥이 빌딩 옥상에 올라가 끝에 서서 밑을 내려다보며 이런 말을 한다.

"불가능해. 하지만 할 거야."

이 말로 우리는 필립이 얼마나 외줄 타기를 하고 싶어 하고 할 의지를 다졌는지 알 수 있다. 사람들은 그런 그를 보고 그가 미쳐있다고 생각할 수 있다. 하지만 나는 그가 그냥 미쳐있다고 생각하지 않는다. 그는 그냥 미쳐있는 것이 아닌 외줄 타기에 미쳐있는 것으로 생각한다. 그가 외줄 타기에 미쳐있었기에 그 어려운 도전이자 위험한 도전에 뛰어들 수 있었고 그것을 도전했기에 그는 그 밧줄 타기를 성공할 수 있었다.

물론 필립처럼 어떤 것에 진심으로 미쳐있는 것은 위험할 수 있다. 필립처럼 어렵고 위험한 일이라면 더더욱 위험하다. 흔히들 말하듯 눈에 보이는 것은 밧줄과 나밖에 없을 수 있기에 다른 것에 신경을 쓰지 못하고 그렇게 더 위험해질 수 있다.

필립처럼 그냥 도전하는 것에만 집중하지 않고 자신이 미쳐있는 것을 끝없이 연습하면서 조금씩 늘 수 있다면 그것은 무모한 미친 도전이 아니라 멋진 도전이 될 수 있을 것이다.

언제나 무언가에 미쳐서 빠져들 수 있다. 하지만 그것보다 중요한 것은 미친 것에서 다시 빠져나오는 것이다. 미친 것에서 빠져나오는 것만큼 중요한 것은 없다. 아무리 그것에 미쳐서 다른 것을 안 보인다 해도 주위를 둘러볼 수 있어야 한다. '안 되는 것은 안 된다.'라는 것을 알아두는 것도 좋은 방법이 될 수 있다. 그러니 너무 무모한 것에 미치지 말고 미칠 만한 것에는 최대한 미쳐보는 것도 하나의 경험이니 한 번 정도는 어떤 일에 미쳐보는 것도 좋을 것 같다.

제5화 미친 사람 중에 미친 사람

우리는 살면서 '미쳤다' 라는 말을 적어도 한 번쯤은, 많으면 하루에 한 번꼴로 듣기도 한다. 나 같은 경우는 평소에 이상한 짓, 대담한 짓, 특이한 짓 등등 별의별 짓을 다 하다 보니 미쳤다는 말을 자주, 그리고 많이 듣는다. 그 외에도 어떤 것을 보고 놀라서 "미쳤다!" 라는 감탄사를 자주 하는 사람도 있다. 이것처럼 우리는 살면서, 생활하면서, 누군가를 만나면서 '미쳤다'라는 말을 많이 듣는데 그러다 보면 이런 질문도 하나 던질 수 있다.

"미친 건 뭐지?"

이 질문에 대답할 수 있는 사람은 몇 명 없을 것이다. 왜냐하면 '예쁘다', '길다', '짧다'처럼 사람마다 기준이 다를 수 있기 때문이다. 이 말을 이해하기 어려운 사람이 있을 것을 생각해서 예를 들어주겠다. 일단 '식당에서 진상을 부리는 것'은 누구나 미친 사람이 하는 짓이라 생각할 수 있다. 하지만 진상을 부리기 전 '직원의 지나친 불친절'이라는 배경이 들어가면 의견은 분분해질 것이다. "직원이 불친절하면 이건 말하고 따져야지"라는 의견과"직원이 아무리 불친절해도 손님으로서 예의를 갖춰야지"라는 의견으로 나뉠 수 있다. 그렇다면 지금 전자의 의견에 동의하는 사람들은 모두 미친 것일까? 아니다. 의견이 다른 것뿐이다. 이처럼 의견이 다른 것뿐인 것을 '미쳤다, 안 미쳤다'로 나누는 것은 정말 이상하고 힘든 일이다. 이런 것들을 보다 보면 '이것은 어떨까?'와 같은 질문을 던질 수 있고 재밌을 때가 있다

나 또한 친구들에게 "미친놈"이라는 말을 많이 들었다고 했었다. 과연 나는 정말로 미친 사람일까? 이것은 우리가 정의할 수 없는 영역이다. 만약 나는 그대로지만 그 친구들이 나처럼 행동한다면 과연 난 여전히 미친놈 취급을 받을까? 높은 확률로 아닐 것이다. '미쳤다'라는 기준이 다 다르긴 하지만 사람들은 '미쳤다'라는 기준을 여러 곳에 둔다. 자신에게도 두기도 하며, 자신의 주위 사람, 그냥 자신이 아닌 많은 사람에게 기준을 두기도 한다. 자신의 기준을 중심으로 이상한 짓을 많이 하면 '미친 사람' 조금 하면'이상한 사람' 안 하면 '정상인'이라고 하는 것과 같은 것이다. 이처럼 어떻

게 하느냐, 주위 사람이 어떻냐, 그 사람의 '미쳤다'라는 기준'이 뭐냐에 따라서 '미친놈이냐 아니냐'가 바뀐다.

이것도 어떻게 보면 사람을 나누는 기준이 될 수도 있고, 밸런스 게임에 한 문항이 될 수도 있는 것이다. 이렇게 생각해 보면 '미친다.'라는 것도 하나의 표현일 뿐이고 사람을 말하는 단어일 뿐이라고 생각할 수 있고 그 생각을 이 글을 통해 만들어낼 수 있을 것이라는 생각을 했다.

내가 이 주제에 관심을 두게 된 제대로 된 이유 중 제일 큰 이유는 내가 도라이, 즉 미친놈이 '나'이기 때문이다. 아까도 말했지만 내가 학생이니만큼 반에서 '미친놈, 도라이, 비정상인' 같은 말을 다른 사람에 비해 매우 많이 듣는다. 하지만 우리는 모두 알듯 미친놈, 도라이 같은 말은 욕이다. 하지만 난 그 말을 듣고 기분이 나빠 본 적이 없다. 그 이유는 매우 간단하다. 그 말에 기분이 나쁠 필요가 없다. 그 말은 우리를 깎아내리거나 욕하려는 목적이 아닌 웃기다거나 좀 이상하다는 다른 감정을 표현한 말이기 때문이다. 그리고 '미친놈'이라고 불리기 싫은데 남들이 나를 그렇게 불렀을 때 내가 화를 내지 않고 침착하게 대응하려 하지 말라고 하면 그 사람들도 나를 '미친놈'이라고 부르지 않는다.

내가 이 주제에 관심을 두게 된 또 다른 이유는 '몰입하다' 뜻의 '미친다.'와 같은 이유로 '미친 사람'에 대한 이미지를 개선하고 싶기 때문이다. 요즘 '미친 사람'을 생각하면 이상하고 사회에 부정적인 영향만 끼치는 사람을 생각한다. 물론 아예 영향을 안 끼치는 것은 아니다. 하지만 난 '피해만 끼치는 사람'이라고는 생각하지 않는다. 미친놈 취급을 받는 사람도 무언가에 성공하고 발전에 이바지할 수 있다. 예시를 들어주자면 코페르니쿠스가 있다. 그는 지동설(천체를 중심으로 돈다)을 주장한 인물이다. 그는 지동설 주장하였지만, 그 시대에는 천동설(천체들이 지구를 중심으로 돈다)을 믿던 시대였기에 지동설을 주장한 그는 '미친 사람 취급'을 받았다. 하지만 그는 우리의 우주 과학에 크게 이바지를 하였다. 이처럼 '미친 사람 취급'을 받는 사람도 큰일을 할 수 있고 좋은 영향을 끼칠 수도 있다. 하지만 미친 사람에 대한 이미지로 인해 사람들은 그런 생각을 하지 않는다. 그런 이미지를 개선하고자 이런 글을 쓰는 것이기에 이 글을 읽고 난 후에는 이런 생각이 조금이나마 바뀌었으면 좋겠다는 마음으로 글의 본론을 시작하겠다.

일단 우리가 기본적으로 생각하는 미친놈이 미치는 부정적인 영향을 생각해 보자면 우리와 다르다는 것에서 나오는 영향이다. 본디 인간은 자신과 비슷한 사람에게 호감을 느끼고 더 빠져드는 경향이 있다. 하지만 '미친 사람', 즉 도라이는 우리와 다른 행동, 성격이기 때문에 우리가 다가가기도 힘들고 친해지더라도 같이 행동하는 게 힘들 수도 있다. 이것이 도라이가 안 좋은 이미지를 가지고 있는 이유이기도 하다. 이 이유로 인해 남들에게 끼치는 영향은 없겠지만 자기 자신에게 오는 영향은 매우 클 것이다.

다른 부정적인 영향은 각기 다를 것이다. '미친 사람'이 끼치는 영향은 내가 혼자 말할 수 없다. 세상에 '도라이'는 나 혼자뿐이 아니고 수도 없이 많으므로 내가 이 글에서 말한 부정적인 영향이 누구에겐 일치할 수도, 일치하지 않을 수도 있으므로 이 글에서는 말하기가 어렵다.

영향은 부정적인 영향만 있는 것은 아니다. 긍정적인 영향도 미칠 수가 있다. 나는 처음에 말할 수 있는 긍정적인 영향은 창의성이라고 생각한다. 정확히 말하면 창의성은 아니긴 하다. 앞에서 말했듯 '도라이'는 다른 사람들과 다른 생각을 더 잘할 수 있고 어떤 사물을 다른 시선으로 바라볼 수 있다. 그렇기에 우리는 다른 사람들과 다른 생각을 쉽게 할 수 있고 더 좋은 아이디어, 더 좋은 물건을 만들 수 있다.

그리고 '미친 사람'이 미치는 영향은 또 있다. '살짝 미쳐서 살면 좋다'라는 말이 있다. 그런 말이 있는 이유는 없지 않다. 이상해지는 것이 안 좋지마는 아니기에 그런 것이다. 지나치게 미치지만(?) 않으면 세상을 긍정적이고 다르게 볼 수 있기 때문이다. 나 같은 경우는 완전히 미치진 않고 살짝 미친 상태라서 살짝 미치면 좋은 점을 잘 알고 있다. 일단 살짝 미치게 되면 사람이 긍정적으로 될 수도 있고 부정적으로 될 수도 있고 비판적이게도 될 수가 있다. 살짝 미치게 되면 생각하는 방향과 방법조차도 바뀔 수 있으므로 어떤 한 문제를 가지고도 여러 가지의 생각을 할 수도 있고 부정적이게도, 긍정적이게도 생각할 수 있게 된다.

그리고 이 장점을 살려 토론을 혼자서도 할 수 있게 된다. 한 문제를 두고 긍정적인 면과 부정적인 면을 모두 찾아 혼자서도 토론을 할 수도 있게 되는 것이다. 그러다 보면 어떤 한 상황에 부닥쳐있을 때 이용할 수 있는 정보가 들어올 때도 있고 정말 할 것이 없다면 주위 사람에게 알게 된 것을 자랑할 수도 있다.

그리고 미친 것이 도움 되는 것은 개인에게만이 아니다. 앞에서 말한 긍정적, 부정적으로 될 수 있다는 장점을 남에게 도움이 될 수도 있다. 친구나 주위 사람이 우울해할 때 옆에 가서 긍정적인 말들을 해줄 수도 있고 너무 열정적이어서 멈춰줘야 하는 친구에게는 부정적인 현실을 깨닫게 해줘서 멈추게 할 수도 있다.

그리고 미친 사람은 좋은 점이 이것이 끝이 아니다. 우리는 드라마나 영화에서 남들이 높은 사람에게 하지 못하는 말을 시원하게 하는 사람들을 보고 "미친놈 ㅋㅋ"하면서 시원해하며 보는 사람들도 있을 것이다. 이'미친놈'의 '미친다.'가 내가 말하는 '미친다.'이다. '미친 사람'은 남들의 눈치를 많이 보지 않는 것으로 보인다. 자신에게 큰 피해를 주지 않는다면 눈치를 보지 않고 하고 싶은 말은 하고, 하고 싶은 일은 하고 보는 사람이 많다. 이런 특징으로 인해 다른 사람들이 하지 못하고 망설이는 일을 할 수도 있고 다른 사람들이 두려워하는 일을 먼저 할 수도 있다. 이런 특징으로 인해 그곳에 있는 안 좋은 사실이나 안 좋은 것을 고칠 수도 있고 고치진 못하더라도 알아차릴 수는 있게 할 수 있다. 그리고 남들이 쉽게 도전하지 못하는 일들을 먼저 해서 다른 사람이 할 수 있도록 용기를 주기도 한다.

부정적인 특징이 될 수도 있기는 하지만 남들이 하지 못하는 말을 한다는 것은 용기 있는 일이기도 하고 멋있는 일이기도 하다. 남들이 못하는 말이라는 것은 이유가 있다는 것이고 그것을 말할 수 있는 사람이 별로 없다는 것이다. 그것을 말해준다는 것은 안 좋은 것을 고칠 기회일 수도 있고 그 기회를 시작할 수 있는 밑거름이 될 수도 있게 해준다.

그리고 각자 주위에 적어도 한 명씩은 '도라이'라고 부를 수 있는 친구가 한 명씩은 있을 것이다. 그런 친구들이 하는 얘기를 들어보면 자기가 하는 생각이랑 다른 생각을 하는 듯한 느낌을 받아 본 적이 있을 것이다. 그 얘기를 집중해서 들어보면 이상하고 엉뚱한 얘기일 수 있다. 하지만 그 얘기를 귀담아듣지 않고 뇌를 빼고 듣는다고 생각하고 들어보면 재밌을 수 있다. 하지만 이런 얘기들을 이상한 얘기라고 그냥 듣지 않고 넘어가는 친구들이 있다. 그런 사람들이 이 글을 읽고 있다면 그런 이상한 이야기를 진지하게 듣지 않고 재밌는 엉뚱한 이야기를 듣는다고 생각하고 끝까지 들어주었으면 좋겠다. 그런 얘기가 언젠간 도움 될지도 모른다고 생각해 보고 들어보면 도움이 안 되더라도 슬플 때나 우울할 때 생각하면 한 번 웃을 기회를 만들어줄지도 모른다.

하지만 '미친 사람'과 잘 지내려면 알아둬야 하는 것이 하나 있다. '미친 사람'이 하루 종일 웃고 있는 거 같고 화가 안 나는 거 같아 보일 때가 있다. 화도 내지 않고 화를 크게 내는 걸 못 본 듯한 그때가'미친 사람'을 제일 조심해야 하는 타이밍이다. 화가 안 난 것으로 보이기는 하나 그때는 '미친 사람'이 마인드 컨트롤로 "나는 화가 안 나 있다."를 시전 하는 타이밍이며 "이쯤 됐으면 나도 안 참아도 되지 않을까"라고 생각하며 웃고 있는 것이므로 그때 더 신경을 건드리면 '미친 사람'이 정색을 하며 소리를 지르며 화를 낼 수도 있다. 그러니 아무리 내 주위 '미친 사람'이 웃으며 화를 안 낼 것 같을 때는 더 이상 신경을 건드리면 안 된다.

그리고 나의 글 앞부분을 보고 "미친 사람은 '미친놈'이라고 해도 화내지 않는구나."라고 생각할 수도 있기에 미리 말해주자면 내가 '미친놈'이라는 말을 듣고 화가 나지 않는 이유는 내가 '미친 사람'이라서가 아닌 내가 '나'라서 이기에 오해하지 않았기에 그런 것이다. 나는 날 때부터 이상했던 '미친 사람'이 아닌 크면서 내 의지로 '미친 사람'이 된 것이기에 나는 내가 '미친놈'으로 불리는 것에서 '저 친구는 나를 정말로 아는구나'라고 생각하는 것이다. 그렇기에 주위 '미친 사람'에게 진심으로 '미친놈'이라는 말은 하지 않는 것이 좋다.

그리고 자신의 주위에 있는 '미친 사람'이 평소에 화를 안 내는 성격이라면 '미친 사람'의 눈치를 좀 더 봐야 한다. '미친 사람'이 화를 안 내는 것은 화가 안 나는 것이 아니라 화를 안 내는 것뿐이다. 아무리 그 사람이 많이 미쳐있더라도 사람이기에 감정을 느끼기 마련이고 그 느끼는 감정 중에는 분노가 있기 마련이고 그 분노가 참을 수도 없이 쌓이게 되면 분노를 표출할 수 있다. 그리고 이렇게 평소에 화를 많이 내지 않는 사람은 아무리 '미친 사람'이 아니더라도 한 번에 화를 많이 내는 사람이기에 그런 사람일수록 더 조심하고 '미친 사람'이라면 더 조심하는 것을 추천한다.

앞까지는 '미친 사람'이 미치는 영향을 알려주고 장점을 많이 알려주었다면 지금부터는 '미친 사람'이 되는 방법을 알려주도록 하겠다. 앞에서 말했듯이 나는 내가 '미친 사람'이 되고 싶어서 된 케이스기 때문에 '미친 사람'이 되는 방법을 잘 알고 있다.

일단 '미친 사람'이 되고 싶지만 미치지 못하는 사람을 위해서 사람이 미치지 못하는 이유를 알아야 한다. 사람이 미치지 못하는 이유는 다양하다. 사람에 따라서 다를 수 있지만 가장 큰 이유라고 한다면 '미친 사람'을 이상하다고 생각하기 때문이다. 미친 사람이 되면 사람들이 날 이상하게 보고 날 떠나갈까 무서워서 미치지 못하는 것이다. 일반인의 경우는 '미친 사람'을 보면 다가가고 싶다는 생각보단 '이상한 사람'이라고 생각하고 변화를 만들려 하지 않는다. 그렇기에 '미친 사람'이 먼저 다가가지 않는 한 다른 사람이 먼저 다가오는 일은 많지 않다. 정말로 학생의 경우는 다른 사람이 먼저 다가가려 하는 모습이 그래도 조금 보이지만 어른의 경우는 '미친 사람'에게 먼저 다가갔다가 자신에게 안 좋은 일이 오거나 안 좋은 일에 휘말릴까 봐 먼저 다가가려 하지 않는 경우가 많다.

이 문제점을 해결하려면 우리 '미친 사람'의 노력보단 일반인들의 노력이 더 필요하다. 이런 문제점은 우리 '미친 사람'이 이상한 일을 많이 해서라는 이유가 있긴 하지만 이것을 이해할 수 있는 사람이 있어야 달라질 수 있으므로 일반인들의 변화가 더 필요한 시점이다.

일반인들은 '미친 사람'이 남들과 조금 다를 뿐, 우리와 다른 세상에 사는 '이상한 사람'이라고 생각하지 않아야 한다. 나 같은 이름도 모를 사람이 쓴 글을 보고 변화하는 사람은 몇 없겠지만 그런 사람이 이 글을 읽는 당신일 거라는 믿음을 가지고 주위 사람이 변하기를 기다리는 우리가 되어야 한다.

그리고 우리가 미치지 못하는 또 다른 이유는 미치는 게 뭔지 정확히 모르기에 그런 것이다. '뭘 해야 미치는 걸까, 뭘 하면 미칠 수 있을까'를 몰라서 그런 것이다. 이것에 대한 답을 할 수 있는 사람은 '미친 사람'뿐이지만 '미친 사람'에게 직접 물어보기 뭐해서 물어보지 못하거나 '미친 사람'이 대충 대답해서 되지 못 하는 사람이 있을 것이다. 그러니 이 글만 읽어도 미칠 수 있을 만큼 상세하게 알려주고자 한다. 미치고 싶지 않아도 한 번 읽어주었으면 좋겠다.

일단 제일 먼저 갖춰져야 하는 자격요건이 있다. 기본적인 눈치가 있어야 한다. 그러면 이렇게 물을 수가 있다.

"미친 사람들은 눈치 없이 행동하는 걸 자주 봤는데 눈치가 굳이 필요한가요?"

물론 그런 사람들도 있다. 하지만 '미친 척하는 사람'과 '미친 사람'의 차이점이 나오는 곳이 이것이다. 엄연히 '미친 사람'과 '미친 척하는 사람'은 다르다. 보통 '미친 척하는 사람'은 눈치가 진짜로 없어서 정말 아무 곳에서나 아무 말을 내뱉어 정말 비호감을 많이 얻는 사람이다. 하지만 '미친 사람'은 눈치가 없는 것이 아닌 눈치가 없는 척해서 상황을 모면하기도 하고 회피하기도 하는 것이다. 그리고 눈치가 없는 척하면서 싸움이나 상황을 중재할 수도 있다. 그러면 또 물어볼 수 있다.

"그럼 그냥 눈치 있게 말리면 되는 것 아닌가요?"

물론 그냥 눈치 있게 말릴 수 있다. 하지만 여기선 그냥 싸움을 말리는 방법을 알려주는 것이 아니라 '미친 사람'이 되는 방법을 알려주는 중이다. '미친 사람'이 싸움을 말리는 방법은 눈치 없는 척 싸움에 끼어들어 은근슬쩍 중재하는 것이다. 이때 왜 눈치가 필요한지 의문이 생길 수 있다. 그 이유는 싸움을 중재하는 과정이 아닌 중재를 할지 말지 결정을 하는 과정에서 필요하다. 이때 눈치는 싸우는 것을 보고 있지 않았던 상황에 더 빛을 발한다. 그 싸움을 본 사람에게 무슨 일인지 짧게 듣고 누가 잘못했는지, 무슨 이유로 싸웠는지, 어떤 식으로 싸웠는지도 알아야 '이 싸움을 굳이 말려야 할까?', '이 싸움을 내가 말릴 수 있을까?'와 '어떤 식으로 끼어들어 어떻게 중재할지'를 파악할 수 있다. 이 과정에서 눈치가 없다면 '내가 말릴 수 있는지, 내가 끼어들 수 있는지, 굳이 안 끼어들어도 되는데 끼어든 게 아닌지' 알 수가 없게 되고 그렇게 되면 그것은 싸움을 말리는 것이 아니고 그냥 싸움에 끼어들어 말려

드는 것밖에 되지 않는다. 그리고 그렇게 될 바엔 그냥 대놓고 싸우지 말라고 중재하며 드는 게 더 효과적이고 눈치 없는 채로 앞에 방법으로 하는 것보다 말려들 가능성이 작다. 눈치가 있다면 싸움을 말리는 과정이 아니라도 도움이 되는 때가 많고 눈치 없는 척 행동하는 것도 도움이 많이 된다. 그러니 눈치 없는 척도 할 줄 알아야 한다.

자격요건을 갖추었다면 '미친 사람'이 되는 방법을 알아야 한다. 자격요건만 갖추고 눈치 없는 척까지만 할 줄 안다면 '미친 사람'이 되는 방법은 매우 쉽다. 그냥 남들과 다르게 행동할 수만 있으면 반 이상은 성공했다고 보면 된다. 남들과 다른 생각과 행동을 하고 그 행동을 눈치 없는 척할 수 있다면 거의 성공한 것이다. 그 행동과 생각이 다른 사람들이 보통 하지 않을 행동이라면 거의 다 성공한 것이다. '미친다.'라는 '사전적 의미가 상식에서 벗어난 행동 한다.'인 만큼 그것만 한다면 '미친 사람'이 되는 데 성공했다고 생각하면 된다. 보통 사람들은 '미친 사람'이 되는 방법을 물어보면 '한밤중에 고성방가', '친구한테 이상한 얘기만 하기' 같은 이상한 것만 생각하는 사람들이 꽤 있을 수 있을 텐데 '미친 사람' 되는 방법은 생각보다 간단하다는 것을 알아야 한다. 우리가 되고 싶은 것은 선천적으로 갖고 태어나지 않으면 가질 수 없는 재능이나 능력이 아닌 그냥 미치는 것이기 때문에 그렇게 어려운 것을 생각하지 않아도 된다.

자신이 '미친 사람 취급'을 받는 걸 원하는 사람은 많지 않을 것이다. 하지만 살짝 미쳐보고 싶은 사람은 별로 없지는 않을 것이다. 하지만 이 일은 어렵다. 살짝 미치게 되면 아무리 살짝 미쳤다 해도 다른 사람들과 다른 생각, 말, 행동을 조금이라도 하게 될 것이고 그렇게 되면 '미친 사람 취급'을 어쩔 수 없이 조금이라도 받게 될 것이다. 그것이 힘들면 살짝이라도 미치는 것은 포기해야 한다. 유명 식당 알바는 많은 일을 피할 수 없듯 '미친 사람'이 되면 '미친 사람 취급'을 피하기는 힘들다. '미친 사람 취급'을 받고도 힘들어하지 않을 수 있는 사람만 '미친 사람'이 되는 것을 도전하길 바란다.

그리고 추가로 '미친 사람'이라도 기본적인 지식은 있다는 것을 알아주었으면 한다. '미친 사람'이라고 자신보다 나이가 많은 사람에게 예의를 안 갖추지도, 모르는 사람에게 무례한 행동을 하지도 않는다. 아무리 '미친 사람'이라고는 해도 기본적인 예의에 대한 지식과 무례한 행동이 무엇인지 정도는 알고 살아왔기에 어떤 행동을 하면 안 되고 어떤 행동이 기분 나쁠지도 알고 있다. 이것이 내가 앞에서 말했던 '미친 사람'과 '미친 척하는 사람'의 차이인 눈치로 인해 생길 수는 있는 일이지만 '미친 척하는 사람'은 '미친 사람'이 아니라고 했었다.

그런 행동을 하는 사람은 '미친 사람'이라서가 아닌 보통 그 사람이 예의가 없고 무례한 행동을 하는 사람이기 때문이라는 것을 알아주길 바란다. 그러니 무례한 행동을 하고 예의가 없다고 모두 우리와 같은 '미친 사람'으로 취급하지 않아 주었으면 좋겠고 그런 사람만을 보고 그냥 '미친 사람'들을 욕하지 않았으면 좋겠다. '미친 사람' 중에서도 착한 사람, 똑똑한 사람, 평범해 보이는 사람 등 많은 사람이 있을 수 있으니 모든 이상한 사람을 모두 '미친 사람'으로 구분하지 않았으면 좋겠다.

인터넷 매체에서는 미친 사람에 대해서 시원한 매력이나 재밌는 요소가 많긴 하지만 호불호가 갈려서 주인공으로 많이 쓰지 않지만 쓰인 경우도 적지 않게 있다. 그에 들어맞는 캐릭터가 조커나 데드풀 같은 캐릭터이다. 이 중 나는 코믹스의 데드풀을 말해 볼까 한다.

데드풀은 일단 내가 '미친 캐릭터'를 생각했을 때 가장 먼저 생각난 캐릭터이다. 데드풀이 '미친 캐릭터'라고 하는 것은 이유가 전부 있다. 데드풀에 대해 알려준 후 내가 왜 이 캐릭터가 '미친 캐릭터'라고 하는지 알려주겠다.

데드풀은 원래 일반적인 용병이었다. 하지만 정부에서 주도한 웨폰X프로젝트에 참여하여 울버린이 가진 힐링팩터 능력을 이식받게 된다. 하지만 처음 힐링팩터를 이식받고 성공하는 듯했으나 결국 힐링팩터가 몸에서 작동하지 않아 실패했다. 이후 데드풀은 웨폰X의 실패한 실험체들이 죽음을 기다리는 호스피스로 퇴출당하였고 거기서 닥터 킬브루의 눈에 들어 힐링팩터의 실패 원인과 함께 끔찍한 실험을 당했다. 킬브루의 조수 에이잭스 프란시스를 자꾸 놀려먹는 바람에 크고 작은 트러블을 만드는 트러블 메이커로 살다가 죽고 싶어 하는 재소자를 그의 손으로 죽였다. 그렇게 같은 재소자를 죽이게 되었는데 호스피스에는 "재소자를 죽이면 사형"이라는 제도가 있었기에 프란시스에게 잡혀 심장이 뽑혀 살해당한다. 하지만 죽음의 순간 분노와 의지로 인해 힐링팩터가 발동하고, 다른 재소자들과 함께 간수들을 죽인 후 시설을 탈출하며, 자신을 데드풀이라고 부르게 된다. 탈출 후에는 잠시 방황했지만 결국 용병으로 돌아와 데드풀의 역사를 시작하게 되었다. 힐링팩터로 인해 죽지 않기 때문에 그것을 이용해 많은 일을 하며 데드풀의 전개는 데드풀이 하는 일에 초점이 맞춰지며 계속 전개된다. 이어지는 연재에서 영웅이 되려고 애쓰지만, 맘처럼 되지 않는 안티히어로의 이미지로 굳어졌다.

내가 데드풀을 '미친 캐릭터'라고 생각하는 이유는 바로 데드풀이 그 자체로 미쳐있는 캐릭터라서다. 뭔 소린지 이해를 못 할 수도 있지만 한번 말해보자면 데드풀은 다른 캐릭터들과 다른 요소들이 많이 들어가 있기도 하고 그냥 캐릭터 자체로도 미친 짓을 많이 한다. 그 요소들을 먼저 말해보자면 제4의 벽 파괴, 죽을 수도 있는 상황에 하는 장난, 코믹스 작가에게 하는 욕 같은 것들이 있다.

데드풀의 큰 특징을 꼽으라고 하면 나올 수 있는 '제4의 벽 파괴'라고 할 수 있을 정도로 '제4의 벽 파괴'를 많이 한다. '제4의 벽'은 쉽게 말하면 만화와 현실의 벽이라고도 할 수 있는 벽이다. '제4의 벽 파괴'는 보통 관객, 청중, 독자들에게 말을 걸거나 자신이 만화나 극 중 인물일 뿐이라는 것을 알게 되는 것들이 있다. 이런 걸 알아차리고 하는 말들을 우리는 '메타 발언'이라고 한다. 데드풀은 이런 '메타 발언'을 많이 하는 캐릭터 중 하나다. 말풍선에 대한 말을 하기도 하고, 읽고 있는 사람에게 부탁하는 말을 하기도 하며, 작가에게 화를 내는 장면도 많이 등장하기도 한다.

'메타 발언'은 그냥 캐릭터의 컨셉이라고도 생각할 수 있다. 하지만 죽을 수도 있는 상황이나 동료가 죽을 수 있는 상황에도 능청스럽게 수다를 떨고 장난을 치는 것은 정말 미치지 않으면 할 수 없는 일이라고 생각된다. 데드풀은 싸우는 도중의 입담으로도 유명하다. 데드풀의 스킬 중 하나가 입담이라고 해도 과언이 아닌 수준이다. 이런 짓은 데드풀이 미쳤기 때문에 가능한 일이 아니냐고 예측할 수도 있을 정도다. 안 그래도 죽을 만큼 다치기도 하는데 그렇게 다쳐도 안 죽으니 죽을 수도 없고 힐링팩터로 다시 회복되니 죽을 만큼 고통스러울 것이다. 그런 생활을 하는데 안 미치는 건 오히려 힘들 수도 있다. 그런 상황에 처했을 때 안 미칠 수 있는 사람은 별로 없을 것이다.

이렇게 '미친 사람'이 주인공인 영화나 드라마, 책에선 일반인들이 할 수 없는 말이나 행동을 할 수 있으므로 더 재밌는 전개를 할 수도 있고 색다르게 스토리를 풀어나갈 수도 있으므로 영화나 드라마, 책에서 '미친 사람'을 소재로 쓰기도 한다. 하지만 우리는 이런 것을 보면서도 현실에선'미친 사람'을 피한다. 아무리 주위 사람이 '미친 사람'인 것 같아도 한번 다가가 보면 재밌는 경험을 해볼 수도 있고 재밌는 얘기를 들을 수 있다. 그러니 한번 다가가 보는 것은 어떨지 한 번 추천해 보고 싶다. 이것으로 '미친 사람'

얘기는 끝이다.

미친 사람이 하는 미친 말을 끝까지 봐주셔서 감사합니다!!

제6화 사춘기 소녀들을 위한

내 또래 여자애들은 모두 한 번쯤은 자기 몸이 별로라는 생각을 하거나 살을 빼려고 굶어 본 적이 있을 거야. 우리 엄마·아빠는 내가 살 뺀다고 하면 엄청나게 혼내면서 말리시는 분이셔서 다행히 밥을 안 먹는다거나 하는 일은 거의 없었지. 대신 친구랑 같이 운동을 열심히 했어.

인터넷에서 마른 연예인들을 보면 나도 저런 몸매를 갖고 싶다는 생각이 저절로 들곤 해. 아마 나만 그런 생각이 드는 건 아닐 거야. 그러므로 연예인들의 몸무게가 화제가 되고 그들의 다이어트 방법들이 유행하는 거겠지.

내가 조금 더 어렸을 땐 연예인들은 모두 나보다 나이가 많으니까 당연히 그분들과 몸이 같을 수 없다고 생각했었지만 요즘 나오는 아이돌들은 다 우리 또래더라고. 같은 나이인데 나는 지금 뭐하나 하는 약간의 상대적 박탈감도 느껴지고 아무리 봐도 나랑 같은 나이일 수가 없는데 하며 같은 인간이 맞는지를 의심하기도 해. 같은 나이지만 열심히 해서 꿈을 이룬 것도 멋지고 역시 연예인은 타고나야 하는 건가 하는 생각도 들어.

하지만 항상 연예인들의 몸무게를 들을 때마다 깜짝깜짝 놀라. 어떻게 저런 키에 저런 몸으로 춤추고 노래 부를 수 있는지 믿기질 않기도 하지만 예뻐 보이는 겉모습 뒤엔 우리가 모르는 이면이 훨씬 많을 수도 있지.

대중매체의 영향을 크게 받는 요즘, 지나치게 마른 몸매를 찬양하는 청소년들이 많아지고 있어. 많은 청소년이 마른 몸매의 연예인과 SNS 인플루언서를 동경하고 동시에 자기 모습을 비교해. 그 과정에서 내 모습이 싫어지고 무리한 다이어트를 하기 시작하지.

살찌는 것이 무서워 무작정 굶다가 자제력을 잃고 폭식을 하게 되고 그 죄책감으로 억지로 토해버리거나 변비약을 먹는 등의 행동이 반복되다가 거식증과 폭식증과 같은 섭식장애에 걸린 청소년들이 많아지고 있대.

이러한 섭식장애 환자 중 10대 여성 청소년이 높은 비율로 나타나고 있다고 해. 성장기에 잘 먹지 않으면 건강에 정말 치명적일 수 있어. 영양 불균형은 물론 생리가 끊긴다거나 키가 나이에 비해 잘 안 클 수도, 저체온, 탈수, 탈모 등의 증상들이 나타날 수도 있어. 몸에서 이런 이상 증상들이 나타난다는 건 몸이 힘들다고 너에게 신호를 주는 거야.

무리하게 살을 빼다 보면 몸에 멍이 생기기도 하는데, 혈관이 얇아져서 아주 작은 충격에도 쉽게 파열되기 때문이야. 몸에 생기는 멍들을 본다면 분명 건강한 다이어트 방법은 아니라는 생각이 들겠지. 살을 빼지 말라는 게 아니야. 다만 너의 건강을 해치면서까지 무리하게 뺄 필요는 없다는 거지.

혹시 ‘프로아나’가 뭔지 아니? 프로아나(pro-ana)는 '찬성'을 뜻하는 Pro-와 '거식증(Anorexia)'에서 딴 Ana를 합성한 단어야. 즉, 거식증을 찬양하는 사람들을 일컫는 말이지. 최근 SNS에서 퍼지는 중이고 ‘SBS 그것이 알고 싶다’에서도 프로아나를 주제로 방영되기도 했어. 내가 괜히 안 좋은 걸 소개해주고 알려주는 꼴이 되는 걸까 봐 살짝 걱정되지만, 당연히 거기서 하는 말 중에서 주의 깊게 들을 말은 하나도 없어. 모두 너의 몸과 마음을 망가뜨릴 말뿐일 거야.

프로아나들이 바라는 것은 ‘개말라’, ‘뼈말라’ 가 되는 것. 여기서 개말라는 키에서 몸무게를 뺀 숫자가 120 이상, 뼈말라는 125 이상을 말해. 평균 체중보다 정말 훨씬 훨씬 낮은 숫자야. 프로아나들은 이런 몸무게를 갖기 위해 물만 먹고 굶는다거나 먹뱉(먹고 뱉기), 씹뱉(씹고 뱉기), 식욕억제제나 변비약 먹기 등의 방법들을 사용하기도 하고 일명 '자극 사진'이라 불리는 마른 연예인들의 사진을 공유하기도 해. 더욱 문제인 것은 프로아나들 중에 10대들이 적지 않다는 거야. 또래의 영향을 많이 받고 미디어에 민감한 청소년들에겐 끌리기 쉽거든.

하지만 그런 식으로 살을 뺀다면 정말 목숨이 위험할 수도 있어. 너의 장기들이 망가질 거고 결국엔 몸 전체가 망가져 버릴 거야. 정신적으로도 좋은 가치관을 가지기 어렵겠지. 계속해서 몸무게에 집착한다면 아무리 살을 많이 뺀다 해도 만족하지 못할 거야. 폭식과 단식을 반복하며 죄책감을 느끼고 자존감이 낮아지겠지. 네가 바라던 심한 저체중이 되어도 다시 살이 찔까 봐 몸무게에 더욱 집착하게 될 수도 있어. 그렇게 해서 살을 빼면 정말 행복할 수 있을까? 애초에 연예인과 너를 비교하는 것은 정말 쓸데없고 무의미한 짓이야.

무작정 굶어서 뺀 몸은 절대 예쁘지 않아. 음식을 많이 먹었다고 해서 죄책감을 가질 필요도 없고 말이야. 건강한 식단과 운동을 병행하는 게 가장 건강하게 살을 빼는 방법이라고 생각해. 굶어서 살을 빼면 물론 지방도 빠지겠지만 머리카락과 수분, 근육도 같이 빠지게 돼. 기초대사량도 낮아져서 살이 쉽게 찌는 체질로 변하기도 쉽지. 요요도 기초대사량이 낮아져서 오는 것이거든. 이뻐지고 싶어서 힘들게 굶어서 뺐는데 머리 빠지고 근육 빠져서 주름 생기면 속상하잖아.

몸무게만큼이나 사춘기인 청소년들에게 빼놓을 수 없는 고민거린 바로 외모라고 할 수 있지. 우리가 모두 자신의 외모에 정말 많이 신경 쓰고 있을 거야. 좋아하는 애가 있어서일 수도 있겠지만 원래 우리 때쯤이 외모에 신경 많이 쓰는 나이이기도 하잖아. 하지만 자기의 얼굴이 이쁘고 잘생길 거라는 보장은 없지. 내 얼굴이 마음에 안 들고 어쩌면 보기 싫을 수도 있어. 혹은 유행하는 아이돌의 얼굴을 닮고 싶을 수도 있지.

그래서 그런지 성형수술을 생각하는 10대들이 많은 것 같더라고. 물론 성형을 절대 하면 안 된다는 건 아니야. 전부 너의 얼굴이고 너의 몸이니 너의 선택에 대해 내가 왈가왈부할 수 있는 것도 아니니 말이야. 근데 아직 우리의 몸과 마음은 다 자라지 않았고 아직도 성장 중이야. 아직 다 자라지 않은 상태에서 성형수술을 한다면 성장에 영향을 끼칠 수도 있고 자라면서 모양이 변할 수도 있는 위험이 있지. 그러니 다들 신중하여지라고 하는 거야. 너의 선택에 후회하지 않을 각오도 해야 하고.

하지만 쌍꺼풀 수술처럼 비교적 가볍고 성장에 영향을 많이 받지 않는 간단한 수술 정도는 괜찮다고 생각해. 이런 성형으로 인해 자신감을 얻을 수 있다면 그것도 너를 가꾸는 방법의 하나가 될 수 있을 듯해. 그러나 외모가 너에게 자신감을 줄 순 있지만 그게 너의 전부가 되어선 안 돼.

만약 요즘 유행하는 예쁜 아이돌의 얼굴을 닮고 싶어서 성형하는 거라면 말리고 싶어. 성형은 너의 얼굴을 무조건 예쁘게 만들어 주는 마법 같은 게 아니야. 인터넷에선 성공한 케이스도 많고 연예인들의 과거 사진과 지금의 달라진 모습을 보며 혹할 수도 있지만, 부작용도 크고 위험할 수 있다는 사실을 꼭 기억하고 신중하여지자. 부작용을 안일하게 생각하고 넘겨선 절대 안 돼. 정말 잘못하면 너의 생명에도 영향을 끼칠 수도 있어. 성형은 한 번 하면 바꾸기 어렵고 어쩌면 하지 않는 게 더 나을 상황이 초래될 수도 있지. 성형에 너무 의존하지 마.

유행은 정말 빠르게 변하고 그 당시의 미인상은 영원하지 않아. 쌍꺼풀 있는 눈이 유행이었다가 무쌍이 트렌드가 될 수도, 강아지상이 인기였다가 고양이상이 인기일 수 있듯이 말이야. 유행에 휩쓸려 하는 선택이라면 후회하게 될 확률이 너무 커. 어쩌면 유행에 발맞추는 것보다 너만의 스타일을 만들어 보는 게 더 나을지 몰라.

성형수술에 성공했더라도 절대 욕심부리지 마. 이것'만' 고치면 진짜 만족할 거라고? 글쎄, 사람의 욕심은 끝도 없어. 거울을 보면 마음에 안 드는 구석은 계속해서 생기기 마련이야. 정말 하나만 건드리면 만족할 수 있을 것 같지만 막상 그러긴 쉽지 않지. 과유불급이라는 말이 있어. 지나친 것은 미치지 못한 것과 같다는 뜻이지. 뭐든 적당한 것이 가장 좋아. 물론 성형을 한다고 해서 모두가 중독된다는 것은 아니지만 그 유혹을 거절하기 쉽지 않아. 더군다나 외모가 곧 힘과 인기가 될 수 있는 학교에서 생활하는 우리는 더 외모에 집착할 수밖에 없고 그 유혹에 현혹되기 쉬워.

자존감에 있어서 가장 영향을 많이 끼치는 부분이 외모와 신체래. 겉으로 바로 보이는 것들에서 자신이 없으면 당연히 자존감도 떨어지고 자신감이 없어지겠지.

TV나 유튜브엔 반짝반짝 빛나는 예쁘고 잘생긴 연예인들이, 인스타엔 연예인 빰치는 미모의 일반인들이 너무나도 많아. 미디어의 영향을 매우 많이 받는 요즘, 우리는 우리의 인기가 팔로워와 조회수, '좋아요'라는 시스템의 수치로 정의되고 이것이 만천하에 공개되는 사회에서 살고 있어. 이처럼 왜 다들 인기가 많아지기 위해 노력을 하고 경쟁을 할까?

그 이유는 인기는 특권, 즉 힘이 될 수 있기 때문이야. 예를 든다면 쉽게 서비스를 받을 수도, 소개팅을 나가서 여러 이성에게 호감을 얻을 수도 있지. 즉, '특별 대우'를 받을 수 있다는 얘기야. 특별 대우를 받을 수 있다는 건 '영향력'이 있다는 소리이고 결국 사람들은 이러한 인기를 얻기 위해 관심을 끊임없이 갈구하지.

미디어뿐만 아니라 현실에서도 사람들은 '인기가 많은 사람'들을 좋아해. 사람들은 다수의 반응과 의견에 민감하고 잘 따르는 경향이 있어서 사람들에게 '인기 많은 사람'은 '가치(인기)가 검증된 사람'이라는 인식이 무의식중에 생기기 때문이야.

어쨌거나 이런 인기를 얻기 위한 여러 방법이 있지만 가장 쉽고 즉각적인 방법이 외모야. 인기를 얻기 위해선 외모가 가장 중요하다는 얘기도 틀린 말은 아니지. 이것이 우리가 쉽게 외모지상주의에 빠질 수 있는 이유 중 하나야.

특히 학교에서는 외모를 가장 중요시하고 외모가 최고로 여겨지는 경향이 있는 것 같아. 그래서 10대 청소년들이 자신들의 외모에 관심을 많이 두고 고민할 수밖에 없겠지.

아름다운 것만 좋아하는 세상이 너무 싫다고? 그렇지만 아름다운 것을 좋아하는 건 나쁜 게 아니야. 본능이라고 해도 완전히 틀린 말은 아니겠지. 우리가 고기나 채소를 살 때도 흠집 없고 예쁜 걸 고르니 말이야. 그러니 아름다움을 추구한다고 해서 비난받을 이유는 없어. 어찌 보면 당연한 거라고.

이런 외모지상주의가 원망스럽니? 예쁘지 않은 너의 얼굴이 미워? 만약 그렇다면 너도 예쁘지 않은 것들을 혐오하고 있는 것과 같다는 걸 생각해 본 적이 있니? 그렇지 않다면 너의 외모가 어떠하든 너 자신을 받아들일 수 있었을 거야. 나를 보는 세상의 시선을 바꾸려 하는 것은 어려워. 하지만 너의 시선을 조금만 바꿔본다면 그동안 알지 못했던 새로운 세상의 모습을 볼 수 있을지도 모르지.

그러니까 내가 하고 싶은 말은 가장 중요한 건 '남들이 바라보는 나'가 아닌 '내가 생각하는 나'라는 거야. 남들이 바라보는 내가 너의 중심이 되면 너는 진정한 너 자신을 찾을 수 없을 거야. '남들이 보는 나'란 결국 남들에 의해 만들어진 것이기 때문이지. 너 자신의 주도권을 남에게 주지 마. 그 순간 진정한 너는 없어질 테니까.

평범에서 조금 엇나가면 뭐 어때, 사람들이 '익숙하지 않은 것'에 대한 반감을 느낄지도 모르지만 네가 조금 더 마음을 열고 다가간다면 너를 좋아해 주는 사람들도 분명 생길 거야. '익숙하지 않았던 것'은 곧 '새로운 것'이 되고 그 과정에서의 흥미가 관심거리가 되어 너만의 유일한 매력이 될지도 모르지. 지레 겁먹고 숨기만 한다면 발전은 없어. 한 번쯤은 부딪혀보는 것도 나쁘지 않지.

외모지상주의가 점점 심해지는 요즘, 모두가 관심과 인기를 얻고 싶어 경쟁하지. 하지만 이 경쟁에서 1등은 누구라고 생각하니? 딱 떠오르는 사람이 있는 거니? 아니면 모두가 인정한 사람이 있는 거니? 맞아, 사실 1등은 없어. 애초에 1등의 기준도 너무나 다양하고 모호한걸. 외모, 재력, 인성, 학벌 등등…. 한 마디로 쓸데없는 싸움이야. 이런 경쟁이 힘들게 느껴진다면 억지로 하려 하지 않아도 괜찮아. 인기 좀 없으면 어때. 인기가 없다고 당장 굶어 죽는 것도 아니고 말이야.

생각해 보자. 나의 외모를 보고 나를 좋아하는 사람 중 진정한 나의 모습까지 좋아해 주는 사람이 몇이나 될까? 외모는 사랑받을 수 있는 가장 빠르고 간편한 방법일지 모르지만, 그렇게 해서 얻은 사랑이 모두 진실할 거라는 보장은 없지. 사랑받기 쉬운 방법이 미인계라 해도 이걸 써먹을 수 없다면 정말 슬프게도 아무 소용이 없어.

그렇다면 바꿀 수 없는 외모 말고 또 다른 방법은 없을까? 당연히 있지! 바로 나만의 매력을 어필하는 거야. 우리는 모두 각자의 매력을 가지고 있어. 그 매력의 가치는 자기 자신에게 달렸지. 매력의 힘을 너무 얕보지 마, 어쩌면 외모보다 훨씬 더 대단할지 모르지. 외모도 매력의 요소 중 하나이지만 지금부터 내가 말하는 매력은 그런 게 아니야. 자신 있는 당당한 태도에서 뿜어져 나오는 매력이지.

사람들은 자신을 솔직하고 당당하게 보여 줄 수 있는 사람들에게 매력을 느껴. 너의 생각을 숨길 필요 없어. 아닌 건 아니라고, 모르는 건 모른다고 솔직하게 인정할 수 있는 용기를 가져봐. 솔직해서 손해 보는 것보다 이득이 되는 점이 훨씬 많거든. 이상하게도 잘하려고 노력한 것은 마음대로 잘되지 않고 별 마음 없이 한 일이 잘 풀리기도 하지. 내 생각엔 기대의 차이인 것 같아. 기대의 크기와 실망의 크기는 비례하잖아. 그러니 관계에서도 너무 완벽해지려 노력하지 않아도 돼. 말하지 않으면 너의 상태가 어떤지, 마음이 어떤지 아무도 알지 못해. 무례하지만 않는다면 솔직함은 죄가 되지 않아.

너의 마음을 솔직히 말하면 상대가 상처받을까 봐 무섭다고? 그럼 네가 상처받는 건 괜찮고? 조금은 이기적이어도 괜찮아. 너의 잘못도 아닌 일에 사과할 필요도 없어.

다수의 의견이 무조건 옳다고 생각하고 옳고 그름을 따지기도 전에 너의 생각을 그 의견으로 바꾸지 마. 다르다고 기죽지도 말고 줏대 있게 끝까지 너를 믿어. 네가 너를 믿지 않는다면 다른 사람들도 너를 믿어주지 못할 거야.

자신에 대한 확신이 있는 사람은 보는 사람에게 신뢰와 확신을 줄 수 있어. 자신의 행동에 의심하지 않고 남의 의견에 의존하며 눈치 보지도 않지. 자신이 선택한 행동이 틀린 것이면 어떡하냐고? 오로지 너의 선택으로 일어난 일이니 책임을 져야지. 이미 일어난 일에, 너의 선택에 후회하지 마. 실패를 감안하고 선택한 일이니 책임만 지면 돼. 너는 네가 뭘 하고 싶은지 무슨 마음인지 가장 잘 아는 사람이야. 남들이 하지 말라고 해도 하고 싶었던 걸 포기하지 않고 줏대 있게 결정했으면 좋겠어.

실패한다고 해서 네가 마냥 잘못된 선택만 한 건 아니야. 분명 그 안에서도 배울 점이 있어. 실패를 경험으로 다음엔 더 나은 쪽을 선택할 수도 있고. 그러니까 도전할 가치가 있다고 느껴지는 것들을 실패의 두려움으로 포기하지 마. 말했지, 실패도 정말 중요한 경험 중 하나야. 간 보고 눈치 보며 나아가지 못한다면 그 시간만큼 앞으로 성장할 기회를 낭비하는 거야.

이렇게 모두가 외모에 집착하는 분위기가 형성되면 자연스레 나도 외모에 대해 신경이 쓰이고 자존감이 낮아지기 쉬워. 많은 사람이 외모 고민보다 낮은 자존감으로 더 힘들어하지. 그럼 자존감을 올려보자. 자존감을 올리려면 너 자신을 사랑해야 해. 그걸 누가 모르냐고? 하하, 진정해. 당연히 어려운 거 알지. 하지만 방법이 아예 없는 건 아니야.

일단 제일 먼저 스스로에 대해서 알아보자. 너의 외모의 단점을 찾고 불평할 시간에 너 자신에게 어울리는 스타일을 찾아봐. 너만의 스타일을 찾아가는 과정에서 넌 너 자신에 대해서 더 자세히 알 기회를 가질 수 있을 거야. 나에 대해서 아는 게 뭐가 중요하냐고? 나를 아는 것이 나를 사랑해주는 첫걸음이기 때문이지. 내가 나를 알아야 남의 평가에 흔들리지 않고 나를 믿어줄 수 있거든. 우리가 앞에서 지겹게 얘기했던 인기, 결국 그 인기라는 건 남이 쥐여준 것일 뿐이야. 남이 만들어주는 건 너의 것이 아니야. 남의 평가에 의존하면 너의 가치는 네가 아닌 남이 정하게 되는 거야. 나를 사랑할 줄 알아야 남을 사랑할 수 있다는 말이 있잖아.

꼭 몸무게나 얼굴이 아니어도 내 성격이 마음에 안 든다거나 목소리, 몸매, 성적, 내가 처한 상황이나 환경 등등 우리는 끊임 없이 우리 스스로 만족하지 못할 거고, 미워 보이는 부분들은 계속해서 생길 거야. 자신 없는 부분이 생기면 나를 드러내기 꺼려지고 남들도 나를 부족하다고 생각하면 어쩌지 하고 불안해지기도 하지. 나의 부족한 부분을 들킬까 봐 무섭거든. 그래서 매사에 자신이 없어지고 내가 못 하는 것들을 완벽히 해내는 사람을 부러워하겠지. 그 사람의 장점과 나의 단점을 비교하며 내가 더 싫어질 거야.

그런데 애초에 비교라는 게 내가 가장 못 하는 것을 상대가 가장 잘하는 것과 비교하는 것이거든. 당연히 내가 질 게 뻔해. 비교해봤자 얻을 수 있는 건 아무것도 없어. 자신이 상대보다 우월하다는 사실로 자신감을 얻어도 그 사실이 변하면 언제든지 그 자신감은 사라질 거야. 세상에 나보다 잘난 사람은 수도 없이 많거든.

그러니 만약 네가 너의 모습이 너무 부족한 것 같고 싫다고 해서 남들과 비교하고 주눅 들지 않았으면 해. 꼭 사람들의 말을 항상 따를 필요는 없어. 물론 도움 되는 얘기도 있을 수 있겠지만 생각보다 사람들은 남에게 관심이 없거든. 네가 너의 모습에 신경 쓰는 것만큼 사람들은 자기 자신에게 몰두해있거든.

아직 성장 중인 지금, 우리는 우리의 외모에 자신감이 없고 비교되는 나의 모습이 싫어지기도 하지. 하지만 외모가 전부는 아니라는 걸 꼭 기억하자. 인기 없으면 뭐 어때. 대신 밝고 예쁘게 웃을 수 있으면 돼. 지금 외모에 스트레스받고 미워하기엔 시간이 너무 아까워. 즐거운 추억들로 가득 채우기도 부족한데 말이야. 나 자신을 소중히 대하고 아껴주고 자신을 사랑할 수 있는 사람이 되자. 항상 1순위는 내가 되어야 하고 날 함부로 대할 수 있는 사람은 아무도 없다는 걸 꼭 기억해. 자기 자신을 있는 그대로 받아들이고 인정할 수 있는 용기를 가졌으면 좋겠다. 웃는 게 제일 예쁜 거 알지? 많이 웃자!

제7화 중학교 심리 생기부

먼저, 재밌을 것으로 보이지 않으면 읽을 생각을 안 하는 중학생 1인으로서 부디 나의 글이 이 책을 읽는 미래의 베프들에게 흥미를 끌 수 있기를 바란다.

지금 이 글을 쓰는 내 나이는 올해로 16살, 중3이다. 어찌 보면 청소년기의 절정이라고 할 수 있는 중학생 때의 우리에겐 생각보다 많은 일이 일어난다. 모두 예상치 못하게 말이다. 좋기도, 나쁘기도 한 그 많은 일은 우리를 좀 더 짙은 색으로 변화시킨다. 예를 들자면 지금 내가 16살의 나이에 후배, 친구들과 함께 책을 내는 것처럼 말이다. 물론 이런 예상치 못한 좋은 일들은 마치 선물을 받는 것 같아 환영이다.

항상 이런 선물 같은 일들만 일어나면 좋겠지만 언제나 우리 삶의 채도를 낮추는 건 그다지 좋지 않은 일들이다. 사람들에겐 나이마다 그에 따른 고민거리들이 따라온다고 한다. 중학생도 만만치 않다. 친구들과의 갈등, 부모님과의 갈등, 연애문제, 학업 스트레스, 진로에 대한 막막함 등은 곧 열등감과 자존감 하락을 낳는다. 어쩌면 내가 생각하지 못했던 것 사소한 것들도 다 고민거리가 될 수 있다. 왜냐하면, 우린 중학생이기 때문이다. 모든 게 다 고민이 될 수 있는 나이가 바로 중학생이다. 여기까지 쓰다 보면 문득 이런 생각이 든다. 과연 우리는 사춘기라 이런 상태가 되는 것일까. 이렇게 복합적인 문제들을 한 번에 겪게 되어 생기는 변화 때문에 그 모습을 가지고 사춘기라고 하는 것은 아닐까 하는 생각이 든다.

나는 한동안 심리상담과 관련된 직업을 꿈으로 생각했을 만큼 심리상담에 관심이 매우 많았었다. 사람의 심리를 눈여겨보고 아픈 사람의 심리를 치유해주는 일이 정말 멋있고 가치 있는 일이라고 느껴졌기 때문이다. 이런 관심이 있던 나는 자연스레 학교에서 또래 상담자 활동을 하게 되었다. 초등학생 때부터 지금 이 글을 쓰는 중학교 3학년 때까지 나는 몇 년 동안 또래 상담자로서 많은 활동을 해왔다. 사실 또래 상담자라고 하면 뭔가 있어 보이는 이 명칭 덕분에 굉장히 어떤 특별하고 진중한 일을 한다고 생각하는 사람들이 많다. 물론 우리가 하는 일이 아주 특별하고 진중한 일인 것은 맞다. 하지만 이런 일을 우리만 하는 것은 아니다. 모두가 할 수 있고 하는 일이다. 그저 마음의 공간이 필요한 친구의 이야기에 귀 기울이고, 공감하고, 잠시나마 같은 편에 서주는 일은 또래 상담자뿐만 아니라 이미 우리가 서로에게 해주고 있는 일인 것이다.

사실 또래 상담자를 경험해본 사람으로서 솔직히 말하자면 마음을 털어놓는 상대에 있어서 또래 상담자인지 아닌지는 그렇게 중요한 고려사항은 아니다. 사람들은 자신과 깊은 유대감을 형성한 친구에게 말을 꺼낼 뿐 또래 상담자인지 따져보고 이야기를 꺼내지 않는다는 것이다. 그냥 우리에겐 내 옆에 가장 가까이 있는 사람이 나의 상담자인 것이다.

다만 우리 또래 상담자는 친구의 아픔에 주의 깊게 관심을 가지고 상담뿐만 아니라 주위에 누군가의 곁이 필요한 친구들을 둘러보고 적극적으로 도움을 주려 노력하며 먼저 다가 가주는 일 등을 책임감을 느끼고 실천한다. 우리는 아픔을 더 보드랍게 안아주는 법을 배운다. 더 많은 학생이 또래 상담에 관해 관심을 가지고 이용하면 좋을 것 같다. 같은 높이에서 세상을 바라보고 같은 인생의 시간표를 지나고 있는 또래와의 비밀 이야기는 선생님, 부모님과 같은 어른들과의 상담이랑은 분명히 다른 점이 있다. 무엇을 말하려는지 더 정확하게 이해할 수 있고, 왜 그런 감정이 드는지 더 깊이 공감할 수 있다. 우린 지금 같은 시기를 겪고 있기 때문이다. 적어도 이해하고 공감해주려는 열정이 가득 찬 나이 때에. 서로서로 봤을 때 마음 구석구석까지 더 섬세하게 알아볼 수 있는 것 같다.

몇 년 동안 또래 상담자를 하면서 수많은 문제를 겪고 있는 친구들의 이야기를 많이 듣게 되었다. 그 이야기들을 들어주다 보면 모두가 가지고 있는 고민이 전부 다 다르다는 걸 알 수 있다. 각자 저마다의 짐들을 가슴속에 하나씩 얹고 있다. 신기한 건 우리는 그런데도 서로의 고민을 나눈다는 것이다. 모두가 이미 무거운 돌덩이를 하나씩이고 사는 중이지만, 그런 상황에서도 기꺼이 옆 사람의 말을 주의 깊게 들어주고 또한 자기감정을 이입하여 같이 고민해준다.

이런 상황에서 남의 얘기까지 들어주는 건 버거운 일이라고 느껴질 수 있지만 어떨 땐 같이 이야기를 들어주며 고민을 풀어나가는 게 도움이 될 때도 많다. 정말 쉽지 않은 일이지만 우리는 종종 자연스레 이 쉽지 않은 일을 하는 것이다.

고민을 나눌 수 있는 친구가 있다는 건 자신도 누군가의 고민을 따뜻하게 품어주는 사람이란 뜻이고 더할 나위 없이 가치 있고 좋은 일이다.

또래 상담자 역할을 하면서 알게 된 점은 매우 많은데 그중에서도 다른 친구의 고민을 들어줄 때마다 느끼는 한 가지 공통점이 있다. 이건 아마 또래 상담자를 하지 않은 친구들도 대부분 느껴봤을 것이다. 특이하게도, 제삼자의 일을 판단할 때 더 이성적이고 객관적으로 생각할 수 있게 된다는 점이다. 내 일보다 쉽게 쉽게 결정할 수 있게 된다. 어쩌면 내가 그 일의 당사자가 아니어서 그럴 수도 있다.

어쨌든 내가 여기서 얻은 점으로 나를 포함한 생각 많은 친구에게 전하고자 했던 말은, 단도직입적으로 말하자면 꾸준히 생기는 무수히 많은 문제에 대해 하나하나 너무 신경을 쓰지 않았으면 좋겠다는 것이다. 사실 사람이라면 신경이 쓰이는 게 너무나도 자연스러운 일이고 신경을 쓰는 게 맞는 것이기도 하다. 그러나 내 경험상 그게 과도하다면 오히려 자신에게 해로운 영향을 끼칠 수 있다. 이게 내 맘대로 안 돼서 힘들다는 것을 나도 너무 잘 알고 있다. 그래서 같이 이렇게 이야기해 보고 힘을 얻기 위해 이에 관한 내용을 써보려고 한다.

우선 내 이야기부터 해보자면, 나는 생각이 좀 많은 편이기도 하고 사건 하나에 예민하게 반응하는 편 같다. 그게 나쁘다는 건 아니지만 스트레스도 많이 받고 마음이 편하지가 않아서 이런 상태가 계속되면 지칠 것 같다는 생각을 했다. 그래서 사실 여기에 쓴 내용은 내가 나한테 바라는 내용을 담은 것이기도 하다. 나는 나와 비슷하게 신중하고 섬세한 친구들이 자신에게 일어나는 일들에 너무 많은 에너지와 감정 소모를 하지 않고 아꼈으면 좋겠다.

우리에겐 앞으로 일어날 일들이 훨씬 많을 텐데 그것들에 일일이 영향을 받을 필요가 없다. 제삼자라고 생각하고 최대한 아무렇지 않게 넘겨보자. 좀 무뎌져도 괜찮다. (물론 그게 마음대로 안 돼서 힘든 거지만 생각날 때마다 너무 깊게 들어가지 말고 무디게 반응할 수 있게 노력 해보자) 어차피 '나' 자체는 온전하다.

나는 앞서 말한 나와 같은 일을 겪고 있는 친구가 있다면 이 책을 읽고 조금의 공감과 위안을 얻었기를 바란다. 이 세상에 나와 같은 고민하는 사람이 한 명쯤은 있다는 것, 당신의 마음을 이해하는 사람이 어디쯤은 있다는 것을 알아줬으면 좋겠다.

우리에게 생기는 일들은 단지 우리가 성공하기 위해 대면해야만 하는, 어떻게든 우리 앞으로 나타날 성공 퀘스트일 뿐이다. 우리는 그냥 그 퀘스트들을 밟고 올라가면 된다. 굳이 그 퀘스트들에 우리를 맞추고 묶여 있을 필요가 없다. 물론 당연히 내가 가지고 있는 고민에 대해서 깊게 생각해 보고 문제를 해결하려고 노력하는 건 정말 값진 일이고 꼭 필요한 일이다. 우리가 평소에 매우 많은 시간을 고민하고 힘들어했던 일들은 그 정도로 우리를 괴롭힐 만큼의 가치를 지니고 있지 않다는 것이다.

나는 우리가 모두 깊은 우물에 쉽게 빠지지 않고 마음을 졸이는 감정의 덫으로부터 자신을 보호할 수 있기를 바란다. 하지만 이성적으로는 이렇다는 걸 알아도 현실적으로는 그게 쉽지 않은 일이라는 건 모두가 아는 사실이다. 아마 우리는 앞으로 놓인 수많은 감정의 덫에서 빠져나올 방법을 스스로 알아내고 끝없이 연습해야 할 것이다. 어쩌면 그러므로 우리가 성장할 수 있는 퀘스트 이기도 한 것이다. 그리고 아까도 고백했듯이 다시 한번 말하지만 지금 이 글을 쓰는 나도 간단한 듯 말했으나 정작 본인 또한 퀘스트에 자꾸 발이 걸리는 한 사람이다.

우리는 앞에서 말한 것과 같이 다양한 문제를 직면하면서, 동시에 시행착오도 같이 겪게 된다. 우리는 아직 투명한 유리 같아서 사소한 자극만으로도 금이 가고 금이 뻗어 나가서 곧 깨져버린다. 그렇게 해서 깨진 유리 조각은 매우 날카로워 남을 다치게도 할 수 있다. 이미 자신이 와장창 부서진 후에. 그러나 또 유리는 쉽게 재가공할 수 있다. 깨진 유리는 언제든 녹여서 더 아름다운 것을 만들 수 있다. 더 아름다운 것을 만들려면 그 유리는 깨져야 한다. 나약해서 힘든 게 아니고 힘이 드는 게 당연한 거다. 우리는 지금 그냥 원래 이런 시기를 지나고 있는 것이다.

많은 친구가 가장 힘들어하는 고민 중 빼놓을 수 없는 하나가 친구 관계다. 인간관계에 대한 문제는 누구라도 한 번쯤은 고민해봤을 일이다. 점점 학년이 올라가면서 친구와의 교류가 늘어나고 일상에서 친구와 관련된 일의 비중이 커지는 것이 확실히 느껴진다. 인간에게 있어 친구는 점점 시간이 흘러갈수록 커지는 존재 같다. 친구 사이는 참 정의하기 힘든 사이 같다. 늘 내 옆에 있고,

뭔가를 함께하고, 때로는 바로잡아주고, 어떨 땐 싸우기도 하는 사이. (꼭 그런 사이만 있는 것은 아니겠지만) 흔한 설명이지만 아직도 무엇인가 정확하지 않은 느낌이다. 특별한 건, 서로의 대화 속에 너무나 많은 감정이 오가는 사람이라는 것이다. 그 감정 중에는 기쁨, 우울, 분노 등등 저마다 다른 색의 감정이 뒤섞여 있다. 그렇다 보니 이런 대화들로 많은 시간을 채우다 보면 어느새 특별한 존재로 내 옆에 자리매김하여있는 것이 아닐까.

하지만 친구라는 존재는 특별한 만큼 또 치명적이기도 하다. 나의 일상에서 친구의 비중이 커진다는 것은 나에게 끼치는 친구의 영향이 막대하다는 말이다. 그 영향은 친구 사이의 깊이에 따라 결정될 것이다. 친구 관계에 대한 문제는 사람들이 유독 더 힘들고 어렵다고 생각할 수 있다. 친구와 나는 서로를 너무 잘 아는 사이라서 그런 것도 있을 것이다. 어쩌면 그러므로 더 꺼내기 힘든 말도 있을 수 있고, 더 아프게 상처를 줄 수도 있다. 같이 감정을 공유했던 나의 소중한 사람이 마치 적이 된 거 같은 상실감이 몰려오고 내가 이 사람에게 너무 기대했나 싶어 실망감도 찾아온다. 애석하게도 이 모든 상처의 깊이는 관계의 농도에 비례한다는 것이다.

인간관계 때문에 힘든 친구들이 있다면 너무 자책만 하지 말고 꿋꿋이 이겨내었으면 좋겠고 언제나 나의 모든 선택지의 중심은 자기 자신이라는 사실을 기억하기를 바란다. 너무 힘든 관계가 있다면 굳이 내가 만신창이가 되면서 끌려다닐 필요는 없다. 나도 좋고 상대도 좋은 서로 상생하는 건강한 관계 속에서 친구 사이를 이어가기를 응원한다.

아, 그리고 꼭 하나 하고 싶었던 말이 있었는데 깊은 관계에서 상실을 느끼거나 했던 이유로 마음의 문을 닫고 더 이상 소중한 관계를 맺지 않으려는 친구들에게 앞으로 우리가 만날 소중한 인연들을 그 상처 하나 때문에 저버리는 일이 없었으면 좋겠다. 비록 상처가 포함된 것뿐이지 그 사람과 보낸 더 많은 행복했던 추억이 있을 것이다. 그런 걸 보면 그 사람을 만난 것도 다 이유가 있었던 만남인 것이다. 그러니 한곳에 너무 머물러 있지 말고 한 층 더 성숙해진 마음으로 새로운 인연을 향해 세상에 마음의 문을 열었으면 좋겠다.

나는 의외로 내면의 복잡한 감정들을 남들에게 잘 표현하지 않는 편이다. 힘든 일이 생겨도 누군가에게 말을 꺼내는 것을 주저한다. 내 안에서 얽히고설킨 모든 감정을 설명할 자신도 없고 내 안의 모든 것을 다 보여 주는 느낌이 드는 것도 있다. 정확하게 말하자면 이건 많은 이유 중에 일부에 불과하다. 나머지 이유는 말로 설명할 수 없는 어쩌면 나도 정확히 정의 내리기 힘든 이유다. 다른 사람의 고민은 나서서 들어주려고 하는 내가, 정작 내 고민은 남한테 말하기 힘들어한다는 게 약간 의아하긴 했다. 이런 상황이 쌓여가다 보니 내가 원해서 친구의 이야기를 들어주게 되더라도 마음이 더 무거워질 뿐이었다.

그러다가 한번은 다른 사람한테 나의 힘든 점을 말하는 것이 나중에 나의 약점이 될 수 있다는 내용을 담은 글을 보게 되었다. 그리고 이 글은 한동안 나에게 꽤 영향을 주었다. 그 글은 왠지 모르게 자꾸 생각이 났다. 나의 이 위태로운 상황에 안도감을 준 것일지도 모른다. 그러나 내가 이 내용을 쓰는 이유는 남한테 고민을 말하는 게 약점이 잡히는 일이라고 하려는 것이 아니다. 오히려 그 반대다. 나는 이 책을 읽는 친구들이 고민을 나누는 법을 배우길 바란다. 어쩌면 내가 앞에서 말했던 남에게 자신의 이야기를 꺼내면 약점이 될 수 있다는 글에도 약간의 일리가 있을 수 있다. 그러나 나는 우리가 아직은 그런 걸 생각하며 복잡해서 하지 않았으면 좋겠다. 우리는 그런 걸 따지고 생각하기에 너무 아까운 나이다.

내가 이 내용을 글에 담은 이유는, 혹시나 자신의 마음을 터놓는 일에 불편함이 있어 힘든 친구들이 있다면 조금은 내려놓고 의지해도 괜찮다는 말을 해주고 싶었다. 당연히 개인만의 방법으로 혼자 간직하면서 풀어나가는 친구의 방법도 좋은 선택이라고 생각한다. 모두가 다 의지해야 한다는 뜻보다는, 여러 가지 다양한 문제를 이유로 속마음을 꺼내기 힘들어 걱정하는 친구들에게 약간의 위안과 용기를 줄 수 있는 말을 전달하고 싶었다.

우리가 친구의 고민을 들어줄 때 그걸 그 사람의 약점으로 기억하지 않는 것처럼, 그 친구들도 우리가 먼저 얘기를 들려준 사람들이라면 분명 우리처럼 상처를 따뜻하게 보듬어주는 사람일 것이다. 만약 그런 사람이 아니고 우리가 우려했던 일들이 일어난다면 그때는 그냥 그 사람을 거르면 된다. 그럼 우리는 자신의 내면에 있던 말을 꺼내 보는 연습도 해보면서 미래에 그 사람에게 쓸 뻔한 돈과 시간까지 절약할 수 있다. 속 시원하게 말도 해보고 주변에 안 좋은 사람도 거를 수 있는 셈이다. 그리고 무엇보다 나는 한창 반짝이는 나이 때인 우리가 다 같이 서로에게 자신의 마음을 표현하고 너와 나의 아픔에 대해 공감하고, 공감받으며 건강하게 교감하면서 감정들을 해소하는 경험을 꼭 해봤으면 좋겠다. 혹시 이때의 빛나는 기억을 시작으로 나중에까지 계속 이런 눈부신 경험을 쌓게 될지도 모른다.

자신을 고립시켜 너무 혼자만 힘겨워하지 말고 속으로 꾹꾹 삼키기보단 서서히 자물쇠를 풀어가면서 어느 때보다 더 진솔하게 교감할 수 있는 이때, 나의 마음을 가장 섬세하게 알아봐 줄 수 있는 친구와 한 차원 넘어 와닿는 존재가 되는 경험을 진심으로 느껴보길 바란다.

마지막으로 앞서 말한 것에 더하여 빠질 수 없이 꼭 쓰고 싶었던 내용이 있는데, 바로 '게으른 완벽주의'에 관한 것이다. 나는 게으른 완벽주의자라고 생각하는 편인데, 혹시 이 글을 읽는 독자 중에서도 게으른 완벽주의자가 있을까 궁금하다. 게으른 완벽주의자라는 어딘가 낯선 조합의 명칭처럼 참 어려움을 주의다. 뭐든지 가장 잘하고 싶고, 완벽한 구상을 해놓지만 내 계획대로 모든 게 실행이 안 되는걸 보면 어느샌가 조금씩 미루고 있는 내가 한심하고 답답하다고 생각이 든다. 근데 어찌 보면 로봇이 아닌 내가 어떻게 계획대로만 모든 걸 맞춰서 행동할 수 있겠는가. 미루는 그 시간에도 마음은 쉬는 게 아니다. 그 시간은 결국 회의감으로 급히 마무리된다. 이 조급함은 어디서 생긴 걸까. 완벽하지 못한 자기 자신에 대한 불만족이라고 생각할 수 있겠지만 그중에는 분명 나보다 더 완벽하게 삶을 사는 것으로 보이는 친구들과 비교와 한없이 높아지기만 하는 '나'의 기준도 포함 돼 있을 것이다. 우리는 계속 우리의 기준선을 눈 위에다만 두고 올려다본다. 그게 실제로 내가 원하는 나의 모습으로 바꾸는 데 긍정적인 영향을 줄 수도 있지만 때로는 너무 심하다면 하루하루가 각박해질 수 있을 것 같다고 느꼈다. 안 그래도 세상은 우리를 자주 서운하게 만든다. 서운한 일 많은 곳에서 살면서 자신까지 그렇게 냉정하게 대할 필요는 없을 것이다. 나를 가장 잘 이해하고 위로해줄 수 있는 사람도, 따뜻하게 안아줄 수 있는 사람도, 나를 다시 일으킬 수 있는 사람도, 바로 나니까. 내가 이걸 쓴다고 해서, 친구들이 이걸 읽는다고 해서, 곧바로 큰 변화가 생기기는 힘들지만, 긴장의 끈도 너무 팽팽하면 끊어지는 법이니까 적당히 긴장감을 유지하면서 좀 나 자신을 너그럽게 보는 것도 필요한 것 같다. 우선 이 글을 쓰는 나부터 노력해보도록 하겠다.

중학교 3학년, 하고 싶은 것도 많고 해야 할 건 더욱더 많은 나이다. 성적, 대인 관계, 거기다 고등학교 입학 준비까지. 대비해야 할 건 너무 많고 시간은 턱없이 부족하다. 우리는 가끔 우리가 어떻게 시간을 보냈는지 모를 정도로 바쁘게 살아갈 때도 있다. 꼭 해야 하는 일이고 어쩔 수 없이 하는 일들로 가득 찬 일상 속에서도 나는 우리가 영혼이 있는 삶을 살았으면 좋겠다. 이것저것에 쫓기기보다는, 내가 목표를 향해 쫓아가는 것 말이다. 나는 이 책을 쓰면서 우리 나이에 흔히 맞닥트릴 수 있는 일들에 대해 다시금 생각해 보았다. 그것들은 우리의 주변에서 자주 볼 수 있는 일이지만 한 번도 그런 문제들에 대해서 깊게 생각해 본 적은 없는 것 같다. 하지만 그것들의 근본적인 문제는 우리의 내면과도 관련이 있다고 생각이 들었다. 우리는 자신의 내면을 샅샅이 살펴봐야 했다. 사소한 거 하나하나 다 고민이 되고 걱정이 되는 이 시기에 누구보다 나의 마음을 내가 잘 알아야 한다. 솔직히 나도 이렇게 글은 썼지만 나 자신을 잘 지키지 못하는 일반 학생일 뿐이다. 사실 내가 앞에서 썼던 내용은 내가 나에게 하고 싶었던 말이었을 수도 있다. 내가 나한테 자기 마음을 잘 돌봐야 한다고 말하고 싶었나 보다.

우리 모두 정작 가장 중요한 내 마음을 잊고 있었다. 우선 무엇보다도 우리가 안정돼야 뭐라도 눈부시게 해낼 수 있는 것이다. 꼭 나라는 사람을 존중해주고 자아를 튼튼하고 건강하게 만들자. 모든 문제는 일단 내가 중심이 잡혀 있어야 순탄히 흘러가는 법이다. 그게 성적이든, 친구 사이든. 때때로 우리가 사소한 것이 쌓여서 주저앉게 될 때가 생길 수 있다. 그럴 때마다 나만큼 중요한 것은 없으니까 너무 급하게 모든 일을 하려고 하지 말고, 소소한 행복을 찾고 즐기면서 지치지 않도록 했으면 좋겠다. 사소한 행복을 찾기 힘들다면 이참에 아주 커다란 행복을 도모하는 것도 좋다. 많이 힘든 시기일 수 있지만 다 같이 긍정적인 마음으로 함께 좋은 추억이 남는 시절이 될 수 있도록 서로 의지하면 좋겠다.

언제나 누군가를 부러워하는 당신이 또 다른 누군가에겐 부러움의 대상이라는 것을 잊지 말고 힘든 일이 몰려오는 것 같을 땐 세상이 당신의 능력을 알아보기 위함이라는 것을 기억하면 좋겠다. 이 말은 곧 당신이 무한한 가능성을 가지고 있다는 걸 세상이 알고 있다는 뜻이기도 하다.

이 책을 읽는 대부분 친구들이 들어봤을 수 있는데 진주는 조개가 자기 몸으로 들어온 이물질 때문에 생기는 상처를 보호하려고 한겹 한겹 감싸올려 만들어진 것이라고 한다. 어쩌다 생긴 쓰라린 상처 때문에 아름다운 진주가 생긴 것이다. 애초에 상처가 없었다면 진주도 없었다. 우리도 이 세상 모든 짜증 나는 일에 휘둘리지 말고 과한 자신감으로 때로는 허세도 부리면서 대차게 이겨나가길 바란다. 오히려 그것들을 양분으로 삼아 단단하고 빛나는 진주로 키워보면 좋겠다. 그 진주는 나중에 우리가 기회를 잡을 바로 그 순간에 자신만의 빛깔을 띠면서 여러 각도로 빛을 반짝일 것이다.

아주 아름답게.

책을 처음 써보면서 무작정 나의 또래들에게 해주고픈 말들을 꾹꾹 눌러 담아봤는데 혹시나 두서가 없을지라도 내가 전하고자 했던 진심만은 빠짐없이 담겼기를 바란다. 책을 쓰는 건 나한테 새로운 도전이었는데 힘든 점도 많았지만 내가 쓴 이 글이 정말 책으로 출판된다고 하니 너무너무 소중하게 느껴진다. 이 책을 보는 친구들도 자신의 가슴이 뛰는 도전을 많이 해봤으면 좋겠다. 그렇게 하다 보면 가능성이 충만한 우리에게 또 어떤 새로운 길이 열릴지도 모른다. 나는 내 글을 읽고 조금의 친구들이라도 마음이 가는 걸 느꼈다면 그걸로 성공이다. 친구들에게 이 책이 마음의 안식을 주는 책으로 남았으면 좋겠다.

이 책을 읽는 모든 내 또래들이 이 예쁜 나이를 아름답게 보내기를, 여러분들의 따뜻한 앞날을 응원한다.

제8화 지구 온난화가 미치는 영향

지금 이 책을 읽고 있는 당신은 감기에 걸려본 적이 있나요? 아마 전부가 다 한 번씩은 감기에 걸려보았다고 해도 과언이 아닐 거예요. 저 또한 감기를 셀 수 없이 많이 걸려보았고, 2019년에 나타나 우리를 힘들게 하는 코로나도 2번이나 걸렸거든요. 심지어 저는 알레르기 비염도 가지고 있어요. 그래서 봄에는 꽃가루 때문에, 여름에는 에어컨 바람 때문에, 가을에는 일교차 때문에, 겨울에는 차가운 바람 때문에 일 년 내내 365일 동안 비염으로 항상 힘들게 지내요. 호흡기질환의 원인이 궁금해서 찾아보았더니 바이러스, 미세먼지 등등. 한 가지라고 특정할 수는 없고 원인은 사람과 환경에 따라서 제각각이더라고요. 그중에서 제가 다뤄보고 싶은 원인이자 주제는 바로 지구 온난화에요.

왜 지구 온난화가 호흡기질환에 영향을 미치냐고요? 우선 지구 온난화는 '지구의 기온이 높아지는 현상'을 뜻하는 건 많이들 아실 거예요. 근데 지구 온난화가 어떻게 호흡기질환에 영향을 주냐고요? 지구 온난화의 원인부터 생각해 봐요. 가장 대표적이고 널리 알려진 이유 중 하나는 바로 '과도한 온실가스 효과'에요. 이 원인에서 가장 중요한 요점은 '과도한'이에요. 사실 적당한 온실효과는 우리에게 해가 아닌 득이 되거든요. 그럼 온실효과는 뭘까요? 온실효과는 대기가 있는 행성 표면에서 나오는 에너지가 대기를 빠져나가지 못하게 흡수를 하고, 그 에너지가 대기에 남게 되어 기온이 상승하는 현상이에요. 이게 적당하면 득이 되는 이유는 다름 아닌 태양과 지구의 거리가 너무 멀기 때문이에요. 그래서 받을 수 있는 에너지가 충분하지 않기 때문에 온실효과가 없었다면, 우리는 전부 냉동인간이 되었을지도 몰라요! 하지만, 만약 온실효과가 너무 과도하다면 우리는 녹은 아이스크림처럼 될지도 몰라요!

지금까지는 지구 온난화의 뜻과 원인을 알아봤어요. 지구 온난화가 사회에 미치는 영향은 뭐가 있을까요? 첫째로, 지구 평균온도 상승이 있어요. 이건 말 그대로 지구의 평균온도가 상승하는 건데요, 지구 평균온도 상승에 따른 지구의 변화를 정리를 해보았어요.

〈지구 평균온도 상승에 따른 지구의 변화〉

- 지구 평균온도 1℃도 상승에 따른 지구의 변화 : 지구 평균온도가 1℃ 상승하면 가뭄이 곳곳에서 지속되고, 킬리만자로의 만년빙이 사라지게 되어버려요. 가뭄으로 인해 농부들은 농토와 거주지를 잃고, 물 부족 인구는 늘어나게 될 것에요. 빠른 변화에 적응하지 못한 동물들과 식물들은 멸종하게 될 거고요. 북극의 얼음이 녹는 속도도 너무 빨라져서 북극곰도 멸종 위기에 처하게 될 거예요. 또 온도 상승으로 인해 열사병에 걸리는 환자의 수는 늘어날 거예요.

- 지구 평균온도 2℃ 상승에 따른 지구의 변화 : 지구 평균온도가 2℃도 오르면 많은 북극 생물이 멸종 위기에 처할 거예요. 그리고 그린란드 빙하가 녹아 해수면이 상승하고, 바다에 인접한 도시들이 가라앉게 될 거고요. 또한, 더불어 극렬한 폭염으로 인한 열사병으로 수십만 명의 사상자가 발생하게 되죠.

- 지구 평균온도 3℃ 상승에 따른 지구의 변화 : 지구 평균온도가 3℃ 상승하면 인간이 감당할 수 없는 수준의 가뭄이 찾아와 기근으로 인해 많은 사람과 생물이 사망하게 될 것이라고 해요. 또한, 해안 침수로 인해, 매년 1억 명의 사람들이 피해를 볼 거라 예상하여요. 그리고 지구상의 절반 정도의 생물이 멸종 위기에 처해요.

- 지구 평균온도 4℃ 상승에 따른 지구의 변화 : 지구 평균온도가 4℃ 상승하면 사용 가능한 물의 양은 거의 절반이 감소하게 되고, 해안 지역에서 많은 사람이 침수로 인한 피해를 볼 것으로 예상하여요. 그리고 슬프게도, 러시아와 동유럽에는 더 이상 눈이 내리지 않게 돼요.

- 지구 평균온도 5℃ 상승에 따른 지구의 변화 : 지구 평균온도가 5℃ 오르면 정글이 모두 불타고 가뭄과 홍수가 빈번히 발생하여 인간이 살아갈 수 있는 지역이 빠르게 감소하게 돼요. 또 히말라야 빙하가 사라져요. 이에 잦은 재난으로 인해 거주 가능한 지역(러시아, 캐나다 등)으로 피난민이 몰려요. 아마도 살아남은 사람들은 생존을 위한 전쟁을 벌이게 될 거예요.

- 지구 평균온도 6℃ 상승에 따른 지구의 변화 : 메탄하이드레이트(저온 고압 상태에서 물과 결합해 형성된 고체 에너지원. 모양이 드라이아이스와 비슷하고 불을 붙이면 타는 성질을 가지고 있어 불타는 얼음이라고도 불린다)가 대량 분출되면서 모든 생물체의 대멸종이 시작될 거에요. 즉, 만약 지구의 평균온도가 6℃ 상승하면 지구상 생물의 95%가 멸종한다고 예측하여요.

만약 지구 온난화로 인해서 지구의 평균온도가 계속 올라간다면 책에서만의 이야기가 아니라, 현실에서 이야기가 될 수도 있어요!

두 번째는 처음에 말했던 호흡기질환이에요. 대기가 오염되면서 미세먼지가 많이 생기고, 호흡기가 안 좋아져요. 사실 미세먼지는 우리 생각보다 엄청 위험해요. 세계 보건 기구(WHO) 산하 국제 암 연구소(IARC)는 미세먼지를 무려 1군 발암물질로 분류했어요. 1군의 위험성이 얼마나 큰지 잘 모르실 수도 있을 것 같아요. 그래서 발암물질을 구분하는 기준을 적어봤어요.

〈발암물질 1군〉
흡입이나 섭취 시 사람들에게 발암성이 확실히 입증된 물질 - 석면, 카드뮴, 담배, 술, 비소, 청산 가스, 미세먼지 등.

〈발암물질 2군〉
2A군 : 발암 추정 물질 - 납 화합물, 코발트, 아크릴아마이드, 말라리아 등.
2B군 : 발암 가능 물질 - 아세트알데하이드, DDT, 디젤연료, 퓨란, 납, 카본블랙 등.

〈발암물질 3군〉
발암성 여부를 확인할 수 없는 물질 - 카페인, 비행기 연료, 에틸렌, 정전기, 전기장 등.

〈발암물질 4군〉
비발암성 물질

이렇게 미세먼지는 흡입했을 때 확실히 발암이 입증된 무서운 물질이에요. 심지어 2018년 기준, 한 연구소의 자료에 따르면 미세먼지는 기대수명을 무려 1년 8개월이나 단축한다고 해요. 음주·약물 중독이 11개월인 걸 고려하면 정말 높은 수치죠?

지구 온난화의 해결 방안은 무엇이 있을까요? 이런 끔찍한 사태를 막을 수 있는 건 바로 '예방'이에요. 지구 온난화를 줄일 방법을 몇 가지 적어볼게요.

1. 필요하지 않으면 일회용품은 사용하지 않기 - 이 방법은 아마 흔히들 생각하는 방법일 거예요. '일회용품 그까짓 거 줄인다고 크게 달라지겠어?'라고 생각할 수도 있어요. 하지만 이 사례를 보면 생각이 바뀔지도 몰라요. 미국의 배달 앱, seamless는 일회용품을 줄이고자 해서 주문할 때 냅킨과 수저를 받을 건지 받지 않을 건지를 정할 수 있는 체크박스를 만들었어요. 작은 체크박스로 seamless는 2013년 한 해에만 100만 세트 이상의 플라스틱과 휴지를 절약했다고 해요. 작은 네모 모양 칸이 이루어낸 성과가 정말 멋지지 않나요? 우리도 이렇게 차근차근 실천해 보는 거예요. 편의점에서 나올 때, 손으로 들고 가고, 만약 사게 된 물건이 많다면 미리 장바구니를 가지고 가는 거예요. 당장은 귀찮을지는 몰라도, 이 작은 실천이 나중의 상황을 더 나아지게, 좋게 만들 수도 있어요!

2. 음식은 먹을 만큼만 먹기 - 음식은 생각보다 많은 온실가스가 나오는 것 중 하나에요. 음식을 생산하고, 가공하고, 소비하고, 폐기하는 과정에서 30% 내외의 온실가스가 배출된다고 해요. 온실가스의 3분의 1은 음식이 차지하는 셈인 거죠! 그런데 사람이 살기 위해서 음식은 무조건 먹어야 하지만, 꼭 음식을 남길 필요는 없잖아요? 음식을 남기지 않는 좋은 방법은 바로 '먹고 더 먹기'에요. 한 번에 많이 받아서 음식물을 많이 남기는 것보단, 적당히 받아서 먹고 부족하면 더 받아서 먹는 습관을 모두 함께 길러보는 건 어때요?

우리는 할 수 있어요. 저의 엄마는 중요한 건 마음이라고 말씀하셨어요. 우리도 우리가 할 수 있다는 마음. 후손들에게 더 좋은 지구를 물려주기 위해 노력하는 마음. 우리는 할 수 있다는 마음. 우리 모두 지구를 위해 마음을 가지고 작은 실천을 차차 하면서, 더 좋은 지구를 만들어봐요!

지구 온난화와 관련해서 읽어볼 만한 책을 추천하고 마무리 지으려고 해요. 첫 번째 책은 '기후 변화 쫌 아는 10대'라는 이지유 작가의 책이에요. 초등학교 때 기후에 관해 독후감을 쓰는 대회가 있었어요. 무슨 책을 읽을까 고민하던 중 엄마의 추천으로 구매했던 책이에요. 사람들의 평가도 좋고, 표지도 마음에 들어서 사게 되었어요. 사실 그때까지만 해도 문학만 골라서 읽는, 편독했었어요. 그래서 다른 분야의 책에 대해서 거부감이 들어서 지루한 마음으로 책을 읽기 시작했어요. 근데 계속 읽다 보니 저도 모르는 사이에 다 읽었더라고요! 설명이 아주 쉽게 된 덕분에 전혀 어려움 없이 책을 술술 읽었어요. 그리고 기후에 대해 지식이 많이 쌓였고요. 기후에 관심이 있지만 어려워서 다가가지 못하는 분들께 정말로 추천하고 싶은 책이에요.

두 번째 책은 '햇빛은 찬란하고 인생은 귀하니까요.'라는 제목의 장명숙 작가님의 책이에요. 이 책은 에세이에요. 전 평소에 에세이를 읽는 걸 정말 좋아해요. 어릴 때 읽은 언어 온도라는 에세이를 시작으로 이것저것 읽기 시작했어요. 도서관에서 빌릴 책을 보던 중 이 책의 제목이 저의 마음을 계속 건들었어요. 그래서 책을 빌렸고, 두근거리는 마음으로 책을 읽기 시작했어요. 근데 책을 읽을 때마다, 가슴이 따뜻해지는 느낌을 계속 받았어요. 그렇게 이 책은 저의 인생 책 중 하나가 되었어요. 이 책의 작가인 장명숙님이 궁금해서 찾아보았더니 유튜브 채널 밀라 논나를 운영 중이시더라고요. 그리고 제 생각보다 훨씬 더 대단하신 분이셔서 정말 멋있으시다는 생각밖에 들지 않았어요. 유 퀴즈 온 더 블럭 51화에 나오셔서 한 번 봤는데, 사람이 명품이면 된다는 이야기가 정말로 마음에 다가왔어요. 겉모습도, 내면도 멋있는 멋쟁이 할머니의 생각과 인생이 궁금하신 분께 추천해 드리는 책이에요.

제9화 클래식 음악에 퐁당

'클래식 음악'이라고 하면 대체로 고전적이고 진부하고 지루하다는 생각이 들며, 찾아 듣게 되는 음악은 아닐 것이다. 물론 예외는 있겠지만, 나의 경우 특히나 신나는 음악을 좋아하기 때문에 발라드와 같은 장르는 듣지 않는 편이다. 그렇다면 어떻게 해서 클래식 음악에 관심을 두게 되었을까?

어느 날 학교 음악 수업시간에 시대별 클래식 음악을 감상하고 배웠는데, 평소에는 따분하게 들리던 클래식 음악이 새로우면서 감미롭게 귀에 들렸고 이제껏 느끼지 못했던 클래식 음악의 아름다움을 알게 되었다. 내가 평소에 '클래식 음악'이라는 주제에 관심을 크게 두고 있지 않았기 때문에 특히나 그렇게 느꼈을지도 모른다. 하지만 확실한 건 이전에는 그럭저럭 들리던 곡이 감미롭게 들리고 그 주제에 대해 호기심이 생기게 된 것은 내가 한번 관심을 갖게 되는 계기를 통해서 그 주제에 대해 흥미를 느낄 수 있었다. 이를 통해서 어떤 분야에서든지 본인이 평소에 즐기지 않았던, 또는 시도해 보지 않았던, 별 관심이 없었던 새로운 것에 관심을 가지고 접근해본다면, 내가 미처 보지 못했던 새로운 세계를 체험해 보는 경험을 하게 될지도 모른다.

이 부분과 연관을 지어서 말해보자면 이 책을 읽는 청소년의 대부분이 자신의 진로에 대해 많은 고민을 할 텐데 어른이 되기 전까지의 시간 동안 다양하고 많은 경험과 본인이 관심 있는 분야를 넓혀 최대한 경험을 해보면 좋을 것 같다.

다시 본론으로 돌아와서, 이 책의 주제인 클래식 음악의 매력을 소개해보고 싶다. 먼저, '클래식 음악'이란 무엇일까?

클래식(classic)은 서양의 전통적 작곡 기법이나 연주법에 따른 음악을 의미하는데 여기에서 쓰이는 클래식은 라틴어 '고전적인/최고의 계급'이라는 뜻의 클라시쿠스(ClássĭCSU)에서 유래된 단어이다. 16세기부터 본격적으로 우리가 알고 있는 클래식 음악이 시작되었다고 볼 수 있다. 클래식 음악은 미술관, 예식장, 음악회장과 같은 격식 있는 장소에서 사용되는 걸 볼 수 있는데 그만큼 차분하고 고급스러운 분위기를 조성하는 곡인 것이다.

일상생활 속에서 쉽게 접할 수 있는 음악이기에 쉽게 관심을 가질 수 있을 것이다. 어렵게 느껴질 수 있지만, 우리가 자주 듣는 대중가요처럼 가볍게, 대중적인 클래식 음악으로 입문해보는 것도 좋다. 클래식 음악 중에서도 여러 분위기의 곡들이 있는데 본인의 취향에 맞는 곡을 선택하면 된다. 클래식 음악은 대중가요와 다르게 가사가 없고 대체로 잔잔하여서 집중력을 길러주는 효과가 있다. 만약 노래에 가사가 있다면 내가 머릿속에 읽어 저장하려는 정보와 노래의 가사가 합해져 집중력이 하락하는 상황이 생길 것이다. 더군다나, 나에게 익숙한 노래라면 흥얼거리게 되고 더욱 집중되지 않아 어느새 노래의 멜로디와 가사에 집중하게 되는 일이 벌어지기도 한다. 그렇기에 공부를 마무리한 후에 본인이 선호하는 음악을 듣는 것 같이 시간을 분배하여 감상해야 한다. 반면에 클래식 음악 같은 경우에는, 나도 공부가 잘 안 될 때 가사 없는 클래식 음악을 틀어두고 공부한 적이 있는데 사람마다 차이는 있을 수 있지만, 음악을 듣지 않을 때보다 집중이 잘 돼서 아주 유용했다. 이는 클래식 음악을 들으면 청각 자극으로 인해 뇌에도 마찬가지로 자극을 주게 되고 집중력 향상과 과잉 행동, 정서장애, 행동 장애에도 도움이 된다. 두뇌 발달과 논리력, 수리력 향상에 도움이 되며, 규칙적이고 안정적인 음악의 반복이 인간의 심장박동 주기와 비슷하여 심리적 안정감을 느낄 수 있다고 한다. 그렇기에 한창 감수성이 예민하고 감정변화가 크고 다양한 청소년에게 클래식 음악을 듣는 것은 큰 도움을 주며 유용한 것이다.

청소년인 또래의 친구들이 대부분 즐겨듣는 대중가요의 경우, 곡이 발매되고 그 당시에 유행한 뒤 세월이 지나면 잘 듣지 않거나 잊히는 상황이 허다하곤 하다. 그러나 클래식 음악의 경우 수십 년, 심지어는 수 백 년 후까지에도 그 장르 마니아가 있을 만큼 사람들에게 오래 기억되는 장르이다. 그건 그저 주관적인 생각이 아니냐는 질문한다면, 예시를 하나 들어보겠다. 지금으로부터 약 백 년 전에 유행했던 가요가 있다고 한다면 그 노래를 기억하고 여전히 찾아 듣는 사람이 몇이나 될까? 그 시대에 사셨던 연세가 많으신 분들은 여전히 기억하고 계실지도 모르지만 잊힌 곡들이 대부분일 것이다. 하지만 클래식 음악은 수 백 년 전에 작곡된 곡임에도 불구하고 나이와 관계없이 대부분 사람이 많이 들어봤을 것이고 여전히 찾아 듣는 사람이 있을 정도이다.

일상생활 속에서 들을 수 있는 클래식에는 무엇이 있을까. 지하철 환승 곡 혹은 영어 듣기평가의 도입부 등에서 쉽게 접할 수 있는 비발디의 〈사계〉가 있다. 또, 학원 차량의 후진 음인 베토벤의 〈엘리제를 위하여〉 정도가 있을 것이다. 이처럼 평소에는 본인이 선호하는 음악 장르가 있을 것이고 클래식을 잘 듣지는 않을 수 있지만, 클래식 음악은 이미 우리 생활 속에 스며들어있고 일상에서 쉽게 찾을 수 있기에 우리도 모르는 사이에 클래식을 접해봤을 확률이 높다.

클래식은 각 시대별로 다양한데, 고전적인 클래식도 그것만의 매력이 있다. 또 현대에 가까워지면 그만큼 트렌드한 매력이 있는 것 같다. 나는 미술관에서 관람하다 보면 잔잔하게 들려오는 클래식 음악을 무척 좋아한다. 뭐하나 서두를 것 없이 차분하게 그 그림에 대해 감상할 수 있기 때문이다. 이 그림을 그린 작가가 말하고 있는 '의도는 무엇일까'와 같은 생각도 하면서 말이다. 또, 클래식 음악은 앞부분에서도 말했지만, 집중력 향상의 효과 있으므로 공부가 잘 안 될 때 가사 없는 클래식 음악을 감상하며 차분하게 할 일에 임할 수 있다.

클래식이 어렵게 느껴진다면 유튜브에 클래식 모음집, 플레이리스트를 검색하여 듣다 보면 나에게 익숙하거나 혹은 취향에 맞은 곡을 찾을 수 있을 것이다. 나도 유튜브를 통해 쉽게 접근해볼 수 있었기에 클래식 음악에 더욱 친근감을 느낄 수 있었던 듯하다.

이 책을 읽고 있는 여러분도 처음에는 어렵게 느껴질 수 있지만, 클래식 음악의 매력을 알게 되어 자주 듣고 관심을 가지는 장르가 되길 바란다. 이 책을 처음 쓰게 되었을 때 책 작성에 대한 방법도 모르는 내가 책을 제대로 작성할 수 있을까? 싶었다. 출판사에서 내가 쓴 책을 출간하게 되면 누구나 구매하거나 대여하여 볼 수 있을 것이기에 부담감도 컸었다. 하지만 이번 기회가 아니라면 언제 내가 책을 쓴 작가가 되어 보겠는가 하는 생각에 도전해보게 되었다. 책의 주제를 정하고 그 주제에 대해 풀어나가야 하므로 어려운 점도 많았고 어떻게 시작해야 할지 막막함에 글을 쓸 엄두가 쉽게 나지 않았다. 그래서 이 책을 읽는 대부분의 독자가 청소년일 것이라는 부분에서 내가 클래식 음악에 대해 전문적인 지식은 없지만, 나의 친구들에게 소개하듯이 써보게 되었다. 아직 나에게 부족한 점은 많지만 이러한 도전을 해보면서 여러 시행착오도 겪고 한 단계 더 성장하는 내가 되었으면 좋겠다. 앞으로도 새로운 도전을 할 기회가 생긴다면 물러서지 않고 꼭 도전을 해보고 싶다. 어렵기는 했지만, 글을 쓰면서 클래식에 관련된 다양한 자료들을 찾아볼 수 있어 나도 유익했고, 어떤 식으로 이야기를 해볼까 하는 생각이 더 고민해보고 작성하는 과정에서 흥미를 느꼈던 것 같다. 책을 써 볼 색다른 기회를 주신 선생님께 감사합니다.

언젠가 기회가 된다면 클래식 음악 연주회에 꼭 다시 가보고 싶다. 어릴 적에 가본 경험은 있었지만, 악기 연주를 제대로 감상하지 못했던 것이 아쉽게 느껴지기 때문이다. 광대한 음악회장에서 오케스트라 각 악기마다 연주 소리가 섞여 말로 표현할 수 없는 아름다운 소리를 만들어낸다. 눈을 감고 감상한다면 환상적인 기분을 느낄 수 있을 것이다. 나는 특히 하울의 움직이는 성(애니메이션) OST, '인생의 회전목마'라는 곡을 정말 좋아하는데 어느 날 유튜브에서 해당 곡의 오케스트라 연주 영상을 본 적이 있었다. 악기들의 강약 조절과 파트를 나누어 연주되는 악기 소리의 조화가 아름다웠고, 곡의 클라이맥스에 다다를 때는 감격스러움이 느껴질 정도였다. 영상으로 봤음에 불과하고도 곡의 아름다움을 느낄 수 있었는데 현장에서 직접 보게 된다면 얼마나 감동적일지 기대가 되는 부분이다. 그렇기에 내가 죽기 전에 꼭 한 번 히사이시 조의 오케스트라 공연을 현장에서 직접 감상하고 싶다. 그 연주를 보게 되는 날이면 나에게 있어 평생 잊을 수 없는 행복한 기억으로 남을 것이다.

제10화 학생은 운동을 해야 하나?

나의 주제는 학생은 운동해야 하냐이다. 이 주제에 관심을 두게 된 이유는 제 건강 때문입니다. 주제를 무엇으로 할지 생각해보니 내가 제일 잘 알고 내가 경험해본 것 운동으로 하게 되었다. 7살 때부터 현재도 태권도를 8년째 하고 있다. 하지만 중학생이 되면서 한 번씩 빠지고 그러다 보니 제 건강은 좋지는 않다.

요즘 시대에는 야식을 많이 먹고 그래서 살이 찌는 시대인데 이것을 바꾸기 위해 이 책 주제를 정했다. 그리고 중학생이 되면서 시험 준비도 해야 하고 학원도 점점 많아지고, 제 건강에 신경 쓰지 못했고, 피부에 여드름도 나고, 살도 막 쪘다. 제 모습이 싫기도 하고 좀 짜증 났던 것 같다.

체력이 좋지 않으면 공부도 집중이 안 되고 체력도 따라주지 않아 공부할 수 없다. 그리고 학생들은 바쁜 학원 등 때문에 끼니도 챙기지 못하고 대충 패스트푸드나 학원 끝나고 집에 늦게 와서 야식을 먹게 되면 살이 찌는 것은 물론 건강도 나빠지게 된다. 이런 친구들을 주위에서도 많이 보고, 저도 그렸던지라 이 주제로 해야겠다는 생각이 들었다. 내가 생각하는 건강은 사람이 활동적이면서도 활기차며 이럴 때 사용하는 표현 같다.

이 주제가 또 흥미로운 이유는 사람의 건강은 나빠질 땐 엄청난 속도로 나빠지지만 좋아지기는 쉽지 않다. 나는 이 점이 흥미로웠다. 왜 아파지면 회복하기 쉽지 않을까? 사람의 건강은 마치 이미 건너면 돌아오지 못하는 다리 같았다. 건강해지려면 내가 몸을 아프게 했던 만큼 그보다 2배나 노력해서 회복할 수 있는 것 같다.
그래서 운동을 미리 하면서 관리한다면 좋을 것 같다. 운동하면 신기하게 힘들지만, 나의 몸이 건강해지는 느낌이 든다. 한 번씩 할 때 피곤하고 힘들지만 그만큼 운동을 하면 좋을 것이다. 나는 운동을 싫어한다. 아직도 여전히 힘들고 땀나고 그런 기분이 싫다. 하지만 내가 싫어함에도 주제를 운동으로 선택한 이유는 운동은 좋은 것이기 때문이다. 운동하면 땀이 나와 우리 몸속에 노폐물을 빼주고 우리 몸을 건강하게 만들 수 있는 하나의 방법이기 때문이다.
그리고 운동은 재미있는 종목들이 많다. 피구, 야구, 축구, 족구,

배구 등 이런 기본적인 말고 우리가 잘 모르는 운동도 있다. 예를 들자면 퀸볼, 멀티볼, 플라잉디스크, 발야구 등 스포츠에는 많은 종목 많은 규칙 많은 방법이 있다. 그리고 이렇게 많은 운동을 누가 만들었는지도 궁금하고 이 규칙들은 누가 만들었고 어디를 유래한 것인지도 궁금하다. 운동은 사람이 몸을 단련하거나 건강을 위하여 몸을 움직이는 일이라고 한다. 이렇게 운동을 하며 내 몸을 단련하거나 건강을 위해 운동을 하는 사람도 있다. 각자의 목적, 목표는 다르지만, 그것을 향해 나아가는 것만은 같다고 생각한다.

내가 주제를 운동으로 한 이유는 태권도 덕분이다. 일단 내가 태권도를 배우며 많은 것을 배웠기 때문이다. 태권도라고 하면은 도복 입고 그냥 노는 거 아니야 라고 다들 대부분은 그런다. 나도 예전에 7살 때 태권도가 그냥 노는 것인 줄 알았고 별로 다니기를 싫어했다. 하지만 나의 형이 다니고 싶다 하며 태권도를 가게 되었다. 처음엔 너무 가기 싫고 좀 무서워했던 것 같다. 처음 태권도에 갔을 때는 도복을 처음 입게 되었고 그 후 나는 태권도라는 운동이 좋아졌다. 그 후에는 내가 빨리 태권도에 빨리 가고 싶다고 하며 엄마에게 조른 기억도 난다. 태권도에서는 예의, 어른들에게 어떻게 대해야 하고, 태권도장의 규칙도 알려주고 태권도의 기술들도 알려줬다. 그리고 특이하게도 나이와 상관없이 태권도장 안에서는 서로 님을 붙이며 존댓말을 해야 했고 관장님, 사범님을 보거나 도장에 오면 꼭 인사를 드려야 했다.

처음엔 좀 부끄러워 잘하지 못했는데 점점 시간이 지나니 익숙해졌다. 태권도장에서는 심사도 보는 데 그 심사에 합격하면 띠가 점점 올라갔다. 처음 심사에서는 망쳤다. 심사를 보다가 내가 해야 하는 것을 까먹은 것이다. 그런데 나를 보고 계시는 관장님은 나에게 이렇게 말했다. '틀려도 괜찮으니 끝까지 해보세요'라는 말이 정말 안심이 되었던 것 같다. 이 말은 아직도 내가 생생하게 기억나는 말이다. 나는 속마음으로 틀렸는데 어떻게 나 이제 혼나는 건가 하고 긴장하고 있었다. 근데 관장님이 하신 말에 정말 나는 당황했고 일단 관장님이 말하는 대로 한 것 같다. 정말 나는 그 뒤로도 열심히 했다.

저학년이나 유치원에 다닐 때는 시간이 많아서 맨날 하루에 2시간씩은 한 것 같다. 그러면서 고학년이 되면서 매일 참석하기는 했는데 그 뒤에 내가 쉴 시간은 없었다. 그러면서 중1이 되면서 시간도 없고 학원이 점점 많아지면서 매일 가진 못했지만, 나의 휴식 시간을 거의 빼고 갔다. 하지만 내가 계속 갈 수 있었던 이유는 내가 즐거워서였던 것 같다. 내가 만약 힘들 때 운동을 가지 않았다면 나는 2배는 더 힘들었을 것 같다. 내가 운동을 싫어했고 미술이나 음악을 더 좋아했던 것 같다. 근데 태권도를 하면서 태권도의 매력에 푹 빠지면서 운동을 더 좋아하게 되었다. 그리고 태권도를 할 때는 아무 생각을 하지 않아도 되고, 내가 즐거우니까 그게 너무 좋았다.

다들 스트레스나 힘든 일을 받았을 때 각자 사람마다 스트레스를 푸는 방법은 다르다. 하지만 그중 나는 운동이었다. 그리고 내가 태권도를 하면서 발전한 것과 바뀐 것이 많다. 내가 4학년 때 태권도에서 시범단 오디션을 본다고 했다. 처음엔 할까 말까 하면서 정확하게 하고 싶거나 그러지는 않았다. 그러다가 태권도에 같이 다는 친구들이 해본다고 같이 해보자고 하는 것이다. 처음엔 시범단이면 막 앞에서 시범 보이고 우리 태권도의 간판 같은 역할 같을 것 같아 처음에는 부담스럽기도 하고 성격이 좀 부끄럼도 많고 긴장도 많이 하고 잘 울고 그런 성격이었다. 그래서 고민을 하다가 한 번 도전해보자 하는 마음으로 도전을 하였다.

시범단 심사 준비를 하면서 많이 힘들었다. 하지만 준비하며 내 체력도 확인하고 나의 게으름을 알게 되었다. 나 자신을 생각할 때는 내가 게으르지 않은 사람인 줄 알았는데 귀찮은 것도 많고 움직이기 싫기도 했다. 그리고 심사 때보는 운동들도 매일 도장에 30분 빨리 가서 연습하며 도전하더라도 열심히 하자는 마음으로 열심히 1달을 준비한 것 같다. 그리고 난 결국 시범단에 합격했다. 너무 부담스럽고 힘들 것 같다는 생각은 많았다. 운동도 2배고 부담도 많이 됐다. 하지만 힘든 만큼 재미있었다. 자신감도 없고 목소리도 작아서 문제였는데 좀 목소리도 더 커지고 소심했던 것도 많이 없어지고 자신감도 생겼다. 시범단을 들어가며 실제로 밖에 나가서 시범도 해보았다. 이렇게 경험을 해보니 색달랐다. 내가 사람들 앞에서 시범을 보인다는 자체도 신기했고 나 자신이 잘 못

할 것 같아 곧 있으면 이제 태권도도 그만둘 것 같다 하고 생각도 했다. 그리고 나는 태권도를 통해 점점 성장하였다. 키가 크기도 하고 통통한 편이었는데 살도 조금씩 빠졌다.

성격도 바뀐 것도 신기하지만 밖에서도 습관처럼 갑자기 존댓말을 쓰기도 한다. 운동은 나를 변화시킬 수도 있고, 습관이 생길 수 있다. 그리고 나를 도전하게 만든다. 나의 한계까지 내가 만약 무엇을 실패했을 때도 나는 좌절하지 않을 것이다. 운동은 많은 생각을 나에게 전달한다. 운동은 누군가에게는 힘들 수도 있고 누군가에게는 좋은 것일 수도 있다. 하지만 운동은 나에게는 좋은 것이다. 많은 것을 깨닫고 많은 것을 깨달은 것은 운동 덕분이다. 그리고 운동을 하면 체력도 좋아질 수 있다. 체육 시간에 학생의 건강을 체크하는 검사를 했는데 검사 중 달리기가 있었다. 그래서 나는 보통만 하려고 했다. 그리고 체력 검사는 시작되었다. 그러다가 점점 힘이 들고 포기하는 아이들이 많아졌다. 그러다가 나도 포기하고 싶었지만 그래도 내 체력에 최선을 다했다. 왠지 '나의 최대는 어디까지일까?'가 궁금했다. 그랬더니 내가 엄청나게 많이 했다. 나 자신도 놀라고 나를 알던 친구들도 놀랐다. 운동하면서 많은 것을 배울 수 있다는 것을 알려주고 싶고 운동에는 많은 종류의 스포츠가 있다. 축구, 야구, 피구, 농구, 족구, 배구 등등 수도 없어 말로 표현할 수 없다. 그중 내가 가장 좋아하는 운동은 배구이다. 배구는 직사각형으로 된 코트의 중앙의 네트를 두고 두 팀으로 나누어 공을 땅에 떨어뜨리지 않고 손으로 공을 패스하여 세 번 안에 상대편의 코트로 넘겨 보내는 것이다. 배구는 올림픽에서도 하고 우리 학교에서도 3학년 선배님들이 배구경기도 하셔서 많이 보았다. 배구는 팀원과의 협동이 가장 중요한 운동이라고 생각한다. 손으로 공을 세 번 패스하여서 상대편한테 보내야 하는 데 팀원들과 합동이 잘 맞아야 우리 팀이 이길 수 있는 것이다.

운동이라고 하면 또 협동력이 중요하다. 협동력이 잘 맞지 않으면 패배할 확률이 더 크기도 하고 팀 안에서 싸움도 일어날 수 있다. 나도 한 번 넷 볼을 할 때 팀원들이 있었는데 한 명은 잘 참여는 하지만 열심히 하지는 않는 아이와 한 아이는 말도 안 하지 않고 열정적으로 하지도 않고 해서 좀 힘들었던 것 같다. 이렇게 사람은 경험이 생길수록 경험을 나중에 언젠가는 쓰게 되고 도움이 된다. 운동하면서 도움이 되는 것은 당연하고 경험이 생길 것이다.

경험이 생긴다면 나중에 그 경험을 가지고 설명할 수도 있고 또 경험할 수 있다. 운동으로 건강해 지면 좋겠다. 나도 운동을 통해 건강해지고 있고 건강해질 것이다. 그리고 운동을 통해 멘탈도 강해질 수 있다. 멘탈이 약한 사람들은 어떤 말에도 상처받고 다른 사람들보다 더욱더 아파한다. 운동하면 일단 정신력이 강해진다. 아무리 힘든 동작을 해도 버티고 견디고 참는 것처럼 운동하면서 나의 정신력은 커간다. 멘탈이 세진다면 잘 무너지지 않고 다시 일어설 수 있고 도전력이 강해진다.

정말 운동을 주제로 정한 이유는 학생들을 위해서이다. 대부분은 학원이 많고 숙제도 많고 삶에 쫓겨 사는 기분일 것이다. 나도 한 번씩 지칠 때 일상이 계속 반복되는 것 같고 다시 또 일상을 시작하기는 싫고 하면서 짜증도 나고 나도 모르게 슬플 때도 있고 모든 것을 내려놓고 한 번쯤은 지금의 일상과는 다르게 살아 보고 싶다는 생각이 든다. 내가 생각할 때는 학생일 때가 가장 고단하고 힘든 거로 생각한다. 왜냐하면, 학생 때는 많은 것을 배우지만 그만큼 노력해야 한다. 시험 성적이 잘 나오기 위해 부모님을 위해 나의 미래를 위해 나의 기쁨을 위해 학생들은 이것을 원하는 것이 아니다. 단지 나중에를 볼 뿐 그래서 학생이 운동하면서 공부를 하더라도 운동을 하며 스트레스도 풀고 나를 위해 운동을 한다면 좋으리라 생각한다.

운동이 사회적으로 '어떤 영향을 미칠 수 있을까?'라는 생각을 했다. 많은 넓은 경범 위로 운동을 바라본다면 사회적으로 미칠 수도 있다고 생각한다. 운동이 사회적으로 미치는 것이 있다. 바로 게임 중독이다. 핸드폰 중독?? 갑자기?? 이럴 수 있겠지만 핸드폰 중독도 사회적으로 미칠 수 있다고 생각한다.

요즘 시대에는 산업 혁명이 발전하여 우리는 전자기기에 많이 노출되었다. 요즘 길 가다가 초등학생이나 유치원생도 핸드폰을 가지고 있는 것을 보았다. 나는 이것을 보고 놀랐다. 옛날에는 휴대전화도 고학년이 되면 부모님이 사주시거나 학습 능력에 좋지 않다고 어른 돼서 사준다고 이러던 시절이 있었는데 저 아이들은 어린 나이에 휴대전화를 가지고 있다는 것이 놀라웠다. 요즘은 어린 아이들은 어릴 때부터 전자기기, 스마트폰에 노출되어 있다는 것이다. 어떤 사람들은 뭐 어릴 때 핸드폰 가져도 별로 안 시키면 돼~ 라고 하는 분들이 있겠지만 어릴 때는 핸드폰을 사주면 안 된다. 왜냐하면, 어릴 때는 언어나 행동이나 기본 수칙들을 배우는데 이럴 때 핸드폰이나 전자기기를 접한다면 성장이 잘 어려울 수 있다.

요즘은 유튜브에도 이상한 것도 뜨고 특히 아이들이 게임에도 접하면서 중독이 생길 수도 있다. 요즘 현대인, 학생, 아이들은 스마트폰으로 게임, 취미 생활, 업무, 영상 시청 등 모든 것을 스마트폰으로 할 수 있게 되면서 스마트폰에 대한 의존도도 높아지고 있다. 외출하지 않아도 스마트폰으로 일상에서 필요한 물건들도 주문하고, 각종 은행 업무나 갑자기 이메일 확인해달라고 부탁할 때 등도 가능하게 되어서 편리성을 넘어 필수적인 물건이라고 볼 수 있다. 하지만 이러한 상황은 점차 스마트폰의 의존도를 높이기에 중독 증상으로 이어질 수도 있다.

우리가 하루에 깨어 있는 시간 중 대부분을 스마트폰에 투자하기도 하고 많이 사용하기도 하고 쓸데가 많아 특히 성장하는 학생과 아이들이라면 이에 대한 부정적인 영향을 받고 뇌의 성장을 방해하는 일까지 생길 수 있어서 지금 성장하는 아이들과 학생들은 관리하는 것이 중요하다. 뿐만 아니라 스마트폰이 만들어지면서 우리가 많은 것을 편리하고 재미있게 사용할 수 있게 되었다. 그러면서 스마트폰으로 할 수 있는 게임들이 만들어졌고, 요즘 아이들은 게임을 주로 많이 하는데 최근에는 게임에 빠지면서 일상생활조차도 못할 정도로 게임 중독인 아이들도 있다.

우선은 스마트폰 중독의 증상으로 가장 대표적인 것은 핸드폰이 없다면 아무것도 하지 못하는 증상이다. 우리가 일상에서 스마트폰을 사용하는 시간이 점점 늘어나고, 이에 대한 의존도 역시 높아지면서 스마트폰이 없다면 사소한 일도 못 할 것 같고, 아무것도 진행할 수 없을 것이다. 그리고 또한 무의식적으로도 자꾸만 핸드폰을 만지거나 일어나서 바로 핸드폰을 만지거나 하거나 핸드폰이 주변에 없어 불안감을 느끼고 틈만 나거나 시간이 날 때, 쉴 때 핸드폰을 자주 한다면 스마트폰 중독 증상으로 볼 수 있다.

평소 스마트폰을 사용하다가 늦게 잠이 든다거나 하루 사용 시간이 3시간을 넘어간다면 스마트폰 중독일 가능성이 크기 때문에 생활습관에 관한 확인도 중요하다. 스마트폰 중독 증상을 치료하기 위해서는 스마트폰에 대한 의존도를 낮추고 다른 취미 생활을 하는 것이 좋다. 예를 들어 운동이나 미술 또는 친구들과 놀거나 가족과 함께 시간을 보내는 것이 좋은 방법일 것 같다. 일상에서 여가의 대부분 시간을 스마트폰 사용에 투자하고 있었다면 여가를 보낼 수 있는 또 다른 취미를 만들고 스마트폰 사용을 줄이는 게 도움이 될 것이다. 또한, 스마트폰 사용 시간을 줄이기 위해 스마트폰 사용 시간을 부모님이 관리할 수 있는 어플을 사용한다면 관련 도움을 받을 수 있어 좋다. 만약 스마트폰 중독 증상을 버려둔다면 뇌 발달이나 안구 건강까지 안 좋은 영향을 미칠 수도 있으니 꾸준히 관심을 가지고 이에 대한 관리를 이어가야 한다.

또 게임 중독도 있다. 스마트폰뿐만 아니라 컴퓨터를 사용하는 시간이 많아지면서 게임 중독 증상이 나타나는 성인과 청소년들도 상당히 많아지고 있다. 게임 중독의 증상의 경우 게임을 통제할 수 있는 능력이 떨어지거나 상실되면서 일상생활에서 게임을 하는 시간이 늘어나고 이로 인해 사소한 생활습관마저도 영향을 주게 된다. 특히 게임중독증상은 손목질환이나 디스크 증상, 안구 증상, 집중력 저하 심각하다면 망상 증세까지 올 수 있다.

평소 게임을 하고 싶은 욕구를 참기가 어렵다거나 게임을 하는 시간을 조절하는 것에 어려움을 느끼면 그리고 일상생활 속에서 다른 일보다 게임이 우선시 된다면 게임 중독이라고 볼 수 있다. 게임으로 스트레스를 해석하기보다는 운동이나 자신이 하고 싶은 취미 생활을 하면서 중독을 벗어나는 것도 좋은 방법이라고 생각한다.

특히 학업 스트레스나 일상생활에 지치신 분들은 운동하면서 건강도 챙기고 내가 잘하는 것도 알게 되는 좋은 활동일 것이다.
그리고 요즘 현대인들이나 학생들은 대부분 비타민C와 비타민D가 부족한데 운동을 하며 햇빛도 쐬며 나와 비슷한 사람도 만나며 재미있을 것이다. 운동하면서 우리는 많은 감정을 느낀다. 기쁨, 속상함, 아쉬움 등 그리고 운동을 하면서 많은 다른 것도 배울 수 있다.

우리는 누군가와 운동을 할 때, 그것만으로 얼마나 동기부여가 되는지 잘 알고 있다. 그리고 우리의 목적, 목표는 다르지만, 목적, 목표를 이루기 위해 노력한다. 내가 이것을 처음 접하거나 잘 모른다고 해서 피한다면 우리는 더 나아갈 수 없다. 내가 만약 회사원이 되어 회사의 출근한다고 가정해본다면 회사에 가서 일해야 한다. 새로운 환경과 새로운 사람들과 새로운 일을 해야 한다. 그런데 내기 만약 잘 모르거나 처음 해보는 것은 못 한다고 한다면 나는 회사에서 잘리고 백수가 될 것이다. 이렇게 안 하거나 모른다고 피하거나 도망가버리는 나 자신은 제자리걸음을 하는 것이다. 반대로 내가 잘하거나 오랫동안 했고 익숙하고 편한 것만 한다면 그

틀을 깨야 한다.

그 틀을 깨지 않는다면 나는 성장도 못 할 것이다. 솔직히 모든 사람은 새로운 환경, 새로운 사람, 등을 익숙하게 바로는 적응하지 못한다. 어떤 사람은 새로운 환경, 새로운 사람들과 접했을 때 일부러 외면하고 피하는 경우가 있다. 하지만 그럴 때일수록 우리는 적응해야 한다. 좀 억지스럽다고 생각을 할 수 있지만 우리는 새로운 환경과 새로운 사람들과도 같이 적응을 할 필요가 있다고 생각한다. 왜냐하면, 우리가 언제든지 새로운 곳에 접할 수도 있고 이런 것을 어릴 때 잘하지 못한다면 나중에 교우 관계나 사회생활 또 직장생활에서도 문제가 될 수 있다. 만약 사회생활을 잘 못 한다면 일단 나의 미래도 좀 자칫하면 위험할 수 있고 회사 안이나 직장생활에서 따돌림이나 이런 것을 당한다면 정신적으로 엄청나게 힘들 것이고 버티지 못하는 사람도 많을 것이다. 그러므로 운동을 통해 정신력도 키우고 사회적으로 교우 관계도 배운다면 좋을 것이다. 일단 운동을 통해 정신력을 키우는 것은 나의 한계를 보는 것이다. 내가 최선을 다해 뛴다면 자기 생각보다는 2배는 더 잘 뛸 것이다. 그리고 사람들은 자신을 깎아내리는 사람도 있다. 이런 사람들은 정신력이 약한 것이다. 정신력을 키우고 강해지기 위해서는 일단 자신을 깎아내리는 습관을 고쳐야 한다. 자신을 깎아내리는 것은 정말 안 좋은 습관이다. 그리고 자신의 존재감도 없앨뿐더러 자신을 향한 믿음도 없어진다. 그리고 뭐든지 도전하는 습관을 기르면 좋겠다. 왜냐하면, 도전하는 것은 일단 좋은 것이다. 그리고 도전에 실패했더라도 나 자신은 아쉽고 나 자신이 짜증 날 수도 있다. 하지만 도전에 실패해서 뭐라고 나에게 하는 사람은 없다. 그리고 도전은 나를 더 성장하게 해줄뿐더러 나를 더 경험시키게 해준다. 경험은 나중에 많이 쓴다. 사람들은 경험을 한 바탕으로 다른 사람들에게 알려 줄 수도 있고 경험을 통해 내가 경험해본 일도 잘할 수 있다.

하지만 그렇다고 경험을 많이 안 한 사람은 잘하지 못하는 것도 아니다. 경험을 많이 하는 사람들은 당연히 경험을 적게 한 사람들보다는 잘할 것이다. 그러니 기죽지 않으면 좋겠다. 경험하지 못한 사람은 다른 경험에 더 뛰어날 수 있고 그리고 경험을 처음 해본 거라면 더 좋다. 또 나에게는 좋은 경험이 될 수 있기 때문이다. 이렇게 경험을 하며 우리는 성장해나가는 것이다. 그리고 경험을 하면서 나의 모습도 알아갈 수도 있고 운동을 통해 정신력을 키우는 것도 좋은 방법이다. 그리고 정신력이 강한 사람들은 정신력이 약한 사람보다 더 쉽게 무너지지 않는다. 정신력이 약한 사람은 상처도 잘 받고 그 상처에 대한 트라우마로 남을 수도 있고 잘 무너질 것이다. 하지만 정신력이 강한 사람들은 그런 모진 말에도 잘 상처받지 않고 나를 더 성장시킬 기회로 만들고 다시 일어날 수 있다. 그리고 운동은 우울증이나 소외감, 우울함을 없앨 수 있다. 밖에 나가서 활동하면서 우울한 가정문제나 스트레스를 잠시 잊게 해주고 운동이란 것이 나의 취미활동이 되면 내 주위에 사람이 많아질 수 있다. 운동과 관련된 사람을 만남으로써 말도 잘 통하고 나와 잘 맞는 사람을 만날 수 있을 것이다. 기분이 우울할 때 주변에 좋은 친구가 있다는 것은 내가 위로받을 수 있고 나도 그 친구를 나도 위로해 줄 수 있는 것처럼 좋은 것은 없다. 그러나 우정은 힘든 시기를 통해 서로 돕는 것만이 아니다. 그들은 또한 공유 웃음과 재미있는 경험을 통해 구축된다. EJop라는 연구팀에 따르면 운동을 하면 사람들을 더 행복하게 만드는 것으로 입증된 엔도르핀이 분비되고 이것은 전반적인 성격을 위한 특전일 뿐만 아니라, 내가 가진 대화, 내가 만드는 인맥, 내가 쌓은 우정을 통해 드러나는 운동의 사회적 이점이다. 그리고 한 부모 가정, 다문화 가정 등 많은 학생이 스트레스에 받을 수 있다. 사람들은 잘 모르겠지만 꽤 특별한 가정이 많다. 그리고 아이들은 다른 국적이나 엄마나 아빠가 없다며 놀리거나 따돌리는 경우도 많다. 이런 스트레스를 받은 아이들은 고통에 시달린다. 이런 스트레스를 풀기 위해 운동을 선택하는 것도 좋은 방법이다. 운동은 건강을 위해서 하는 사람들과 나를 행복하고 스트레스를 받지 않으려고 하는 사람들도 많다. 그나마 운동을 하며 특별한 가정의 학생들이 운동을 통해 스트레스를 풀고 행복했으면 좋겠다. 그리고 운동을 직업으로 생각하고 운동을 준비하는 학생들도 많다.

대부분 직업을 운동으로 가지기 위해서는 어릴 때부터 시작해야 하는 것은 물론 어떤 곳은 운동과 성적도 잘 나와야 하는 학교도 있고, 그래서 공부도 같이 하는 것은 힘들지만 공부도 열심히 해야 한다고 생각한다. 그리고 꿈을 위해 그 공부를 하면 되는 거고 잘

하지 않는 사람은 정확하게 미래가 정해지지 않은 사람이라고 할 수 있다. 꿈을 위해 노력해야 하는 것은 당연한 일이다. 노력하지 않고 그냥 돈으로 주고 한 것이면 의미 없다고 생각한다. 각자의 환경은 다르지만 불우한 사람도 꿈을 이루기 위해 노력한다.

그 땀을 흘리고 내가 노력한 만큼 나에게 다시 돌아올 것이다. 그러니 내가 정확한 꿈 또는 목적, 목표가 생긴다면 그것을 위해 노력하고 그 목표나 꿈에 다가가 이루면 좋겠다. 그리고 가정에서 자녀에 대한 많은 지원을 해줘야 한다. 운동한다면 부모님과 가까워질 수 있다. 일단 운동을 직업으로 한 아이들은 경기나 훈련을 하러 많이 갈 것이다. 그러면서 부모님은 자녀의 경기나 훈련을 보면서 응원해 주려고 온다. 이러면서 부모님과 자녀가 개선될 수 있다. 특히 부모님과 대화도 잘 안 되고 서로 의견이 안 맞아서 싸우는 예도 있을 것이다. 하지만 운동을 자녀가 시작하게 되면서 운동에 대한 궁금증이 생길 것이고 부모님은 그것을 물어보면서 자녀와의 관계가 개선될 수 있게 된다. 그리고 자녀들은 운동에 대한 열정이 늘어 날 것이다. 왜냐하면, 부모님이 아이들을 지원하면서 아이들은 많은 생각이 들 것이다. 뭔가 학원에서 공부하는 것과 같다고 생각한다. 학원에서는 많은 것을 배울 텐데 그 중 공부는 부모님들이 가장 중요하게 여기는 것이다. 그리고 학원을 통해 학교 시험이나 성적을 올린다. 그러면서 아이들이 성적을 잘 맞지 못한다면 이런 생각이 들 것이다. 부모님이 열심히 돈 벌어서 학원에 다니게 해주셨는데 나는 성적을 이거밖에 내지 못했네! 앞으로는 더 열심히 해야지! 라는 생각이 드는 사람도 있을 것이다. 이렇게 학원비를 지원해주는 것과 비슷하다고 생각한다. 그러면서 아이들은 운동도 더 잘하게 되고 더 열정적으로 될 것이다.

운동하면서 엔도르핀이라는 좋은 생길 수 있다. 운동의 사회적 이점 중 하나인 규칙적인 운동은 실제로 함께 시간을 보내고 싶은 사람을 찾는 데 도움이 될 수 있다. 그리고 운동은 기억력 향상에도 좋다고 한다. 그리고 피트니스라는 운동을 많이 들어보았을 것이다. 피트니스는 흔히 헬스클럽이라는 인식이 강하나, 피트니스는 문화라고 하며, 대표적인 장소는 헬스클럽에서 이루어진다고 한다. 피트니스는 팔, 다리, 코어에만 유익한 운동이 아니라 실제로 두뇌 운동에 놀라운 영향을 끼친다고 한다.

종합 생리학 저널에서 발표된 연구에 따르면 운동은 뇌의 기능을 향상해 더 많은 기억을 유지하고 인지 능력을 향상하는 데에 도움이 된다고 한다. 나의 단짝 친구의 생일을 잊어버렸을 때나 중요한 결혼기념일이나 오늘 처음 본 친구의 이름을 까먹었거나 살면서 이런 적을 많을 것이다. 이런 것은 나이를 먹으면서도 일어나기도 한다. 운동은 우리의 기억력을 좋게 해줄 수 있다. 기억력이 좋아진다면 소중한 추억이나 단어 암기나 이런 것을 할 때 일상생활 문제를 쉽게 해소하기도 쉽다.

운동을 통해 새로운 환경에도 적응하는 데 도움을 준다. 새로운 곳으로 이사를 하거나 원래 있던 곳에서 다른 데로 간다면 겁이 날 수 있다. 그래서 의료전문가들이 추천하는 것도 운동이다. 분위기를 좋게 만드는 방법으로 운동을 추천한다고 한다. 운동을 추천하는 이유는 건강한 상호 작용을 할 수 있기 때문이다. 운동을 통해 친해질 수도 있기 때문이다.

사람들이 목표를 달성하는 것을 보면 완전히 다른 수준에서 그들과 연결 할 수 있다. 자신감, 동료 수용, 리더십 기술 및 공감증가 이것은 아이들이 스포츠와 신체활동에서 받는 사회적 혜택 중 네 가지에 불과하다. 이 네 가지 혜택은 어린이의 건강, 행복, 및 미래에 중대한 영향을 미칠 수 있다. 자신감을 높이고 동료 수용률을 높이면 청소년 비행에 대한 특정 위험요소, 특히 반사회적 행동과 괴롭힘 또는 거부로 인한 긍정적인 사회적 기회에 대한 낮은 노출을 방지할 수 있다.

자신감을 높인다면 나에 대한 자존감이 높아질 것이다. 내가 처음 하는 것도 잘할 수 있다는 자신감도 생기고 내가 할 수 있다는 의지도 생길 것이다. 그리고 리더십도 좋아진다면 내가 팀을 이끌어 나갈 수도 있고 나중에 사회생활에서도 리더십이 좋다면 칭찬도 받고 혜택이 많을 것이다.

체육 시간에 팀별 경기를 하게 되었다. 그러다가 우리 팀에 주장을 내가 맞게 되었는데 정말 힘들었다. 우리 팀에는 말도 잘하지 않고 행동도 잘하지 않는 친구와 행동은 잘하지 않지만, 말은 잘하는 친구가 있었다. 팀별 경기를 할 때는 적극적이고 열정적으로 하면 좋을 텐데 내 말은 잘 들어주는데 열심히는 하지 않아 팀별 경기에서 져서 속상했던 기억이 있다.

운동할 때는 열심히 참여해야 한다는 것이 중요한 만큼 우리는 운동을 통해 많은 것을 배울 수 있다. 신체활동은 성인이든 아이든 학생이든 직장인이든 운동은 사회적 건강 혜택을 제공한다. 모든 연령대가 신체활동에 참여한다면 자신감과 자급력이 향상되는 것은 물론 아이들이 나이를 들어감에 따라 신체활동은 사회적 상호작용 기회를 제공한다. 또한, 외로움이나 소외감도 감소시킬 수 있다. 성인과 어린이 모두 신체활동이 커뮤니티 전체에 미치는 영향을 통해 추가적인 사회적인 혜택을 얻을 수 있다. 아이들뿐만이 아니라 학생, 직장인, 성인들까지 신체적인 건강뿐 아니라 사회적으로 다양한 이점을 가진 것은 바로 규칙적인 운동이다. 모든 사람 관계없이 운동하면서 스트레스를 풀면 좋겠다. 운동하면서 많은 것을 배울 것이다.

문제를 해결하기 위해서는 해결할 방법들은 엄청나게 많다. 그리고 문제를 해결하기 위해서는 문제점이 있어야 한다. 일단 운동과 관련된 문제는 많다. 운동을 통해 문제점도 생길 수 있다. 운동을 너무 무리해서 하거나 위험하게 한다면 문제가 될 수 있다. 꾸준한 운동은 건강에 좋지만, 너무 고강도로 하다가는 질환이 올 수도 있다. 특히 학생들이 근육을 만든다고 하다가 무리해서 질병이 갑자기 찾아오는 예도 있다.

첫 번째는 탈장이다. 탈장은 복벽을 긴장시키고 복압을 높이는 고강도 운동을 하면서 탈장이 생길 수 있다. 다들 탈장에 대하여 모르지만, 탈장은 위험한 병이다. 탈장은 신체의 장기가 제자리에 있지 않고 다른 신체 조직을 통해 돌출되거나 빠져나오는 현상을 말한다. 생각만 해도 끔찍한데 실제로는 얼마나 아플지도 상상이 간다. 보통 연령대가 높을수록 잘 생기지만 최근에는 무리한 근육 운동으로 복무 근막이 손상된 젊은 환자들도 점점 더 늘어나고 있다고 한다. 과도하게 복근운동을 하거나 몸을 비트는 행위를 반복하면 복부에 있는 근막이 손상되면서 탈장이 쉽게 생길 수 있으니 조심해야 한다. 또 우리가 많이 알고 많이 하는 윗몸일으키기도 탈장을 유발하는 운동 중 하나이고, 근력 운동을 할 때는 준비운동을 충분히 해 복부 근막에 갑자기 충격을 가하지 않도록 하는 것이 좋다고 한다. 복근을 만든다고 무리하는 학생들은 주의사항을 꼭 알고 운동을 해야 한다.

두 번째는 디스크 질환이다. 디스크 질환이라고 하면 다들 알기도 하고 목이나 허리 등등 많은 디스크가 존재한다. 그리고 자전거를 타는 것을 좋아하는 학생들은 허리를 정말 조심해야 한다. 허리 근육이 약한 상태에서 자전거를 과도하게 탄다면 허리 디스크가 생길 수 있다. 허리 아래쪽에서 통증이 느껴진다거나 다리가 아프거나 저리다면 디스크 질환을 의심해봐야 한다. 이때는 허리 근육을 단련하기 위해 플랭크 운동을 하는 것이 좋다. 플랭크 운동은 팔을 삼각 모양으로 만들고 발은 모으고 그 상태로 상체를 내려서 버티는 운동이다. 플랭크는 몸에 좋은 운동으로 내 몸에 전체에서 근육을 단련할 수 있게 해주는 운동이다.

세 번째는 햄스트링 부상이다. 햄스트링도 많이 들어본 것 중의 하나일 것이다. 햄스트링은 주로 축구선수, 야구선수들이 운동하다가 햄스트링 부상이라는 말을 많이 들어보았을 것이다. 햄스트링은 넓적다리의 뒤 칸에 분포하는 세 개의 근육, 넙다리두갈래근, 반막근, 반힘줄근을 통틀어 일컫는 말이다. 특히 다리를 빠르게 뻗는 동작이나 최대한 다리를 뻗는 동작을 할 때 발생할 수 있다. 그리고 전력 질주 이후에 속도를 갑자기 멈추거나 혹은 방향을 갑자기 전환할 때도 다치게 된다고 합니다. 햄스트링을 심하게 다치면 수술도 해야 하고 수술 뒤에도 관리를 엄청나게 써줘야 하며 걸어 다니는 것이 몇 개월은 불편할 수도 있다. 햄스트링을 급격하게 다치면 갑자기 통증이 느껴지고 다리가 끊어지는 듯한 느낌이 든다고 한다. 이 경우 당분간 운동을 삼가고 찜질이나 물리치료를 받아야 한다. 스쿼트를 많이 무리해서 한다면 발생할 수 있고, 예방하려면 스포츠를 즐기는 사람들은 경기 시작 전, 후로 충분한 수분을 섭취하여 햄스트링 근육에 무리가 가지 않도록 하고 경기 시작 전 충분한 스트레칭으로 햄스트링이 놀라지 않게 하고 꾸준한 스트레칭을 하거나 운동을 통해 햄스트링을 키운다면 잘 다치지 않을 것이다. 운동을 통해 햄스트링을 키운다고 너무 무리해서도 안 된다. 마지막으로 회전근개 파열이라는 것이다. 회전근개 파열은 어깨에 통증이며 근력 약화, 어깨 결림 삐걱거리는 소리가 동반된다고 한다. 몸을 바로 세우면 통증이 감소하고 누운 자세에서는 통증이 심해져서 통증이 있는 쪽으로 돌아누워 잠을 잘 수 없어서 심하면 수면장애를 호소하기도 한다고 한다. 어깨가 찌릿하다면 의심할 수 있는 질병이기도 하고 약물, 물리, 주사 치료 등을 시도하고 치료를 하고 낫지 않는다면 끊어진 힘줄을 다시 연결하는 수술도 필요하다.

운동도 좋은 것이지만 모든 것은 무리하면 안 좋은 것처럼 운동도 무리한다면 건강에는 좋지 않으니 적당한 시간을 정해 운동을 하는 것을 추천한다. 그래서 우리는 건강하게 운동을 하려면 어깨나 팔꿈치나 무릎 등에 생기는 통증 검사도 해야 한다. 운동 후에 관절 통증을 느낀다면 잠시 중단하고 휴식을 취하는 것이 좋다. 노화 등으로 생긴 관절 문제나 어린데도 관절이 안 좋은 사람들은 운동으로 악화한 것일 수 있으니 운동을 쉬는 것이 좋고, 또한 숨이 차거나 답답한 증상이 계속 며칠 동안 지속할 때도 심장이나 혈관, 폐에 무리가 간 것일 수 있으니 자신의 운동 강도를 낮춰야 한다.

운동을 위해 내 몸을 건강하고 멋지고 젊게 만드는 것도 좋지만 내 몸을 생각하면서 운동을 하는 그런 마인드를 가지면 좋을 것 같다. 그리고 요즘에는 비만이 늘어나면서 청소년이나 직장인 남녀 상관없이 비만이 늘어나고 있다. 비만이 생긴다면 고혈압이나 심부전증, 피가 지방과 함께 섞여 나올 수도 있고 비만이라면 자신의 정상 몸무게에 맞게 얼른 살을 빼는 것이 좋다. 살을 빨리 빼고 싶다고 해서 단식을 하면 안 된다. 운동해야 한다. 그러나 사람들은 땀을 뻘뻘 흘리거나 숨이 많이 차야 제대로 된 운동 효과를 볼 수 있다고 생각하는 사람들이 많다. 하지만 중강도 정도의 운동이 건강 관리 측면에서는 더 좋을 수 있다. 대부분에 일반 성인들은 살을 중강도 정도의 운동을 하면서 살을 빼야 한다. 하지만 학생들이나 소아비만인 아이들은 중강도의 운동을 하면 안 된다고 한다. 아이들과 학생들은 지금 크고 있기도 하고 많이 무리한다면 건강상에 문제와 등등 다른 요소들 때문에 성장도 잘하지 못한다고 한다. 그러니 너무 힘들고 이런 운동은 하지 말고 시간을 정해서 어느 정도만 힘든 운동을 추천한다. 그리고 홈트도 추천한다. 요즘 바쁜 직장인들이 홈트를 많이 하는 데 홈트로 건강하게 뺄 수 있어 어린아이와 학생들에게 추천한다. 물론 따라 하면서 지루할 수 있겠지만 지루한 만큼 열심히 한다면 좋은 효과를 볼 수 있을 것이다. 그리고 운동할 때 비만한 사람들은 체중이 과하게 실려 체력

소모가 크고, 부상 위험도 크다.

특히 두 발이 완전히 지면에서 떨어졌다 접촉하는 뛰기 운동이나 줄넘기 운동은 좋지 않고 관절에 손상이 갈 수 있어 대부분은 저강도 운동이나 체중이 덜 실리는 자전거나 수영이 더 효과가 좋다고 한다. 그리고 학생들이 몸에 좋지 않은 선택을 할 수 있다. 특히 여학생들은 살에 민감하여서 다이어트약을 쓰기도 한다. 하지만 학생들은 성장기여서 약을 먹으면 안 되고 또한 부작용도 올 수 있다. 다이어트약의 부작용은 조현병, 폐동맥, 고혈압 부작용이 나타날 수 있다고 한다. 약보다도 운동과 식이요법으로 살 빼는 것이 가장 건강한 방법이다. 그리고 다이어트를 하게 되면서 의욕도 넘치면서도 음식과 운동을 병행하게 되는데 뭔가 그런 스트레스 때문에 예민해지거나 화도 자주 내고 짜증을 많이 낸다. 그리고 극도의 스트레스로 다이어트 중 갑자기 폭식해서 요요가 오는 예도 있다. 그러다가 요요가 오면 약이나 보조제 또는 다이어트 한약 같은 것으로 빼려고도 한다. 뭔가 빨리 빼면 나는 이렇게 스트레스 안 받고 즐겁고 맛있는 거 먹고 건강하게 살 거라는 데 이 말을 말이 안 된다. 그리고 다이어트 보조제는 어지럼증이나 두근거림이 생길 수 있고 나중에 어른이 되었을 때 다시 요요로 찔 가능성이 크다. 그래서 학생들은 이런 것을 쓰면서 다이어트를 하지 않으면 좋겠다.

충분히 운동하면서 식단관리와 원래 많이 먹던 습관도 줄이고 내가 운동을 하면서 살을 빼야 몸이 더 건강해질 것이다. 그리고 학생들이 또 많이 하는 다이어트가 있다. 바로 원 푸드 다이어트이다. 원 푸드 다이어트도 지금 크고 있는 학생들과 아이들에게는 추천하지 않는다. 원 푸드 다이어트란 한 가지 식품을 일정 기간 지속해서 섭취하는 다이어트이다. 같은 식품만 먹게 되는 지루함으로 식욕이 감소하면서 섭취하는 열량이 급격히 줄어들며 빠른 체중 감량이 나타나기도 하고 섭취하는 음식의 양을 풍부하게 먹을 수 있어 포만감을 느낄 수 있는 장점이 있다. 또한, 식품을 쉽게 구할 수 있고, 비용과 시간을 최대한 절약할 수 있다고 많은 사람에게 생각되어 널리 유행하고 있다. 원 푸드의 체중 감량 효과는, 가가 선택된 음식의 효과라기보다는 음식을 덜 먹게 되면서 총 섭취 열량을 줄여서 나타낸 것이다.

모든 영양소의 섭취가 극도로 제한되어 영양결핍의 우려가 크고 식사 구성도 단조로워서 오래가기는 어렵다. 보통 일주일 내외로 시행하므로 의학적 문제에서는 비교적 적게 나타나지만, 대부분은 개인이 임의로 시행하는 경우가 많아 교육을 통한 행동 및 생활습관 수정의 기회가 없으므로 감량된 체중을 유지하기는 매우 어렵다.

게다가 요구르트 다이어트나 아이스크림 다이어트라는 것도 있는데 아론 다이어트를 실행하게 되면 일부 방법은 영양적으로는 불균형하면서도 실제로 많은 열량을 함유하고 있을 수 있다.

단순히 적게 먹으면 당연히 체중은 줄어들지만 여러 부작용도 같이 나타난다. 다양한 음식을 골고루 섭취하고 몸을 건강하게 유지할 수 있는 범위 안에서 열량 섭취를 줄이면서 운동을 꾸준히 하는 것이 우리 아이들과 학생들에게는 많은 도움이 된다. 그리고 한 푸드 음식을 실행하면 우리가 필요한 영양분을 공급받기 어렵다.
예를 들어 지방, 탄수화물, 식물성 지방산, 아미노산, 비타민 등등 그러면서 몸에 좋지 않은 성분이 계속 쌓일 것이다. 한 음식만 계속 먹는다면 불균형한 음식 때문에 모이 더 피곤하고 더 안 좋아질 수 있고 몸에 힘도 없고 기력이 없으며 이런 안 좋은 반응을 보낸다. 그리고 원 푸드 다이어트는 체중 감량에는 타고난 다이어트지만 다시 빨리 찔 수도 있고, 관리하지 않는다면 요요로 다시 올 가능성이 크다. 건강하게 빼고 싶다면 원래 먹던 양을 점차 줄여나가면 된다.

일단 나만의 식단을 만들고 식단에 맞게만 지키면 된다. 예를 들어 아침은 간단한 요거트나 빨리 먹고 나갈 수 있는 즙이나 아침에는 밥을 먹어도 된다. 그리고 너무 열량에는 신경 쓰지 않아도 된다. 점심에는 학교에 다니는 학생들은 학교에 있는 매점은 사용하지 마시고 군것질을 줄이면 된다. 우리도 모르게 일상생활에서 군것질하게 된다. 그러니 군것질을 줄이고 물을 많이 마셔야 한다. 물을 많이 마시면 다이어트 할 때 포만감도 느끼면서 잠을 자는 동안 수 호흡이나 땀 배출로 인해 수분손실이 이루어지기 때문에 다이어트 중에는 물을 많이 마시는 것이 좋다.

물은 수시로 여러 차례 마셔야 좋고 한 번에 2L를 한 번에 마시는 것보다는 조금씩 나누어 먹는 것을 추천한다. 그리고 물을 마실 때는 꼭 생수여야 한다. 보리차나 이런 생수 대신 먹는 물은 효과가 없으니 생수를 먹어야 한다. 그리고 수시로 많이 움직이자. 대부분은 먹고 눕거나 움직이지 않고 자는 분들이 대부분이지만 먹고 눕지 말고 소화를 빨리 시켜 놓는 것이 좋은 방법이다. 그리고 밥을 먹을 때도 급하게 먹지 말고 천천히 먹는 것이 좋고 밥을 먹고 나서 30분에서 1시간가량 정도 앉아있는 것이 좋다. 그리고 틈틈이 시간 날 때 운동을 하는 것이 좋다. 주로 학생들은 늦게 끝나는 분이 더 많다. 그러니 아침 일찍 일어나 아침 운동 유산소와 계단 걷기를 하거나 저녁에 시간이 있는 사람들은 집에서 하는 홈트나 계단 걷기를 하는 것이 좋다. 그리고 너무 과체중인 사람들은 수영이나 자전거를 하는 것이 좋다. 수영은 물에 주력을 받지 않아 관절이 아프지 않고 거기에다 힘든 운동이라서 효과가 좋은 운동이다. 자전거는 우리 동네 아파트 단지를 돌거나 자전거가 없으면 걷는 것도 좋은 방법이다. 그리고 걷기를 할 때는 1시간 이상은 걸어야 효과를 볼 수 있고 시간이 없거나 운동을 할 수 없는 분들은 걸어 다니고 자전거를 타고 다닌다면 시간도 활용할 수 있다. 점심에는 학교에 나오는 급식을 먹으면 된다. 우리 급식은 영양이 없어 보인다고 말하는 분은 있지만, 생각한 것보다 영양이 많을 것이다. 학교마다 각 영양사 선생님이 있는 이유이다.

학교에서 영양이 들어가 있는 음식을 영양사 선생님이 만드시고 구성하고 하셔서 걱정하지 않아도 된다. 그리고 내가 얼마나 비만한지를 알려주는 것이 있다. 우리가 흔히 쓰는 네이버에서도 내가 얼마나 비만한지 알 수 있다.

네이버 비만도 계산기라고 치면 앞에 성별을 선택하는 것과 신장, 체중, 나이 순서대로 나와 있다. 거기에다 자신에 맞는 성별을 고르고 신장, 체중 나이를 채워 넣으면 저체중, 정상, 과체중, 비만이 뜨는데 그중 화살표가 있는 곳이 내가 속해있다는 것이다. 이렇게 하면 내가 얼마나 심각하고 내가 어디에 속하는지도 정확하게 알 수 있고 뭔가 내가 살을 빼야겠다는 의지도 커질 수 있다. 그리고 또한 나를 우한 맞춤 다이어트 앱도 있다. 산업 혁명이 발전하면서 많은 앱을 사용할 수 있게 되었는데 그중 나의 몸을 위한 건강한 운동 앱도 있다. 운동 앱을 받으면 처음엔 초급자 중급자 상급자로 나뉜다. 그중 선택하고 내가 원하는 운동을 선택하면 운동이 시작된다. 그중 내가 허벅지 운동을 원한다면 그 앱에서 허벅지와 관련된 모든 운동을 찾아준다. 이런 운동 앱은 편리한 것 같다. 그리고 요즘에는 몸무게와 스마트폰을 연결하여 하루씩 살이 얼마나 빠지고 나의 근육량, 체지방량 등을 검사 없어도 간편하게 알 수 있고 볼 수 있어 좋은 것 같다. 그리고 대부분 야식을 늦은 새벽이나 저녁에 먹는데 야식도 없애야 한다.

저녁은 대부분 다이어트 식단으로 달걀이나, 샐러드, 닭가슴살을 먹으면서 운동을 한다면 살이 더 비교적 쉽게 빠질 것이다. 그리고 치팅데이라는 것도 있다. 치팅데이란 다이어트 기간에 나에게 주는 선물이라고 해야 하나 할 정도로 좋은 날이다. 쉽게 말해서 다이어트 중 자신이 먹고 싶은 음식을 먹을 수 있다는 것이다. 하지만 치팅데이라고 폭식을 한다면 안 되니 마음을 잘 컨트롤해서 폭식하지 말아야 한다. 그리고 다이어트를 하면서 좋은 마음을 가지면 좋겠다. 만약 스트레스받으면서 한숨 쉬고 잘 살이 빠지지 않는다는 등 그런 마음을 가지지 않고 내 몸을 위한 거니 큰맘 먹고 한번 도전해서 건강한 네가 돼야지 이런 긍정 마인드를 가지고 있다면 좋겠다. 다이어트에서 정말 중요한 것은 그 사람의 의지니 끝까지 포기하지 않고 열심히 한다면 좋은 결과가 있을 것이다. 운동하면서 많은 생각이 든다. 내가 이것을 할 수 있을까 이런 생각도 들도 한편으로는 또 내가 이렇게 해서 요요가 오면 어떻게 하지라는 두려움에 휩쓸리기도 한다. 이런 두려움을 두려워하지 말고 끝까지 다이어트를 하면 좋겠다. 그리고 살을 빼면 주의가 달라진다. 자신감도 생기고 나를 보고 멋지고, 예쁘다는 소리도 들을 수 있을 것이다. 살을 뺄 때는 긍정적인 마인드를 가지고 살을 빼야 한다. 그리고 나는 옷에 관련해서 스트레스를 받는다. 그래서 옷에 관해서 신경 쓰는 편이다. 그래서 살 때문에 예쁜 옷은 별로 좋아하지는 않고 안 좋은 습관이 생겼다. 허리를 꼿꼿하게 펴지 않고 걷거나 옷을 잡아당기거나 늘리는 습관이 생겼다. 그리고 살을 빼도 밖에만 나가면 내가 제일 뚱뚱해 보이고 이상해 보이기도 하다. 하지만 마른 체형의 사람들은 너무 심각하게 생각하는 거 아니냐고 라며 하지만 뚱뚱한 체형에 사람들은 더 옷에 민감하다. 살이 옷에 달라붙기도 하고 누가 옷을 보며 지적을 하면 기분이 나쁘다. 그리고 언제는 좀 더 민감한 친구를 본 적이 있다.

이것은 영어 선생님이 겪었던 이야기다. 영어 선생님이 영어 선생님의 사촌 동생에게 물놀이 공원에 가자고 말했다. 그랬더니 사촌 동생은 안된다고 해서 영어 선생님은 물어보았다고 한다. 그 대답은 엄청나게 황당했다. 나 살이 쪄서 못 갈 것 같다고 했다. 이런 말을 듣고 어이가 없었다. 지금 나는 통통한 체형인데 자신이 살쪘다고 가지 못한다는 말에 나를 무시하는 것 같았다. 아니 살쪘다고 해서 수영장에 가지 못한다고 한다면 비만한 사람은 수영장에 못 가는 것 아니냐고도 생각을 해보았다. 지금 바로 고치 지지 않으면 고치기 어려운 습관이나 살이 쪘다고 해서 어딜 못 간다는 그런 생각을 하지 않았으면 한다. 비만한 사람도 사람이고 비만이더라도 살은 빼면 되니 위축하지 말고 길을 걸을 때도 당당하게 허리를 펴면서 걸어 다니는 그런 멋진 사람이 되었으면 좋겠다. 학생들이 운동을 건강하게 하며 행복해지면 좋겠다.

제11화 보다 빠르게, 보다 높게, 보다 강하게

2022년 2월 4일, 베이징 동계 올림픽이 개막했다. 올림픽 종목 중 쇼트트랙을 가장 좋아하는 터라 기대를 정말 많이 했는데 이게 웬걸, 중국에 유리한 판정이 계속되었다. 우리나라 황대헌 선수와 이준서 선수는 남자 1000m 준결승에서 레인 변경으로 페널티를 받았고, 그 뒤 남자 1000m 결승에선 헝가리 선수 리우 샤오린 산도르가 결승선에 1등으로 들어왔지만, 비디오 판독을 통해 페널티를 받아 금메달을 놓치게 되었다. 그러나 이런 말 저런 말들이 많은 상황에서도 올림픽 정신을 잃지 않는 선수들을 볼 수 있었다.

지난 평창 올림픽에서는 실수로 인해 5위로 밀려났던 미국 선수

네이선 첸은 당당히 금메달을 차지하였고, 피겨 단체전에서 실수하여 악성 댓글에 시달리고 있던 중국 선수 주이는 개인 프로그램에서 깔끔한 경기를 선보이며 많은 이들에게 힘든 상황을 극복하는 모습을 보이며 영감을 주었다.

황대헌 선수는 추월을 시도하다 충돌했던 스티브 뒤부아 선수에게 사과하는 모습을 통해 훈훈한 장면이 연출되었다. 또한, 남자 크로스컨트리 스키 15km에서 뛰어난 실력으로 금메달을 차지한 이보니스카넨 선수는 세레머니를 위해 자리를 이동하지 않고 참가자 94명이 완주할 때까지 결승전에서 기다리며 인사를 건네며
챔피언이 된 이후에도 멋진 품격을 보여주었다.

만 14세인 4년 전에 1형 당뇨병을 진단받은 스노보드의 카밀라 코주바크 선수는 평생 인슐린을 받으며 식단 조절을 해야 했다.
그러나 슬로프스타일 예선에서는 꼴찌였지만 빅에어 예선에서는 17위로 올라서는 상승세를 보여주어 어린 당뇨병 환자들에게 운동을 계속할 수 있다는 희망을 안겨주어 메달에 상관없는 참가 자체의 인간 승리를 보여주었다.

선수들의 올림픽 정신 덕분에 논란이 가득했던 베이징 올림픽 속에서 빛 한 줄기 같은 따뜻함을 느낄 수 있었다. 내가 만약 베이징 올림픽 속에서 경기해야 하는 선수였다면 이런 분위기에 휩쓸려 잘못했다가 내가 논란거리에 올라갈 수도 있을 것 같은데,

이러한 상황에서도 올림픽 정신을 선보일 수 있다는 사실이 놀라웠다. 나의 이 놀라움은 궁금함이 되었다. 그래서 다른 올림픽 경기 속 올림픽 정신이 빛났던 사례들을 찾아보았다. 지금부터 아주 감동적이며 따뜻한 이야기들을 들려주겠다!!

"일어나, 끝까지 달려야지"

2016년 리우데자네이루 여자 육상 5,000m 예선 경기 중, 스타디움에서 환성 소리가 크게 울렸다. 그 이유는 바로 경기 중 넘어진 두 선수가 다시 일어나 결승선을 향해 달리는 감동적인 상황이 펼쳐졌기 때문이다. 니키 햄블린 선수가 갑자기 발이 꼬이면서 넘어지는 바람에, 뒤에 따라오던 애비 다고스티노 선수와 같이 넘어지게 되었다. 햄블린은 4년의 노력이 한순간의 물거품이 되었다는 생각에 그저 멍해 있었는데, 다고스티노의 '일어나, 끝까지 달려야지.'라는 말과 손길을 내밀어준 덕분에 두 선수는 다시 달리게 되었다. 그러나 넘어지며 달릴 수 없을 정도로 무릎 상처를 입은 다고스티노가 통증으로 인해 주저앉았는데, 이번에는 햄블린이 다고스티노가 자신의 힘으로 다시 달릴 수 있도록 기다려주었고, 그 덕분에 다고스티노는 한 번 더 힘을 내서 햄블린과 함께 완주할 수 있었다. 결승선을 통과한 두 선수는 뜨거운 포옹을 나누었고, 관중석에서는 기립 박수를 보냈다. 당시 햄블린은'다고스티노가 내가 넘어졌을 때 도움의 손길을 뻗어준 것이 정말 고마웠고, 올림픽 정신을 보았다'라고 한다. 그 뒤 다고스티노가 넘어졌을 때는 '다고

스티노가 먼저 자신을 도와주었기 때문에 자신도 최선을 다해 그녀를 도왔다'라고 했다. 두 선수 모두 결승 진출과는 거리가 먼 기록으로 결승선을 통과하였지만, 심판은 넘어진 것은 고의가 아니라면서 두 선수를 결승 진출자 명단에 추가로 선정하였다.

AP통신은 '햄블린과 다고스티노가 올림픽 정신을 되새길 수 있는 순간을 남겼다'라는 찬사를 보냈고, 국제올림픽위원회도 두 선수의 사진을 SNS에 개재하며 '항상 승리만이 중요한 것은 아니다.'라는 말을 덧붙였다. 햄블린도 감격스러워서 하며'모든 사람은 메달과 우승을 원하지만, 이기는 것 외에도 소중한 것이 있다.'라고 말하면서 '누군가 20년 뒤 리우 올림픽에서 무슨 일이 있었냐고 물으면, 나는 꼭 이 이야기를 이야기해 줄 것이다.'라고 하였다.

'7전 8기'의 비운을 이겨낸 스피드스케이팅 스타

1980년대와 90년대에 미국의 스피드스케이팅 스타였던 댄 잰슨은 올림픽 무대에서만 지독한 불운을 겪은 선수였다. 1988년 캘거리동계올림픽 때 아주 강력한 우승 후보였다. 경기 날 며칠 전, 백혈병으로 투병 중이었던 누나 제인의 목숨이 위태롭다는 소식을 전해 들었고, 누나와의 마지막 통화에서 누나에게 '꼭, 금메달을 따서 선물하겠다.'라는 약속을 하였다. 하지만, 500m 경기 직전 누나가 사망했다는 비보를 전해 듣게 되었다. 이 일은 잰슨에게 엄청난 충격으로 다가오게 되었다.

500m 경기에서 첫 번째 코너를 돌자마자 넘어지며 실격되었고, 며칠 뒤 1000m 경기에서도 넘어지며 허무하게 올림픽 경기를 마치게 되었다. 그 뒤로 잰슨에게는 '비운의 스타'라는 꼬리표가 따라붙게 되었다. 4년 뒤 1992년 알베르빌동계올림픽 때에는 과연 잰슨이 4년 전의 불운과 악몽을 극복하고 메달을 딸 수 있을지에 세계 많은 나라와 미국의 온 관심이 쏟아졌다. 잰슨이 이에 대한 심리적 부담감과 압박을 느끼게 되었고, 심지어 1000m 경기에서는 같이 뛰는 선수가 넘어지는 바람에 나 홀로 레이스를 했을 뿐만 아니라,

마지막 코너에서 눈에 모래바람이 불어 닥치게 되어 이번에도 메달 없이 올림픽을 마감하였다. 그리고 댄 잰슨의 마지막 올림픽인 1994년 릴레함메르올림픽, 올림픽 전까지 세계기록도 깨고, 성적이 아주 좋았었다. 그런데 500m 경기에서 코너를 돌다가 살짝 삐끗하는 바람에 순위가 8위로 밀려나면서 메달 획득에 실패하였다. 4일 뒤, 1000m 경기는 잰슨 말고 나머지 7명의 선수의 기록이 앞서있었고, 잰슨의 아내도 '넘어지지 않고 레이스를 완주하며 유종의 미를 거둔다면 만족하겠다.'라고 말할 정도로 메달을 기대할 수 없었다. 그러나 엄청난 반전이 일어났다. 비록 마지막 코너에서 아주 살짝 삐끗하였지만, 댄 잰슨이 세계신기록을 세우며 결승선을 통과한 것이다. 8번의 도전 만에 금메달을 목에 건 댄 잰슨의 '7전 8승' 인간 승리 드라마였다. 누나 제인과의 약속을 6년 만에 지키게 되었고, 누나의 이름을 딴 딸 제인을 안고 링크장을

한 바퀴 도는 세레머니도 정말 감동적이었다.

다이빙 선수의 부상 투혼 역전 드라마

여자 다이빙의 최강국은 바로 중국이다. 2000년 시드니 올림픽 당시 중국은 10m 플랫폼 5회 연속 우승에 도전하고 있었다. 그러나 미국의 로라 윌킨스 선수가 2명의 중국 선수를 제치고 당당히 금메달을 목에 걸게 되는 반전 일어났다. 윌킨스는 원래 다이빙 선수가 아니었다. 윌킨스는 원래 기계체조 선수였는데, 키가 늦게 갑자기 크는 바람에 어려운 기술을 하는데 큰 키가 방해되었고, 어머니의 권유를 16살의 조금 늦은 나이에 다이빙에 입문하게 되었다. 윌킨스는 시드니 올림픽 전, 그렇다 할 메이저 대회에서 우승한 경험이 없었다. 사실 윌킨스의 시드니 올림픽 출전도 기적이었다. 윌킨스가 미국 국가대표 선발 전, 훈련 중 오른발 뼈 3개가 부려지는 상처를 입게 되었다. 발을 지금 수술한다면 곧 있을 미국 국가대표 선발전에 나갈 수 없는 상황이었기 때문에, 2주 동안은 입원하고 다이빙대를 올라갈 때는 통증을 그나마 조금 줄여줄 수 있는 신발을 신으면서, 송곳으로 찔리는 듯한 통증을 참아내며 훈련에 매진했다고 한다.

윌킨스의 불복 의지로 인해 미국 국가대표 선발전에서 1위로 통과하여 시드니 올림픽 출전권을 획득하게 되었다. 다이빙은 예선과 준결승의 점수를 합산하여 12명의 결승 진출자를 가려내고, 결승에서는 준결승의 성적과 결승의 점수를 합산하여 등수가 정해진다. 그러나 윌킨스의 결승 진출 순위는 5위였고, 준결승 점수 순위는 8위였기 때문에 점점 우승에 대한 기대가 줄어들었다. (준결승 점수가 1, 2위인 중국의 리나, 상슈에 선수와 무려 23점이나 차이가 있는 상황이었다) 당연하게 우승은 중국의 차지가 될 것이라고 예상했다. 그런데, 윌킨스의 3차 시도에서 세계 스포츠사에서 믿기 힘든 기적이 일어났다. 바로 윌킨스 3차 시도를 정말 완벽하게 해낸 것이다. 그 뒤로 윌킨스는 4차, 5차 시도도 인생 경기를 펼쳤고, 중국 선수들은 윌킨스의 모습을 보고 멘탈이 나간 듯이 자신의 기량을 다 펼치지 못했다. 그렇게 되어 윌킨스가 1.74점 차로 중국 리나 선수를 역전에 성공하여 금메달을 목에 걸게 되었다.

윌킨스는 10m 플랫폼 종목에서 미국에 36년 만에 금메달을 선사하였다. 윌킨스는 독실한 기독교 신자이기 때문에 중요한 순간이나 경기 중에서 '내게 능력 주시는 자 안에서 내가 모든 것을 할 수 있느니라'라는 구절의 성경을 읊으면서 마음을 다잡았고, 윌킨스와 어린 시절 함께 다이빙 훈련을 했던 가장 친했던 친구이자
시드니 올림픽 3년 전 교통사고로 인해 세상을 떠난 힐러리 그리비치가 있었는데, 4차 시기 전에는 코치가 윌킨스에게 '친구 힐러리를 위해서 최선을 다하라'라는 말을 했다고 한다. 이번 10m 플랫폼 경기는 윌킨스가 성경 구절을 외우고, 친한 친구를 생각하며 자신의 모든 능력을 쏟아부어 얻은 결과이다. 무엇보다 윌킨스는 불굴의 의지로 부상을 극복하여 역전 드라마를 쓴 스타로 단숨에

떠오르게 되었다.

여기까지 올림픽 정신을 아주 가득 느낄 수 있었던 사례들의 소개였다. 나는 이런 사례들을 눈으로 한번 읽고, 손으로 한 번 더 쓰면서 많은 감정과 교훈들을 얻을 수 있었다. 햄블린 선수와 다고스티노 선수의 사례에서는 중간에 넘어지고 실패하더라도 끝까지 포기하지 않고 내가 할 수 있는 최선을 다하는 것이 중요하다는 것을 깨달았다. 내가 그런 육상 경기에서 중간에 넘어진다면 햄블린 선수처럼 다 끝났다는 생각으로 그저 멍하고 앉아있었을 것 같은데, 다고스티노 선수는 어떻게 보면 다른 사람에 의해 같이 넘어져서 굉장히 억울할 수 있는데, 그런 생각은 전혀 하지 않고 바로 끝까지 달리려고 했다는 것이 정말 감탄 밖에 나오지 않는다.

서로 얼굴도 잘 모르는 사이였지만, 서로를 열심히 도우며 함께 결승선을 통과하는 장면을 내가 실제로 그 스타디움에서 봤다면 나도 당연하게 두 선수에게 기립 박수를 보냈을 것이다. 그리고 실제로 내가 스타디움에서 이런 큰 감동을 실제로 느꼈다면 더 좋았을 것 같다는 생각이 들었다.

댄 잰슨 선수를 보면서는 정말 '열 번 찍어 안 넘어가는 나무 없다.'라는 속담이 실제로 실현되는 것 같아 소름 돋고, 감동이었다. 3번의 올림픽 경기에서 7번을 넘어지거나, 갑자기 모래바람이 불어 속도 늦어져 메달을 따지 못했다면 나는 더 이상 도전할 힘이 남아 있지 않아 포기했을 것 같다. 올림픽 첫 경기 때 누나 제인에게 금메달을 선물하겠다는 약속을 올림픽 경기 8번째에 드디어 지켰다는 것도 아주 감동적이었다. 그리고 자신의 약점이었던 1000m 경기를 극복하기 위해서 방 곳곳에 '나는 1000m를 가장 좋아한다.'라는 문구가 적힌 쪽지를 2년 동안 보면서 부담감을 떨쳐 냈다는 것도 정말 신기했다. 나는 나의 약점이라는 생각이 들면 도전하려고 하지 않고, 해보지도 않고 그냥 포기해 버리는 경우가 상당히 많은데, 그럴 때마다 나도 저런 쪽지를 곳곳에 붙여서 자기 최면을 통해 멋지게 부담감을 떨쳐 내고 싶다는 생각이 들었다.

마지막으로, 부상을 이겨내고 기적의 역전 드라마를 쓴 다이빙 선수의 이야기. 국가대표 선발전을 3달 남기고 상처를 입어, 출전도 힘들고, 국가대표로 뽑히는 일은 더 어려웠을 것 같은데, 부상의 통증을 다 참아내고 이겨내어 1등으로 선발되었다는 사실이 정말 놀라웠다. 만약 내가 중요한 시험을 앞두고, 시험을 보기 힘들 정도의 부상이나 어려움에 부닥친다면 나는 쉽게 이겨내지 못하고, 오히려 출전도 못 했을 것 같은데, 이 고통을 이겨냈다는 게 정말 대단하다. 나도 무릎을 다친 적이 있어서 몸을 쓰는 활동을 하다가 조금이라도 무릎에 무리가 되는 것 같으면 절대 하지 않는데, 대회에 나가기 위해서 수술과 재활을 뒤로 미뤄서 그 엄청난 통증과 고통을 참아냈을 거라는 것을 생각하니 나 자신이 조금 부끄러워졌다. 이것뿐만 아니라 그동안 조금만 아프고 힘들면 금방 포기해 버리던 경우가 조금은 있었는데, 이제는 할 수 있을 때까지 도전해

보기로 마음먹었다. 그리고 3년 전에 죽은 가장 친했던 친구를 떠올리며 마음을 다잡고 자신의 온 힘을 쏟아부어 경기에 임한 것이 너무 감동적이었다. 나도 힘든 순간에 내가 떠올리며 내가 힘을 내서 어떠한 상황에 임할 수 있도록 해주는 친구를 사귀면 이 세상에 부러운 것이 하나 없을 것 같다.

이번 기회에 올림픽 정신에 대해 알아보고, 다양한 사례들을 통해 느껴보았는데, 나는 아직 실제로 올림픽을 직관한 적이 없어서 올림픽 경기를 실제로 느껴본 적이 없지만 이렇게 글로만 보아도 올림픽 정신 얼마나 대단한 것인지 몸속 깊숙이 느낄 수 있었는데, 이 느낌을 실제로 느낀다면 얼마나 더 대단할까 하는 생각이 들었다.

나는 운동선수가 아니라서 실제 올림픽 경기에서 올림픽 정신을 실현할 수는 없겠지만, 내가 현재 온 힘을 쏟아부어 집중해야 할 학업에 올림픽 정신을 실현할 수 있을 것 같다. 지금은 중학교 3학년이라서 아직 조금의 여유를 가지고 있지만, 곧 있으면 고등학교에 가야 한다. 고등학교에서는 정말 다 놓아 버리고 싶은 순간들이 많이 찾아올 것 같다. 그럴 때마다 포기하지 않고, 끝까지 도전하고, 힘들어도 이겨내는 올림픽 정신을 떠올리며 마음을 다잡을 것이다. 그렇게 자신감을 얻고 부담감도 조금을 내려놓아서 더 좋은 결과를 얻을 수 있도록 노력할 것이다. 그리고 앞으로, 내가 사회에 나갈 때도 포기하지 않고, 힘들고 어려운 것을 다 이겨내며 내가 원하는 바를 꼭 성취해 내는 그런 사람이 되고 싶다.

이 글은 그저 올림픽 시즌이 되면 정신을 못 차릴 정도로 올림픽 정말 사랑하는 한 학생이 쓴 글이다. 이런 조금은 어설픈 글을 보고 엄청난 감동이나 교훈을 느끼긴 힘들겠지만, 그래도 앞으로 너무 힘들거나 지칠 때, 이제 다 놓아 버리고 끝내 버리고 싶을 때 이 글을 다시 생각하며 포기하지 않고, 끝까지 도전하고, 아주 힘들고 어려운 것도 다 참고 이겨낼 힘을 가졌으면 좋겠다.

앞으로 나는 다음 올림픽의 또 다른 올림픽 정신의 감동을 기대하며 나의 삶을 계속해서 이어나갈 것이다.

제12화 당신이 책을 써야만 하는 이유

"평안 감사도 저 싫으면 그만이다."라는 속담이 있다. 아무리 좋은 일이라도 제 마음에 들지 않으면 강제로 시킬 수 없다는 뜻을 가진 관용구다. 물론, 자의적인 성향이 강한 관용어지만 책 쓰기를 이끌어가는 리더의 상황에서도 200% 이상 공감이 되는 말이다. 책 쓰기 수업을 진행해 보면 처음에는 정말 많은 분이 도전하지만, 한 권의 책으로 이어지는 사례는 1/3 정도에 지나지 않는다. 책 쓰기의 좋은 점, 책 쓰기의 시너지 효과, 책 쓰기의 필요성 등등 많은 이야기를 듣고 보았어도 결과가 나오는 사람과 그렇지 않은 사람은 분명히 존재한다. 마음 같아선 강제로라도 시켜서 결과물을 만들어 내고 싶지만 억지로 쓰인 글이 세상에 얼마나 영향을 미치겠는가?

답답하고 안타까운 노릇이다.

'왜(Why)' 살아야 하는지 아는 사람은 그 '어떤(How)' 상황도 견딜 수 있다. 만약 삶에 목적이 있다면 시련과 죽음에도 반드시 목적이 있을 것이다. 하지만 어느 누구도 그 목적이 무엇인지 말해 줄 수 없다. 각자가 스스로 찾아야 하며, 그 해답이 요구하는 책임도 받아들여야 한다. 그렇게 해서 만약 그것을 찾아낸다면 그 사람은 어떤 모욕적인 상황에서도 계속 성숙해 나갈 수 있을 것이다. - 빅터 프랭클, 청아출판사, 『죽음의 수용소에서』

니체의 말을 인용한 빅터 프랭클 박사의 이야기에서 해답을 찾을 수 있다. 'Why'를 알면 'How'를 알 수 있다. 'Why'가 명확하면 목적지까지 지치지 않고 갈 수 있는 열정이 생긴다. 열정은 화염방사기의 불꽃처럼 한 번에 확 타오르는 것이 아니다. 지치지 않는 것이다. 지치지 않고 끝까지 가는 것이 열정이다. 해야 할 이유가 명확하면 어떤 시련이나 어려움이 와도 끝까지 갈 수 있다. 그리고 명확한 'Why'는 초심으로 돌아가는 힘이다. 명확한 'Why'는 슬럼프에 빠지더라도 다시 일어설 수 있게 해 준다. 결과물이 나오지 않는 사람들은 'Why'가 부족한 것이 아니었을까?

이제 막 책 쓰기 시작하려는 사람들은 깊이 있게 'Why'를 생각해 보아야 한다. 이전에 책 쓰기 시작했다가 중도에 멈추어서 다시 시작하려는 사람들도 깊이 있는 'Why'를 생각해 보아야 한다. 책을 써야 하는 이유가 확실해야 결과물까지 이어질 수 있다. 마음만 앞서서는 작심삼일로 끝날 확률이 높다. 지치지 않는 열정을 만들어 줄, 힘들 땐 다시 초심으로 돌아갈 수 있게 해 주는 명확한 이유를 찾자. 그리고 그 'Why'에 마침표를 찍자.

책을 써야 하는 이유는 개인마다 다르다. 지금 당장 뚜렷한 이유가 떠오르지 않는다면 앞으로 소개될 내용을 참고해서 나만의 이유를 만들어 보자.

〈지금 당장 책을 써야 하는 이유〉

예시) 1. 제가 책을 쓰는 이유는 가치 전달에 있다. 예시) 2. 누구나 책을 쓰는 시대가 왔다. 예시) 3. 1인 기업 전성시대는 책이 명함이 된다. ● ● ● ● ● ● ● ●

지금 당장 책을 써야 하는 이유 1
책을 써서 작가가 되면 가계 수입에 도움이 된다.

인생에 돈이 전부는 아니지만, 책을 쓰는 가장 중요하고 현실적인 이유를 물어본다면 돈이다. 책을 쓰는 것이 가계 수입에 도움이 될 수 있다고 말하면 걱정부터 앞서는 사람들이 있다. '내 책이 안 팔리면 어떻게 하나요?, 내 책을 읽어줄 사람이 있을까요?, 아무도 내 책에 관심이 없으면 어떻게 하나요?' 물론, 한 권도 안 팔릴 수 있고 아무도 관심을 안 가질 수도 있다. 그러나 아직 책을 써보지도 않고 미리 걱정하는 일은 잠시 미루어 두도록 하자. 만고불변(萬古不變)의 진리는 사람의 일은 생각하는 대로 이루어진다는 것이다. 시작도 하지 않았는데 부정의 씨앗을 뿌리면 될 일도 안 된다. 이왕이면 꿈을 크게 가져라. 베스트 셀러 작가가 되어 세계를 누비는 꿈을 꾸어라. 내가 쓴 책이 엄청나게 팔려나가고 세계 여기저기에서 강연 요청이 줄줄이 이어지는 기분 좋은 상상을 매일 하라. 꿈을 꾸는 것은 절대로 돈이 들지 않는다. 마음껏 상상하라. 끌어당김의 법칙 즉, 우리의 뇌에 있는 신이 주신 최고의 선물, 자동 목표 달성 시스템(RAS)을 믿어라. 자동 목표 달성 시스템 우리를 원하는 곳으로 이끌어줄 것이다.

"한편 성공을 위해서는 우리 뇌에 있는 '망상 활성화 시스템(RAS: Reticular Activating System)'을 활용해야 합니다. 이는 뇌의 정문에 있는 검문 시스템으로써, 감각기관으로 쏟아져 들어오는 수많은 정보 중 중요한 것에만 관심을 집중시키고 기억할 수 있도록 해 주는 관심 집중장치입니다. 유명 배우 짐 캐리의 경우, 영화배우가 되려는 꿈을 안고 캐나다에서 미국으로 왔으나 햄버거 한 개로 하루를 때우고 잠은 중고차에서 자는 등 지독한 고생을 했습니다. 그러던 1990년 어느 날, 그는 자신의 힘을 스스로 북돋아 주기 위하여 할리우드에서 가장 높은 언덕으로 올라갑니다. 그리고 수표용지를 꺼내, 5년 후 스스로에게 1천만 달러를 지급하겠다는 서명을 하고는 그 수표를 지갑에 넣고 5년 동안 지니고 다녔습니다. 1995년 그는 '덤 앤 더머'의 출연료로 7백만 달러를 받았고, 그해 연말에는 '배트맨'의 출연료로 1천만 달러를 받아 자신과의 약속을 지켰습니다. 당신의 자녀에게는 어떤 꿈이 있습니까? 현재 상황에 상관없이 자신을 향한 편지를 쓰게 하세요. 그리고 그 편지를 품속에 넣고 다니게 하는 겁니다. 그 편지는 피부감각을 통해 아이의 머릿속에 박히게 될 겁니다. 그리고 맘 CEO인 당신은 아이의 곁에서, 아이가 자신의 꿈을 완성시켜 나가는 모습을 차분히 격려해 주어야 할 것입니다." 강헌구, 샘앤파커스, 『Mom CEO』

'기우(杞憂)'라는 말이 있다. '기(杞)나라 사람의 근심', '기(杞)나라 사람이 하늘이 무너지고 땅이 꺼질 것을 걱정한다.'라는 뜻이다. 책을 쓰면서 가장 먼저 버려야 할 생각이다. 쓸데없는 걱정이 많아지면 책 쓰기를 끝까지 완료할 수 없을뿐더러 시작조차 할 수 없다. 우리의 RAS에 부정보다 긍정의 연료로 가득 채우자.

지금은 너무 유명해져서 쉽게 다가갈 수 없는 작가나 강사들도 한 권의 책으로 시작했다. 대한민국 최고의 강사이자 대표적인 여성 멘토인 김미경 작가의 처음 책은 『나는 IMF가 좋다』이다. 솔직히 이 책은 많은 사람이 찾아본 책은 아니다. 그러나 그 책을 시작으로 『엄마의 자존감 공부』, 『아트 스피치』, 『언니의 독설』, 『리부트』 등 많은 책을 써냈고 그 과정에서 지금의 김미경 강사가 된 것이다. 유튜브 누적 뷰 8천만 기록, tvN《어쩌다 어른》, CBS《세상을 바꾸는 시간, 15분》 등을 통해 많은 이를 긍정적 변화로 이끈 힐링 퍼포먼스의 일인자 김창옥 강사도 마찬가지다. 『목소리가 인생을 바꾼다』로 시작해 『소통형 인간』, 『유쾌한 소통의 법칙』, 『나는 당신을 봅니다』, 『지금까지 산 것처럼 앞으로도 살 건가요?』 등의 책을 출간하는 과정에서 스타 강사로 우뚝 서게 되었다.

필자도 이와 비슷한 스토리를 가지고 있다. 처음 출간된 책이 『독서로 함께 성장하는 삶』이다. 책을 쓰겠다고 다짐을 한 후 3년 만에 출간된 책이다. 많은 우여곡절을 겪은 후 탄생한 책이지만 많은 사람에게 알려진 책은 아니다. 그러나 그 한 권의 책이 있었기에 이후 많은 책을 쓸 수 있었고 지금은 책을 출간하는 일 외에도 학교 및 다양한 기관에서 책 쓰기 지도 과정을 진행하고 있다. 공저를 통해 작가로 새로운 인생을 사는 분들도 수십 명이다. 한 권의 책이 세상에 빛을 보는 순간, 그 빛이 나를 인도하는 길이 되었고 이제는 다른 사람의 길을 인도하는 등불이 되었다. 책을 쓴 이후의 삶이 이전과 엄청난 차이가 있다는 것은 입 아프게 말하지 않아도 알 수 있을 것이다.

많은 스타 강사들과 필자가 그랬던 것처럼 책 쓰기는 인생의 전환점이고 새로운 시작을 할 무한한 기회를 제공한다. 책 쓰기는 단순히 책을 판매하는 것으로 그치지 않는다. 한 권의 책으로 시작해 당신이 제공할 수 있는 모든 부수적인 재능, 지식, 경험, 제품과 서비스를 함께 판매함으로써 엄청난 수익을 올릴 수 있는 것은 물론 다양한 업(業)에서 시너지 효과를 누릴 수 있다. 밑져야 본전이다. 책을 쓰기 전과 책을 쓴 이후의 삶이 확실히 달라진다면 해볼 만하지 않겠는가?

▶ 책 쓰기(글쓰기)로 돈을 버는 가장 현실적인 방법

1. 블로그, 잡지 및 저널에 기사를 쓰기 - 매일같이 다양한 콘텐츠가 쏟아지고 있어서 '구독 피로'가 증가함에도 불구하고 온·오프라인의 주요 출판물은 계속해서 출판되지 않으면 업계에서 사라질 수밖에 없다. 즉, 인기 있는 블로그, 잡지 및 저널은 양질의 콘텐츠 작성에 시달리고 있으며 많은 사람이 이를 위해 기꺼이 돈을 내어놓을 준비가 되어 있다는 것이다. 이러한 출판물에 대해 글을 제공하는 것은 작가로서 온라인으로 돈을 버는 현명한 방법이다. 다양한 채널을 통해 내 글을 제공할 수 있는 기회를 찾아보라. 아울러 잘 작성된 게시물은 책으로 출간하기 좋은 소재가 된다.

〈작가에게 $50 이상을 지불하는 웹사이트〉

- Wow(www.wow-womenonwriting.com) : $50-100
- Strong Whispers(www.strongwhispers.com) : $50-150
- Cracked(www.cracked.com) : $100-200
- What Culture(www.whatculture.com) : $25-500
- Link-Able(www.link-able.com) : $100-750
- ONEGOFARM(www.onegofarm.co.kr) : ₩2,000(500자)

2. 기업을 대상으로 하는 콘텐츠 마케팅 소스 제공 – 현재 소비시장이나 기업이 판매전략을 유심히 들여다보면 콘텐츠 마케팅(고객을 유치하고 신뢰성과 신뢰를 구축하기 위해 가치 있는 콘텐츠를 만드는 개념)이 주류인 것을 볼 수 있다. 음료수 하나를 팔아도 콘텐츠가 필요한 세상에 되었다. 잘나가는 기업들은 콘텐츠 마케팅에 열을 올리고 있고 점점 더 많은 기업이 콘텐츠 마케팅에 뛰어들고 있다. 이러한 현상은 특정 대상을 위해 글을 쓰는 창의적이고 독특한 작가들을 위한 틈새시장을 열어주었다. 물론 기업을 대상으로 하는 것이기에 진입 장벽이 낮은 것은 아니다. 하지만 블로그나, 저널을 통해서 꾸준히 자신만의 플랫폼을 구축해 간다면 그렇게 어려운 일도 아니다. 작가로서 자신을 차별화하는 한 가지 현명한 방법은 블로깅과 게스트 블로깅을 통해 다른 사람들을 위해 제공하고자 하는 경험과 지식을 입증하는 자신만의 플랫폼을 구축하는 것이다. 티끌 모아 태산이라고 했다. 처음에는 빈약하고 별거 아닌 듯 보여도 모아놓으면 엄청난 자료고 재산이다. 『타이탄의 도구들』의 저자 팀 페리스는 2m 높이로 자료를 모아놓은 수첩이 쌓여 있다고 한다. 그 자료에서 필요한 내용을 쏙쏙 뽑아내어 책을 쓴다고 하지 않았던가. 인내심과 노력으로 성공적인 프로젝트의 실적을 쌓고 저소득층에서 벗어날 수 있다.

〈콘텐츠 마케팅 베스트 성공 사례〉

- 레드불(Red Bull) : 자극적이고 충격적인 뉴스, 특이하고 독특한

프로젝트를 후원하고 재미있는 기사 쓰기, 각종 익스트림 스포츠 이벤트와 선수 후원 및 유튜브 중계

- 고프로(Go Pro) : 레드불과 유사, 익스트림 스포츠와 짜릿한 도전을 콘텐츠로 제작. '당신이 방금 본 동영상은 전문 촬영 스텝이 아닌, 일반인이 찍은 콘텐츠입니다.'
- 인텔리젠시아 커피(Intelligentsia Coffee) : 블로그에 맛있는 커피를 만드는 노하우 제공, 콘텐츠 마케팅의 교과서
- 버치박스(Birchbox's) : 뷰티 제품을 이용하는 메이크업 노하우 혹은 헤어 스타일링 동영상 제작
- 존 디어(John Deere) : 콘텐츠 마케팅의 시조격, 농업 매거진 퍼로우(The Furrow) 발행
- 나사(NASA) : 15개의 플랫폼에 콘텐츠를 퍼블리싱, 3867.4만 명의 팔로워
- 허브스폿(Hubspot) : 인바운드 마케팅과 소셜 미디어 마케팅에 대한 팁 제공, 마케팅 가이드북과 템플릿 제공
- 지훈아, 콜라 마실래?"(코카콜라) : 코카콜라는 호주에서 가장 흔한 이름 150개를 선정해 ('지훈'은 위키피디아 선정 1988년 가장 흔한 한국 남자 이름 1순위였다) 콜라병에 새김으로써 나만의 '맞춤 콜라'를 마실 수 있게 함
- 사교의 게임(Hootsuite) : '왕좌의 게임'을 패러디해 단번에 소비자들을 사로잡는 데 성공
- 이야기보따리(마이크로소프트) : '이야기보따리' 블로그 운영
- 질의응답(맥도날드) : 10,000여개의 고객 질문에 응답

3. 전자책 판매로 부수입 만들기 - 지금의 전자책 시장은 춘추 전국시대라고 해도 과언이 아니다. 전자책 독서율은 해마다 증가하고 있고 국내 전자책 시장 규모도 점점 커지고 있다. 그 결과 수많은 전자책 판매 플랫폼이 만들어졌고 많은 사람이 전자책 작가로 뛰어들고 있다. 글쓰기로 돈을 버는 가장 현실적인 방법을 손꼽으라면 당연히 가장 좋은 방법이라고 할 수 있다.

필자도 전자책과 종이책을 병행해서 출간한다. 종이책이 출간되면 당연히 전자책도 같이 출간되는 것 아닌가 하는 생각을 가지는 독자들이 있을 수도 있다. 그런 의미가 아니다. 다른 소재를 가지고 전자책을 별도로 출간한다는 소리다. 종이책에서 다루기에는 분량이 부족하거나 정보성 내용, 종이책의 라이트 버전에 해당하는 것은 전자책으로 출간한다. 『30분 민간자격 등록 고수되기』, 『30분 트랜스노 고수되기』 등 30분 시리즈와 『100% 합격, ITQ 파워포인트』, 『100% 합격, ITQ 한글 엑셀』, 『100% 합격, ITQ 아래 한글』 등 100% 합격 시리즈가 대표적이다. 그 외 『90일 책 쓰기 프로젝트』 등 다수의 라이트 버전이 있다. 전자책 출판 플랫폼은 크몽과 유페이퍼 두 곳을 사용하고 크몽은 판매, 유페이퍼는 유통을 담당하고 있다. 아무리 못해도 하루에 치킨 한 마리 값은 벌 수 있다. 주저하지 말고 도전하자. 전자책은 많이 쓰면 쓸수록 좋다. 경험과 노하우가 풍부하다면 노하우집을 출간해도 좋고 Q&A 형식의 전자책을 출간하는 것도 방법이다. 또한 가지고 있는 정보들이 많다면 리스트 형식의 전자책을 출간해도 된다.

〈전자책 판매 플랫폼〉

- 크몽(www.kmong.com) : 당신의 비즈니스를 도와드립니다, 대 카테고리 12개의 종합형 재능거래 플랫폼, 디자인/IT·프로그래밍/영상·사진·음향/마케팅/번역·통역문서·글쓰기/비즈니스/컨설팅/취업·투잡/운세·상담/레슨·실무교육/주문제작/전자책, 수수료 20%
- 재능넷(www.jaenung.net) : 재능거래 오픈마켓, 대 카테고리 7개의 종합형 재능거래 플랫폼, 디자인/번역·외국어/문서작성/음악·영상/프로그램개발/마케팅·비즈니스/생활서비스, 수수료 15%
- 오투잡(www.otwojob.com) : 타임워크! 재능을 시간 단위로도 팔 수 있어요, 대 카테고리 5개의 IT 서비스형 재능거래 플랫폼. 디자이너/IT·개발자/기획·문서/영상·음악/회계·인사, 수수료 15%
- 숨은 고수(www.soomgo.com) : 딱 맞는 고수를 소개해드려요, 대 카테고리 8개의 생활, IT 서비스 재능거래 플랫폼, 레슨/홈·리빙/이벤트/비즈니스/디자인·개발/건강·미용/알바/기타, 수수료 0%(견적, 채팅 - 몇백 원 ~ 몇천 원)
- 라우드소싱(www.loud.kr) : 콘텐츠 디자이너 포트폴리오 마켓, 대 카테고리 8개 디자인 전문 콘테스트형 플랫폼, 로고/패키지/제품/웹·앱/네이밍·아이디어/캐릭터/편집/그래픽, 수수료 20%
- 재능아지트(www.skillagit.com) : 재능이 아트다, 대 카테고리 10개의 종합형 재능거래 플랫폼, 디자인·그래픽/바이럴·마케팅·

광고/문서·서식·레포트/컴퓨터·개발/음악·영상/생활·대행·상담/노하우·여행/비즈니스·창업·사업/번역·외국어/선물·핸드메이드·DIY, 수수료 4%~20%

- 도깨비(www.dokkaebee.co.kr) : 내게 필요한 전문가, 대 카테고리 10개의 종합형 재능거래 플랫폼, 디자인/IT·프로그래밍/마케팅/콘텐츠제작/번역·통역/문서·취업/비즈니스컨설팅/운세·상담/생활·레슨/핸드메이드, 수수료 5%~20%
- 탈잉(www.taling.me) : 세상의 모든 재능을 수업으로 만나보세요, 대 카테고리 9개의 종합형 재능거래 플랫폼, 인기/외국어/액티비티/취미·공예/디자인·영상/뷰티·헬스/라이프/머니/커리어, 수수료 20%(원데이 클래스, 다회차의 경우 첫 수업료가 수수료)
- 이랜서(www.elancer.co.kr) : 프리랜서 프로젝트, 대 카테고리 5개의 IT 프로그램 재능거래 플랫폼, 개발/퍼블리싱/디자인/기획/기타, 수수료 12%
- 위시캣(www.wishket.com) : 가능성을 가치로, 대 카테고리 9개의 앱 웹 IT 재능거래 플랫폼, 애플리케이션/웹/일반 소프트웨어/커머스·쇼핑몰/임베디드/퍼블리싱/제품/인쇄물/기타, 수수료 10%
- 프립(www.frip.co.kr) : No.1 여가 액티비티 플랫폼, 대 카테고리 12개의 종합형 재능거래 플랫폼, 피트니스/아웃도어/공예DIY/스포츠/쿠킹/베이킹/문화예술/자기계발/온라인/뷰티/모임/스토어/여행/티켓, 수수료 20%

4. 획기적인 카피라이팅 - 카피라이팅은 간단히 말해서 독자가 특정 행동을 취하도록 고안된 글이다. 제품을 소개하는 전단이나 소책자, 소개 동영상 대본, 심지어 제품 설명서까지 모두 다 누군가에 의해 작성된 글이다. 작성된 내용이 판매에 직접적인 영향을 주기 때문에 인기 카피라이터의 몸값도 덩달아 올라간다. 카피라이팅은 다른 글쓰기와 비슷하지만 실제로는 하나의 독자적인 영역으로 취급된다. 물론 뛰어난 감각과 창의성의 필요하지만 주목받는 카피라이팅의 보상은 상당하다.

〈인기 있는 카피라이팅〉

- 바디프랜드 : 사랑하니까, 바디프랜드!
- 크리넥스 : 편안하게 착! 미세먼지 끝! 크리넥스 마스크
- 하이모 : 毛든 여자는 아름답다, 毛어 뷰티풀 아이모레이디
- 리스테린 : 이젠, 가글 말고 리스테린 하세요
- 오뚜기 : 컵 피자라 컵나좋군, 떠먹는 컵 피자
- 동서식품 : 황금 같은 아침, 포스트 골든 그래놀라
- 레모나 : 맛있는 비타민 습관
- CJ제일제당 : 설탕 대신 설탕처럼, 단맛 앞에 당당 하라
- 써브웨이 : 가장 나답게 가장 너답게, 써브웨이
- 롯데제과 : 무한 재미 무한 젤리, 젤리셔스
- 배달통 : 진짜 치킨은 배달통에 있습니다. 시켜 먹자! 배달통
- 샘표 : 요리에센스, 연두

- 버거킹 : 한번을 먹어도, 버거킹
- 맥도날드 : 때는 놓쳐도 끼니는 놓치지 마세요
- 롯데리아 : 이천 원의 맛집, 롯데리아 착한 메뉴
- 한돈 : 가족을 아끼니까, 밥상 위의 국가대표 한돈
- 에버 비키니 : 색다르게 빼자, 에버 비키니
- 팔도 : Shall we 비빔?, 팔도 비빔면
- 피자헛 : 부드러운 큐브 스테이크에 육즙이 꽉!
- 피자에땅 : 큐브, 눈꽃 치즈, 그냥 먹으려고? 블루치즈 퐁듀
- 농심 : 세상에 이런 면이, 건면 새우탕
- 일동후디스 : 건강한 커피 라이프, 노블
- 카스 : 2018 러시아 월드컵? 뒤집어버려!
- 맥심 : 맛, 향기, 여운까지 트리플로 진하게, 맥심 T.O.P 트리플
- 하이트진로 : 말도 안 되지만 놀라운 가격! 놀라운 상쾌함!
- 코카콜라 : 오라, 상쾌함의 세계로! 스프라이트
- 남양유업 : 비교할수록 독보적이다.
- 피츠 : 물 타지 않아 끝까지 깔끔하다.
- 립톤 : 맛있는 기분전환, 립톤
- 삿포로 : 삿포로 그대로
- 칭따오 : 이것은 격이 다른 즐거움, 칭따오
- 동서식품 : 세상에서 가장 쿨한 카페, 카누
- 맥심 : 우리가 좋아하는 아이스, 맥심 아이스 커피
- 남양 : 위에는 위쎈, 둘 다 챙긴 건 불가리스 위쎈 뿐!
- 롯데 칠성 : 투명하게 변했다. 레몬1000C+

5. 제휴 마케팅 - 인기 있는 블로그를 만드는 것은 어렵다. 그리고 블로그를 일정 수준 이상으로 확장하고 좋아하는 글쓰기를 하는 것이 아닌 기계적인 글쓰기를 하는 당신을 발견하고 깜짝 놀랄 것이다. 그러나 김칫국부터 마시지는 말자. 서두에 언급했듯 인기 블로그를 만드는 것은 정말 어렵다. 그렇다고 실망하지 말자. 꾸준함은 절대 배신하지 않는다. 자신의 블로그를 탄탄하게 만들어 가면서 다른 틈새시장을 노려보는 것도 효과적인 방법이다. 제휴 마케팅은 블로그에서 자신의 제품을 만드는 것보다 훨씬 더 현명한 방법으로 블로그에서 수익을 창출할 수 있다. 제휴하려는 제품은 이미 시장에서 검증되었고, 누군가가 제품을 생산했고, 고객 피드백을 기반으로 지속적인 개선 작업을 하는 힘든 일들을 다 해 놓았다. 그리고 판매 문의, 구매, 환불 및 제품 지원도 내가 하지 않는다. 나는 홍보라는 숟가락을 얹으면 될 뿐이다. 제품을 판매하는 처지에서는 다양한 홍보 루트가 있으면 좋기 때문에 제휴 마케팅을 마다할 이유가 없다. 다만, 좋은 제품을 찾는 것이 관건이다. 제품이 좋을수록, 찾는 사람이 많을수록 수익과 직결되기 때문이다. 전자책을 써서 판매하는 것 다음으로 글쓰기로 돈을 벌 수 있는 가장 현실적이고 위험이 따르지 않는 방법이다.

〈제휴 마케팅을 시작할 때 주의해야 할 점〉

- 제휴 마케팅에 대해 잘 알고 있다고 생각하는 것은 착각이다. : 무언가를 잘 알고 있다고 생각하면, 새로운 지식을 얻을 기회를

잃어버린다. 끊임없이 변화하는 트렌드에 맞춰 시시각각 변화해가야 한다.

- 제휴 상품 및 서비스에 대한 지식이 없다. : 제품에 대해 알지 못하면서 상품을 홍보한다는 것은 말이 안 된다. 사용해보지도 않는 제품을 어떻게 믿고 사겠는가? 제품을 사용해보고 고민해봐야 진정한 홍보가 가능해진다.
- 제휴 상품의 기능에만 초점을 맞춘다. : 고객들은 제품의 기능에는 관심이 없다. 어떤 이득이 있는지에만 관심이 있다. 기능보다는 고객들이 얻을 수 있는 이득과 혜택에 집중해야 한다.
- 검색 엔진 최적화(SEO)에 신경 쓰지 않는다. : 지금은 검색의 시대다. 검색되지 않는 정보는 쓸모가 없는 정보다. 제품이 아무리 좋아도 내 글이 검색되지 않는다면 수익에 영향을 줄 수 없다.
- 콘텐츠에 관심이 없다. : 홍보에서 중요한 것은 폰트 색깔, 글자 크기, 디자인이 아니다. 양질의 콘텐츠다. 유용하거나 좋은 정보들을 제공하지 못한다면 홍보에 당연히 실패할 수밖에 없다. 대표적인 사례가 광고로 도배하는 것이다. 방문자들을 내보내는 가장 좋은 방법이다. 좋은 것을 주고 또 주어라. 그러면 열매로 돌아올 것이다.
- 분석하지 않는다. : 감나무 밑에서 감이 떨어지기를 기다리며 입을 벌리고 있는 것은 가장 바보 같은 행동이다. 할 수 있는 모든 방법을 동원해야 한다. 제휴 마케팅도 마찬가지다. 글만 올리고 땡이 아니다. 모든 결과와 통계를 분석해야 한다.

지금 당장 책을 써야 하는 이유 2
책을 쓰는 것은 독자에서 저자의 삶으로 변화를 의미한다.

사람들은 다양한 이유에서 책을 읽는다. 재미나 즐거움에서 시작해서 문제의 해결, 삶의 방향이나 목표 설정, 새로운 아이디어의 도출, 위기를 기회로 바꾸는 팁, 새로운 지식의 습득 등 무수히 많은 이유가 있다. 이처럼 책 속에는 사람을 계몽하고, 교육하고, 영감을 주고, 정보를 주고, 즐겁게 하는 요소들이 있다. 이러한 요소들이 독자의 삶을 변화시킨다.

필자도 인생을 바꾸어준 한 권의 책이 있다. 대학생 때 우연히 접한 조신영 작가님의 『성공하는 한국인의 7가지 습관』이다. 이 책은 효율적인 시간 관리에 관심이 있어서 여기저기 기웃거리다 만난 오아시스 같은 책이다. 이 책을 읽기 전까지는 시간 관리나 목표관리만 잘하면 된다고 생각했었고 그렇게 할 수 있는 기술을 배우러 다녔었다. 그러나 새로운 방법을 적용하고 좋은 프로그램을 사용해도 늘 제자리걸음이었는데 이 책을 통해 그동안 소홀히 했던 부분, 미처 생각하지 못한 부분을 깨닫고 실행에 옮기는 순간 일취월장할 수 있었다. 이 책에서 가장 중요한 부분은 주도적 실행 능력과 플러스 사고를 먼저 만드는 것이다. 이것이 만들어지지 않는다면 아무리 좋은 플래너를 쓴다고 해도 비싼 수업료를 내고 좋은 프로그램을 듣는다고 해도 시간 관리나 목표관리는 작심삼일에 그치고 만다. 이후로 주도적 실행 능력과 플러스 사고를 만들기 위해서 끊임

없이 연습했고 그 훈련 덕분에 무엇이든 할 수 있는 지금의 모습을 갖추게 되었다. 한 권의 책이 인생의 전환점이 된다는 것은 이런 의미가 아닐까?

누구나 삶을 바꾼 인생 책에 대한 스토리는 적어도 하나는 가지고 있을 것이다. 어떤 책이 나의 인생을 바꾸었는가? 책을 통해 바뀐 인생 이야기를 들려주자. 그 글이 다른 사람의 삶을 바꾸는 한 줄기 빛이 되어줄지 누가 알겠는가? 책을 통해 나의 인생이 바뀐다면 다른 사람의 인생도 충분히 바뀔 수 있다. 좋은 책은 누구에게나 좋은 영향을 줄 수 있기 때문이다. 책을 읽고 변화된 삶을 에세이로 적어보는 것도 좋고 인생을 바꾼 책들을 목록으로 정리해서 요약집을 만드는 것도 좋은 방법이다. 또는 알고 싶고 공부하고 싶은 분야를 선정해서 깊이 파고 들어가는 방법도 좋다.

한 분야를 깊이 파고 들어가고 싶다면 키워드 리딩을 추천한다. 필자가 업(業)을 만들어 가는 방법이기도 하다. 책 쓰기 지도사를 예로 들어보자. 처음에는 책 쓰기 관련 도서를 15~20권 정도 선정해서 본다. 한 분야의 책을 20~30권 정도 정독하면 대략적인 개념을 잡을 수 있다. 개념을 이해하면 그 순간부터 비약적인 성장을 이룰 수 있다. 그다음 효과적인 방법은 실무에 관련된 교육을 듣는 것이다. 개념을 정리하고 실무에 관련된 교육을 들으면 이론과 실제가 하나로 합쳐서 강력한 틀이 된다. 이때 관련된 책을 100권으로 확장해서 보자. 그러면 그 분야가 자신의 업(業)이 된다. 필자가 책 쓰기, 하브루타, 심리상담, 1인 지식 창업, 자기 주도, 인성, 코딩 및 프로그래밍 등 다양한 분야에서 활동할 수 있는 비결이 여기에 있다. 처음에는 독자였지만 한 분야를 깊이 파고 들어가 이제는 독자적인 영역을 구축하는 단계가 되었고 그것을 다시 책으로 출간하고 있다. 독자의 삶에서 저자의 삶의 변화하는 가장 궁극적인 모습이라 할 수 있다.

〈필자의 인생을 바꾼 씨앗 도서〉

- 성공하는 한국인의 7가지 습관, 조신영, 한스미디어
- 중심, 조신영, 비전과 리더십
- 내 영혼을 담은 인생의 사계절, 짐 론, 더블유북
- 드림 리스트, 짐론, 프롬북스
- 성과를 지배하는 바인더의 힘, 강규형, 스타리치북스
- 독서 천재가 된 홍팀장, 강규형, 다산라이프
- 사람은 무엇으로 성장하는가, 존 맥스웰, 비즈니스북스
- 어떻게 배울 것인가, 존 맥스웰, 비즈니스북스
- 세상을 바꾸는 비밀의 열쇠, 존 맥스웰, 청송재
- 조인트 사고, 사토 후미야키, 생각지도
- 비상식적 성공법칙, 간다 마사노리, 생각지도
- 돈과 영어의 비상식적인 관계, 간다 마사노리, 스튜디오본프리
- 전뇌 사고, 간다 마사노리, 랜덤하우스코리아
- 화젯거리를 만들어라, 간다 마사노리, 평림

- 목표, 그 성취의 기술, 브라이언 트레이시, 김영사
- 잠들어 있는 시간을 깨워라, 브라이언 트레이시, 황금부엉이
- 그냥 닥치고 하라, 브라이언 트레이시, 나무
- 성공의 지도, 브라이언 트레이시, 갤리온
- 나폴레온 힐 성공의 법칙, 나폴레온 힐, 중앙경제평론사
- 나홀로 비즈니스, 사토 덴, 이서원
- 부의 추월차선, 엠제이 드마코, 토트
- 언스크립티드 부의 추월차선 완결판, 엠제이 드마코, 토트
- 돈의 속성, 김승호, 스노우폭스북스
- 생각의 비밀, 김승호, 황금사자
- 김밥 파는 CEO, 김승호, 황금사자
- 실행이 답이다, 이민규, 더난출판사
- 탤런트 코드, 대니얼 코일, 웅진지식하우스
- 나는 한 번 읽은 책을 절대 잊어버리지 않는다, 가바사와 시온, 나라원
- 아웃풋 트레이닝, 가바사와 시온, 토마토출판사
- 외우지 않는 기억술, 가바사와 시온, 라의눈
- 소소하지만 확실한 공부법, 가바사와 시온, 매일경제신문사
- 돌파력, 라이언 홀리데이, 심플라이프
- 스틸니스, 라이언 홀리데이, 흐름출판
- 하프타임 1~4, 밥 버포드, 국제제자훈련원
- 칭찬은 고래도 춤추게 한다, 켄 블랜차드, 21세기 북스
- 춤추는 고래의 실천, 켄 플랜차드, 청림출판

- 청소력, 마스다 미츠히로, 나무한그루
- 실전, 청소력, 마스다 미츠히로, 나무한그루
- 백만장자 메신저, 브렌든 버처드, 리더스북
- 식스 해빗, 브렌든 버처드, 웅진지식하우스
- 최고의 변화는 어디서 시작되는가, 벤저민 하디, 비즈니스북스
- 타이탄의 도구들, 팀 페리스, 토네이도
- 지금 하지 않으면 언제 하겠는가, 팀 페리스, 토네이도
- 리부트, 김미경, 웅진지식하우스
- 김미경의 드림 온, 김미경, 쌤앤파커스
- 아트 스피치, 김미경, 21세기북스
- 습관의 재발견, 스티븐 기즈, 비즈니스북스
- 아주 작은 습관의 힘, 제임스 클리어, 비즈니스 북스
- 1인 창업을 위한 책 쓰기 교과서, 백건필, 북작
- 1년에 500권 마법의 책 읽기, 소노 요시히로, 물병자리
- 잠재의식의 힘, 조셉 머피, 미래지식
- 황금률, 조셉 머피, 나라원
- 커피 한 잔의 명상으로 10억을 번 사람들, 오시마준이치, 나라원
- 핑크 펭귄, 빌 비숍, 스노우폭스북스
- 관계 우선의 법칙, 빌 비숍, 애플씨드북스
- 린치핀, 세스 고딘, 라이스메이커
- 더 딥, 세스 고딘, 재인
- 트라이브즈, 세스 고딘, 시목
- 아웃라이어, 말콤 글래드 웰, 김영사

- 인라이어, 헬렌 정, 램덤하우스코리아
- 멘탈의 연금술, 보도 섀퍼, 토네이도
- 이기는 습관, 보도 섀퍼, 토네이도
- 피터 드러커의 자기경영노트, 피터 드러커, 한국경제신문
- 피터 드러커의 최고의 질문, 피터 드러커, 다산북스
- 프로 페셔널의 조건, 피터 드러커, 청림출판
- 지식근로자, 피터 드러커, 한국경제신문
- 성과를 향한 도전, 피터 드러커, 석세스티브이
- 구본형의 마지막 수업, 구본형, 생각정원
- 구본형의 The Boss, 구본형, 살림Biz
- 그대 스스로를 고용하라. 구본형, 김영사
- 익숙한 것과의 결별, 구본형, 을유문화사
- 나는 이렇게 될 것이다, 구본형, 김영사
- 사람에게서 구하라, 구본형, 을유문화사
- 88연승의 비밀, 존 우든, 클라우드나인
- 부의 바이블, 랍비 다니엘 라핀, 북스넛
- 왜 일하는가, 이나모리 가즈오, 다산북스
- 아메바 경영, 이나모리 가즈오, 한국경제신문
- 일심 선언, 이나모리 가즈오, 한국경제신문
- 죽음의 수용소에서, 빅터 프랭클, 청아출판사
- 정상에서 만납시다, 지그 지글러, 산수야
- 탑 퍼포먼스, 지그 지글러, 산수야
- 클로징, 지그 지글러, 산수야

지금 당장 책을 써야 하는 이유 3
책을 쓰는 것은 가장 확실한 명함이 된다.

고인이 되신 구본형 선생님은 일찌감치 그의 저서 『그대, 스스로를 고용하라』에서 직장인의 죽음을 예고했다. 2001년에 출간된 책이니 벌써 20년도 전이다. 20년 전부터 미래를 예측하고 준비했다면 지금의 혼란스러움은 가벼이 피해 갈 수 있지 않았을까? 코로나가 시작되고 어느덧 3년째로 접어들었다. 처음에는 무서워서 집 밖에도 나가지 못하고 매일 발표되는 뉴스에 촉각을 곤두세우며 시간을 보냈지만, 사람은 적응력이 굉장히 뛰어난 동물이라 여러 가지 일들을 거치면서 길었던 코로나도 조금씩 끝을 향해가고 있다. 아직 끝이라고 하기에는 이른 감이 있지만 엔데믹 또는 위드 코로나를 준비해야 하는 시점이 성큼 다가온 것이다. 코로나의 시작이 우리를 혼란으로 내몰았다면 포스트 코로나가 다시 한번 우리를 혼란으로 내몰려고 하고 있다. 우리는 무엇을 또 준비해야 하는가?

필자는 상담과 컨설팅 그리고 강의가 주업이다. 코로나 전에는 전국을 돌아다니며 다양한 일을 했다. 하루하루 행복한 비명을 지르며 성장 가도를 달리고 있었지만, 마른하늘에 날벼락이라고 코로나가 모든 것을 순식간에 바꾸어 놓았다. 바인더를 꽉꽉 채웠던 스케줄이 모두 중지되었고 강의 수입 '0원'이라는 생각하기도 싫었던 일이 현실이 되었다. 사람을 모으는 것은 둘째치고 대면을 할 수 없으니 아무것도 할 수 있는 게 없었다. 말 그대로 절체절명의 순간을 맞이했다. 그러나 하늘이 무너져도 솟아날 구멍이 있다고 하지 않았던가? 주변에서 발 빠르게 플랫폼을 전환하는 사람들이 눈에 띄기 시작했다. Off-Line에만 익숙해져 있던 터라 On-Line은 생소한 방식이었지만 이것저것 잴 상황이 아니었다. 예전만 못하겠지만 강의라도 지속했으면 좋겠다는 심정으로 On-Line 시장으로 뛰어들었다(지금은 웃으면서 아무렇지 않게 이야기할 수 있지만, 그때 그런 결단을 내리지 못했다면 지금 상황은 더 악화 되었을 것은 불을 보듯 뻔하다). 그러나 탄탄하게 구축되었던 Off-Line 시장과는 다르게 On-Line 시장은 모든 것이 처음부터 다시 시작이었다. Off-Line 수업은 미리 짜여진 일정에 맞추어 강의만 하면 되었지만, On-Line 수업은 강의를 개설하고 홍보하는 모든 것들이 강사 몫이었다. 강의는 전문 분야고 제일 잘하는 부분이니 어떻게든 할 수 있었지만, 홍보와 마케팅은 정말 젬병이었다.

다양한 방법을 시도하던 차에 '이왕 이렇게 된 일. 조급하지 말고 미루어 놓았던 책이나 쓰자'라는 마음이 들었다. Off-Line 수업은 여기저기 다녀야 하기에 시간에 제약이 많았지만, On-Line 수업은 시간적인 면에서는 훨씬 자유로웠다. 남는 시간을 모두 독서와 집필에 쏟아부었다. 2020년을 기점으로 첫 책이 출판되었고 21년에는 무려 10권 가까이 책을 썼다. 그러자 엄청난 일들이 벌어지기 시작했다. 운이 좋은 사람은 자다가도 떡이 생긴다고 하지 않았던가? 홍보와 마케팅이 저절로 되기 시작했다. 책 한 권의 힘이 이렇게 대단할 줄이야. 코로나 이전처럼 전국에서 문의가 들어오고 여기저기서 강연 요청이 들어오기 시작했다. 책은 확실한 명함이 되어주었다. 누군가의 손에 전해 주지 않아도 확실하게 나를 전할 수 있는….

앞에서 이야기한 구본형 선생님의『그대, 스스로를 고용하라』에서는 평생직장의 개념이 사라지고 있다고 했다. 평생직장은 하나의 명함이면 족하다. 그러나 지금은 부가 캐릭터의 시대, N 잡러의 전성시대라고 불릴 만큼 다양한 업(業)을 병행해서 하는 시대이다. 그렇다고 지금 하는 모든 일을 종이 명함 하나에 다 집어넣을 수는 없지 않은가? 더 명함을 보지 않는 것도 문제지만, 명함에 있는 문구 하나로는 나를 설명하기가 쉽지 않은 세상이 되어버렸다. 가장 확실한 방법은 책을 쓰는 것이다. 책을 명함으로 대신하자. 한 줄의 글보다는 훨씬 더 확실한 방법이다.

이제 더는 열심히 근면 성실하게 일하면 승진의 사다리를 타고 중역의 자리에 오르거나 매년 때가 되면 봉급이 균등하게 오르는 시대는 끝났다. 자신의 부하였던 사람이 동료가 되고, 동료가 상관이 되는 것이 이례적인 일도 이제는 아니다. 직장인의 개념이 양복에 넥타이를 매고 아침 일찍 출근하고 저녁에 퇴근하는 것이 유일한 근무 형태도 아닌 세상이다. 시대는 변했다. 이러한 세상에서 나만의 확실한 정체성을 세우는 가장 좋은 방법이 책 쓰기다. 지금까지 변하지 않는 것 중 하나는 '책을 출간한 작가는 그 책이 어떤 책이든 간에 전문가로서 대접받는다.'이다. 이보다 더 확실한 홍보가 어디 있고 마케팅이 어디 있겠는가? 다시 한번 말하지만, 책은 가장 확실한 명함이다. 나를 알릴 수 있는 가장 좋은 방법이다. 꼭 베스트 셀러가 아니어도 상관없다. 책을 한 권 쓴다는 것은 그만큼 가치가 있는 것이다.

〈필자의 또 다른 명함〉

- 독서로 함께 성장하는 삶, 부크크
- 도형을 알면 사람이 보인다, 부크크
- 배워서 바로 써먹는 ITQ 아래 한글, 부크크
- 배워서 바로 써먹는 ITQ 한글 엑셀, 부크크
- 배워서 바로 써먹는 ITQ 파워포인트, 부크크
- 한 권으로 끝내는 ITQ 엑셀 파워포인트 한글, 부크크
- 100% 합격 ITQ 아래 한글, 한국위너스리더쉽센터
- 100% 합격 ITQ 한글 엑셀, 한국위너스리더쉽센터
- 100% 합격 ITQ 파워포인트, 한국위너스리더쉽센터
- 100% 합격 ITQ 아래한글, 한국위너스리더쉽센터
- 줌 200% 활용하기, 한국위너스리더쉽센터
- 30분 트랜스노 고수되기, 한국위너스리더쉽센터
- 30분 민간자격등록 고수되기, 한국위너스리더쉽센터
- 90일 책 쓰기 프로젝트, 한국위너스리더쉽센터
- 나비를 꿈꾸는 메신저, 부크크
- 소심하지만 글도 쓰고 할 거 다 합니다, 부크크

지금 당장 책을 써야 하는 이유 4

책을 쓰는 것은 전문가가 되는 가장 빠른 지름길이다.

필자가 독서 모임이나 책 쓰기 수업에서 강조하는 것이 하나 있다. 일주일에 책 한 권 읽기다. 일주일에 한 권이라고 하면 벌써 '어떻게?'라는 생각이 머릿속을 스치고 지나갈 수도 있다. 물론 독서 고수들에게는 해당 안 되는 말이다. 어디까지나 입문자에게 추천하는 독서의 방법이다. 책 한 권은 보통 250~300페이지 정도이다. 이것을 일주일에 나누어서 읽는 방법이다. 책 한 권 전체를 생각하면 두껍게 느껴지지만, 그것을 쪼개어 '하루에 40~50페이지 정도 읽어야지'하고 생각한다면 가벼운 마음으로 읽을 수 있다. 물론 이것도 '쉽지 않아'라고 하는 사람도 있다. 40~50페이지를 몰아서 읽으라는 소리도 아니다. 아침에 10페이지, 점심 먹고 20페이지, 저녁에 10페이지, 잠자리에 들기 전에 10페이지를 읽는다면 충분히 읽을 수 있다. 즉, 책을 가지고 다니면서 틈틈이 읽으라는 소리다. 이렇게 하는 것이 습관이 되면 책 읽는 속도는 점점 빨라지고 책의 내용을 파악하는 것 역시 빨라지게 된다. 그러면 일주일에 2권도 읽을 수 있고 3권도 거뜬히 읽을 수 있다. 점점 가속도가 붙고 습관화된다는 말이다. 이것이 독서 습관을 만드는 가장 좋은 방법이다. 일주일에 한 권이면 1년이면 48권이다. 빌 게이츠도 1년에 50권을 읽는다고 했다. 일주일에 한 권이면 빌 게이츠 흉내라도 낼 수 있다는 소리다. 작은 반복의 힘을 무시하지 말자.

하루에 15분 독서하는 습관을 들인다고 생각해 보자. 하루에 15분이면 1년이면 약 90시간이다. 필자의 경우 책 한 권을 읽는 데 걸리는 시간은 2시간 남짓이다. 그렇다면 1년에 45권을 읽을 수 있다는 결론이 나온다. 2년이면 90권, 3년이면 135권이다. 한 분야의 책을 135권을 읽었다면 그 분야의 전문가나 다름없다. 우리가 졸업 논문을 쓸 때 보통 100~150권 정도 책을 읽고 쓰지 않는가? 그 정도 분량의 책이면 대학 학위를 받는 것과 같고 논문 한 편을 쓰는 것과 같다. 조금 더 읽어 5년을 읽는다고 생각해 보자. 5년이면 225권이다. 가히 국내 최고라 하지 않겠는가? 10년을 읽으면 450권이다. 10년이면 1만 시간의 법칙이 적용된다. 세계 최고의 전문가라고 해도 손색이 없다. 이처럼 하루 15분씩 꾸준히 책을 읽어나간다면 10년이면 세계 최고가 될 수 있다. 여기에서 시간을 조금 늘려 30분을 투자한다면? 전문가가 되는 시간이 훨씬 단축된다는 것은 일일이 설명하지 않더라도 이해가 될 것이다. 간단하게 수치로만 이야기하면 하루에 30분을 독서에 시간을 할애하면 1년이면 180시간 즉, 90권 독서가 가능하다. 하루에 1시간을 독서에 투자하면 1년이면 360시간이고 180권 독서가 가능하다는 말이다. 그러나 하루에 1시간을 독서에 할애한다는 것은 현대인에게는 어렵다. 습관화되면 시간을 더 할애하는 것이 가능해지지만 처음에는 힘들다. 그래서 하루에 15분 정도 투자하라는 것이다. 15분은 어렵지 않게 낼 수 있는 시간이다. 하루에 15분도 자신을 위해 쓰지 못한다는 것은 자기계발을 안 하겠다는 소리와 같다.

100권을 읽으면 한 권의 책을 쓸 수 있다고 한다. 그렇다고 꼭 100권을 채우라는 소리는 절대 아니다. 책을 쓰려면 엄청나게 책을 많이 읽어야 한다는 것은 반은 맞고 반은 틀린 소리다. 쓰면서 읽어도 되고 몇 권 안 읽고 책을 쓸 수도 있다. 현장과 실무 경험이 풍부한 사람은 다른 책을 참고하지 않고서도 척척 잘 써내는 사람도 있다. 강조하고 싶은 것은 100권을 읽는 것이 절댓값이 아니라는 소리다. 15분씩 꾸준히 읽어 1년에 45권을 읽었다면 그 내용을 중심으로 책을 써보자. 내 실력이 어느 정도 되는지 독서의 성과가 무엇인지 어떻게 판단하겠는가? 책을 써서 검증하는 것이 가장 확실한 방법이다. 부족한 부분이 보이면 더 공부하면 된다. 더 열심히 책을 읽어서 내용을 채우면 된다. 이처럼 한 권의 책을 쓰는 것은 작가를 성장시키고 전문가의 길로 이끄는 지름길이다. 유명한 작가들도 다 갖추어진 상태에서 책을 쓰지 않았다. 쓰면서 유명해지고 전문가가 된 사례들이 훨씬 더 많다. 좋아하는 분야가 있다면, 공부하고 싶은 분야가 있다면, 흥미가 있는 분야가 있다면 책 쓰기를 염두에 두고 지금 당장 시작하라. 책을 쓰면서 성장하고 한 권의 책이 마침표를 찍는 순간 전문가로 거듭나있을 것은 너무나도 당연한 이야기다. 설사 다른 사람이 알아주지 않는다고 해도 우리 가족은, 그리고 나는 알아주지 않겠는가?

독서를 통한 압도적인 In-put이 있으면 책 쓰기의 Out-put은 누워서 떡 먹기보다 쉽다. 독서를 통해 발견한 중요하고 내용을 차곡차곡 모아서 하나의 책으로 출간하자. 다산 정약용 선생님이 500권을 쓰신 비결이다. 책을 읽고 중요한 내용을 필사해서 베끼고 모아서 독자적인 책으로 완성하신 것이다. 처음 시작은 모방이다. 정약용 선생님을 따라 하면 누구나 작가가 될 수 있다.

〈필자의 업(業)을 만드는 데 기초가 된 도서들〉

1. 하브루타

- 질문하고 대화하는 하브루타 독서법, 양동일, 예문
- 하브루타 부모수업, 김혜경, 경향BP
- 하브루타 질문 독서법, 김혜경, 경향BP
- 하브루타 질문 놀이터, 권문정, 경향BP
- 하브루타 질문 놀이 수업, 이진숙, 경향BP
- 하브루타 네 질문이 뭐니, 하브루타문화협회, 경향BP
- 부모라면 유대인처럼, 전성수, 위즈덤하우스
- 초등 6년 공부, 하브루타로 완성하라, 전병규, 21세기북스
- 애들아, 하브루타로 수업하자, 이성일, 맘에드림
- 하브루타 4단계 공부법, 이성일, 경향BP
- 어린이를 위한 독서 하브루타, 황순희, 팜파스
- 생각의 근육 하브루타, 김금선, 매일경제신문사
- 하브루타로 크는 아이들, 김금선, 매일경제신문사
- 하브루타 수업디자인, 김보연, 맘에드림
- 최고의 공부법, 전성수, 경향BP
- 하브루타란 무엇인가, 엘리 홀저, D6코리아교육연구원

- 자녀교육 혁명 하브루타, 전성수, 두란노
- 아이주도 그림책 하브루타, 채명희, 경향BP
- 진북 하브루타 독서토론, 서상훈, 지상사
- 질문하는 공부법 하브루타, 전성수, 라이온북스
- 복수당하는 부모들, 전성수, 베다니출판사
- 탈무드 하브루타, 랍비 아론 패리, 한국경제신문

2. 독서법
- 1등의 독서법, 이혜성, 미다스북스
- 1시간에 1권 퀀텀 독서법, 김병완, 청림출판
- 메모 독서법, 신정철, 위즈덤하우스
- 48분 기적의 독서법, 김병완, 미다스북스
- 세계 최고의 인재들은 어떻게 읽는가, 아카바 유지, 마이스톤
- 본깨적, 박상배, 위즈덤하우스
- 1만권 독서법, 인나미 아쓰시, 위드덤하우스
- 1천권 독서법, 전안나, 다산4.0
- 초서 독서법, 김병완, 청림출판
- 독서 천재가 된 홍팀장, 강규형, 다산라이프
- 세상에 읽지 못할 책은 없다, 사이토 다카시, 21세기북스
- 하버드 비즈니스 독서법, 하토야먀 레히토, 가나출판사
- 나는 한 번 읽은 책은 절대 잊어버리지, 가바사와 시온, 나라원
- 일독 일행 독서법, 유근용, 북로그컴퍼니
- 책 뜯기 공부법, 자오저우, 다산북스

- 독서로 세상을 다 가져라, 김시현, 서래Books
- 생각을 넓혀주는 독서법, 모티어 애들러, 멘토
- 업무 스킬을 키우는 독서법, 고미야 가즈요시, 비전비엔피
- 책 열 권을 동시에 읽어라, 나루케 마코토, 뜨인돌
- 나는 이기적으로 읽기로 했다, 박노성, 일상이상
- 그들은 책 어디에 밑줄을 긋는가, 도이 에이지, 비즈니스 북스

3. 자기경영
- 피터 드러커 자기경영 노트, 피터 드러커, 한국경제신문
- 성과를 지배하는 바인더의 힘, 강규형, 스타리치북스
- 공병호의 자기경영 노트, 공병호, 21세기북스
- 경영의 미래, 게리 해멀, 세종
- 자기경영 노트, 김승호, 황금사자
- 자기경영의 법칙, 존 맥스웰, 요단출판사
- 초고속 성장의 조건 PDCA, 미키 다케노부, 청림출판
- 춤추는 고래의 실천, 켄 블랜차드, 청림출판
- 성과를 향한 도전, 피터 드러커, 간디서원
- 1분 경영 수업, 켄 블랜차드, 랜덤하우스코리아
- 비전으로 가슴을 뛰게 하라, 켄 블랜차드, 21세기북스
- 사람은 무엇으로 성장하는가, 존 맥스웰, 비즈니스북스
- 다윗과 골리앗, 말콤 글래드웰, 김영사
- 아웃라이어, 말콤 글래드웰, 김영사
- 탤런트 코드, 대니얼 코일, 웅진지식하우스

- 1만 시간의 재발견, 안데르스 에릭슨, 비즈니스북스
- 그릿, 앤절라 더크워스, 비즈니스북스
- 습관의 재발견, 스티븐 기즈, 비즈니스북스
- 아주 작은 반복의 힘, 로버트 마우어, 스몰빅라이프
- 아주 작은 습관의 힘, 제임스 클리어, 비즈니스북스
- 식스 해빗, 브랜든 버처드, 웅진지식하우스
- 스몰 빅, 제프 헤이든, 리더스북
- 하프타임 1~4, 밥 버포드, 국제제자훈련원
- 생각의 속도로 실행하라, 제프리 페퍼, 지식노마드

4. 심리상담

- 에니어그램의 지혜, 돈 리차드 리소, 한문화
- 나를 찾는 상대를 아는 에니어그램, 레니 바론, 연경문화사
- 에니어그램의 역적인 지혜, 산드라 마이트리, 한문화
- 에니어그램 성격유형, 돈 리차드 리소, 학지사
- 에니어그램 사회, 나란조, 한국에니어그램교육연구소
- 에니어그램 리더십, 비어트리스 체스넛, 한국에니어그램협회
- 에니어그램으로 보는 성서 인물 이야기, 김영운, 삼인
- 에니어그램 성격, 스즈키 히데코, 한국에니어그램교육연구소
- 성령과 기질, 팀 라헤이에, 생명의 말씀사
- 기질을 알면 자녀가 보인다, 데이빗 스툽, 미션월드라이브러리
- 기질을 알면 남자가 보인다, 팀 라헤이에, 가이드포스트
- 사람을 읽는 힘 DISC, 메린 로젠버그, 베가북스

- 사람들은 왜 나를 오해할까, 켄 보그스, 디모데
- DISC 행동 유형으로 배우는 리더십, 켄 보그스, 디모데
- 4가지 성격 DISC와 만나다, 김진태, brainLEO
- 관계, 홍광수, 아시아코치센터
- 나를 찾아 떠나는 심층 여행, 홍광수, 엔씨디
- 나에게 꼭 맞는 직업을 찾는 책, 폴 티저, 민음인
- 성격을 읽는 법, 폴 티저, 더난출판사
- 성격의 재발견, 이사벨 브릭스 마이어스, 부글북스
- 미라클 색채 도형 심리, 오미라, 높은오름
- 도형심리로 나를 읽는 기술, 오미라, 높은오름
- 도형심리로 통하는 관계심리학, 오미라, 높은오름
- 행복 수업, 최성애, 해냄
- 회복탄력성, 최성애, 해냄
- 청소년 감정코칭, 최성애, 해냄
- 부부 사이에도 리모델링이 필요하다, 최성애, 해냄
- 부부를 위한 사랑의 기술, 존 가트맨, 해냄
- 내아이를 위한 감정코칭, 최성애, 해냄
- 정서적 흙수저와 정서적 금수저, 최성애, 해냄
- 나를 만드는 습관된 감정, 유호정, 밥북

5. 시간관리

- 성공하는 사람들의 시간관리 습관, 유성은, 중앙경제출판사
- 성공한 사람들의 시간관리, 한국인재경영연구회, 경영자료사

- 시간관리 스킬, 고도 토키오, 타커스
- 하버드 첫 강의 시간관리 수업, 쉬센장, 리드리드출판
- 7일 168시간, 젠 예거, 스노우폭스북스
- 442 시간 법칙, 하태호, 중앙경제평론사
- 아침 5시의 기적, 제프 샌덧, 비즈니스북스
- 스탠퍼드 새벽 5시반, 이나흔, 슬로디미디어
- 미라클 모닝, 할 엘로드, 한빛비즈
- 미라클 모닝, 밀리어네어, 할 엘로드, 한빛비즈
- 시간관리 자아실현, 유성은, 중앙경제평론사
- 성공하는 한국인의 7가지 습관, 조신영, 한스미디어
- 타임블럭, 켄트 김, 물맷돌
- 메이크 타임, 제이크 냅, 김영사
- 시간관리 7가지 법칙, 짐 론, 백만문화사
- 10가지 자연법칙, 하이럼 스미스, 김영사
- 1일 30분, 후루이치 유키오, 북아지트
- 시간관리 혁명, 사이토 다카시, 예인
- 혼자 있는 시간의 힘, 사이토 다카시, 위즈덤 하우스
- 신의 시간술, 카바사와 시온, 리더스북
- 야근은 하기 싫은데, 가바사와 시온, 북클라우드
- Gmail 업무기술, 가바사와 시온, 한빛미디어

6. 1인지식 창업

- 나홀로 비즈니스, 사토 덴, 이서원

- 비상식적 성공 법칙, 간다마사노리, 생각지도
- 입소문 전염병, 간다마사노리, 한국경제신문
- 화젯거리를 만들어라, 간다마사노리, 평림
- 돈이 되는 말의 법칙, 간다마사노리, 살림
- 전뇌사고, 간다마사노리, 위즈덤하우스
- 조인트 사고, 사토 후미아키, 생각지도
- 그대 스스로를 고용하라, 구본형, 김영사
- 구본형의 The boss, 구본형, 살림biz
- 익숙한 것과의 결별, 구본형, 을유문화사
- 구본형의 필살기, 구본형, 다산북스
- 나는 이렇게 될 것이다, 구본형, 김영사
- 핑크 펭귄, 빌 비숍, 스노우폭스북스
- 관계 우선의 법칙, 빌 비숍, 경영정신
- 10배의 법칙, 그랜트 카돈, 부키
- 제로 창업, 요시에 마사로, 이노다임북스
- 지식 경영법, 정민, 김영사
- 아이디어만으로 돈을 번다. 최규철, 비전코리아
- 액시엄, 빌 하이벨스, IVP
- 게으르지만 콘텐츠로 돈은 잘 법니다, 신태순, 나비의활주로
- 카페베네 1등 성공 신화, 이상훈, 머니플러스
- 내 운명은 고객이 결정한다, 박종윤, 쏭북스
- 21세기 지식경영, 피터드러커, 한국경제신문
- 작은 가게 성공 매뉴얼, 조성민, 라온북

지금 당장 책을 써야 하는 이유 5
책을 쓰는 것은 단시간에 경력을 만들 수 있다.

세상에는 많은 직업이 있다. 각각의 분야에서 성공한 사람들을 유심히 살펴보면 단시간에 그 자리에 올라선 사람은 거의 없다. 1만 시간의 법칙에 의하면 어떤 분야의 전문가가 되기 위해서는 최소 1만 시간의 훈련이 필요하다고 한다. 매일 3시간씩 훈련한다고 치면 10년이라는 시간이 필요하다는 소리다. 하루 6시간씩 훈련한다고 해도 최소 5년이 걸리고 여기에는 '꾸준히'라는 조건이 붙어있다. 이것이 정상에 도달하는 사람이 희박한 이유다. 이는 말콤 글래드웰의 『아웃라이어』, 안데르스 에릭슨의 『1만 시간의 재발견』, 대니얼 코일의 『탤런트 코드』 등의 책을 읽어보면 쉽게 이해할 수 있다. 오죽했으면 앤절라 더크워스는 『그릿』이라는 책에서 끈기를 IQ, 재능, 환경을 뛰어넘는 힘이라고 했을까?

필자도 프로그래밍에 관심이 있어서 애플리케이션 개발에 뛰어든 적이 있다. 전공 분야가 아니어서 미뤄두고 있다가 우연한 계기로 다시 접하게 되어서 여기저기 정보를 검색해보니 6개월 완성, 8개월 완성 등 단기간에 과정을 이수하고 고소득을 보장하는 광고가 넘쳐났다. 그러나 막상 과정에 들어가 보니 비전공자는 따라가기도 힘들뿐더러 과정을 모두 이수했다고 해도 실무에 바로 뛰어들기는 사실상 불가능했다. 어느 정도 지식을 쌓거나 감은 잡을 수 있었지만, 독자적인 프로젝트를 진행하기에는 턱없이 부족한 경험치였다.

이후 10여 년의 시간이 흘렀으니 1만 시간의 법칙을 그때도 깊이 있게 깨달았다면 한눈팔지 않고 꾸준히 프로그래밍에 시간을 들일 수 있었고 지금쯤 어느 정도 인정받는 프로그래머가 되었을지도 모른다. 그러나 그때는 당장 눈앞의 이익이 시급했던 터라 지속 가능한 동기가 부족했다. 물론 다른 쪽으로 빠르게 전향해서 지금의 모습과 위치를 만들 수 있어서 다행이지만 늘 아쉬운 마음이 있다. 이처럼 한 분야에서 전문성을 갖추기에는 시간과 노력이 필요하다. 그래서 많은 사람이 임계점을 넘지 못하고 중도에서 포기한다.

그러나 비상식적으로 이 기간을 줄이는 방법이 있다. 바로 책을 쓰는 것이다. 책을 쓰는 것보다 경력(커리어)을 쌓는 더 좋은 방법은 없다. 필자가 앞서 이야기한 키워드 독서를 생각해 보라. 경력을 만들고 싶은 분야의 책을 20권 정도 읽으면 그 분야의 기본 지식은 습득할 수 있다. 그것을 바탕으로 실무에 관련된 교육을 받거나 더 깊이 들어가 100권 이상의 책을 읽는다고 생각해 보자. 아주 단기간에 그 분야의 핵심을 꿰뚫을 수 있다. 이런 과정을 거쳐서 전문성을 갖추어 나간다면 짧은 시간에 많은 업(業)을 만들어 낼 수 있다. 100권의 책을 읽으면 한 권의 책을 쓸 수 있다고 했다. 한 분야의 전문가가 되기 위해서 10년의 세월을 보내는 것보다. 위와 같은 방법으로 시간을 단축하는 것이 더 바람직하지 않겠는가?

몇 년 또는 수십 년을 고생하며 일해도 아무도 알아주지 않는다. 그러나 세상에 내 이름으로 된 책이 출간되면 그 순간 인생은 바뀐다. 아무도 몰라주던 삶에서 주목받는 삶으로 바뀌는 것이다. 책을 쓰게 되면 존경받는 것은 물론이고 다양한 기회를 제공하며 새로운 일자리를 창출해준다. 물론 책을 썼다고 해서 전문가가 되는 것은 아니다. 전문가로서 삶이 시작되는 것이다.

필자도 다양한 전문성을 가지고 있다. 그것을 세상에 알리기에는 많은 시간과 노력이 필요하다. 지금처럼 강연과 유튜브 위주로 꾸준히 세상에 나를 알려 나간다면 10년 이상이 걸릴지도 모른다. 전문성을 가지고 있다고 열심히 떠들어 봐야 직접 접해본 사람들 외에는 알 수 없는 노릇이다. 그러나 책이 한 권 세상에 모습을 드러내는 순간 모든 것이 순식간에 바뀌기 시작한다. 더 많은 강연 요청이 들어오고 더 많은 사람을 만날 기회가 주어진다. 그동안 관심을 가지지 않았던 사람들도 책을 보는 순간 내 전문 분야에 관심을 가지기 시작한다. 많은 사람에게 알려지기 시작하면 만족도를 높이기 위해서 더 열심히 공부하고 연구하게 된다. 그러는 가운데 전문가의 모습을 서서히 갖추어 가는 것이다. 성장의 선순환이라 할 수 있다. 전문가라서 책을 쓰는 것이 아니라 책을 쓰고 난 후부터 전문가의 길을 가게 되는 것이다. 1만 시간의 법칙을 단축해서 더 많은 일을 하고 싶다면 지금 당장 책을 쓰자!

'글을 써본 경험이 얼마나 많은가'와는 상관없이 좋은 책을 쓰기 위한 다양한 아이디어를 떠올리기는 쉽지 않다. 이제 막 시작하는 작가든 새로운 글쓰기를 준비하는 노련한 작가든, 책을 쓰는 것만큼 힘든 작업이 책을 쓰는 데 필요한 좋은 아이디어를 떠올리는 것이다. 그렇다고 너무 미리 걱정부터 하지는 말자. 방법이 없다면 이야기를 꺼내지도 않았을 것이다. 가장 좋은 아이디어는 자신의 내면과 경험에서 나온다. 여기저기 아이디어를 찾아 헤맬 필요가 없다. 자신에게 물어보자. 오늘은 어떤 것으로 글을 쓰지? 오늘 또는 어제 특별한 일을 뭐가 있지? 특별한 일이 아니어도 다른 사람이 공감할 수 있는 소소한 일상은 뭐가 있지? 나만 공유하고 싶은 즐겁고 재미난 이야기는? 아니면 나에게는 아픔이지만 다른 사람에게는 희망이 될 수 있는 이야기는? 학창 시절 이야기는? 군대(대한민국의 많은 남자가 군대를 갔다 오지만 자신이 했던 군 생활이 가장 힘들다고 우기지 않는가?) 이야기는? 나의 이루어지지 않은(이루어진다고 해서 그게 '좋을까'라는 생각이 들기도 하지만) 첫사랑은? 등등 무수히 많은 소재가 있다. 즉, 내 삶 자체가 글쓰기의 소재이고 아이디어인 셈이다. 어떤 작가는 우리가 유년 시절을 보냈다면 적어도 책 한 권은 쓸 수 있다고 했다. 40년을 살았다면 적어도 40개 이상의 에피소드를 가지고 있다고 생각한다. 10년에 한 번 강산이 변한다고 쳐도 4개 이상의 에피소드는 가지고 있다는 말이다. 내가 쓰고 싶어 하는 책의 소재가 될 가능성이 있는 이야기는 무궁무진하다. 아이디어를 찾고 확장하는 방법은 엄청나게 많다. 그러니 걱정하지 말자. 우리에게는 마르지 않는 샘이 있다. 퍼도 퍼도 끊임없이 솟아 나오는 샘이 있는데 무엇을 걱정하겠는가? 다만, '어떻게 퍼낼 것인가'라는 부분이 중요한 것이다.

필자도 처음에는 맨땅에 헤딩하던 시절이 있었다. 이왕 책을 쓸 거면 초대박 아이템을 생각해서 끝내주는 작품을 완성해야지 한방에 인기 작가도 되고 유명한 작가가 되어서 세계적인 강연도 하고 등등 꿈에 부풀어 열심히 아이디어를 쫓아다녔다. 그러나 돌아오는 것은 절망과 허탈감뿐이었다. 그런 대박 나는 아이디어가 하늘에서 갑자기 떨어질 리가 없지 않은가? 그리고 엄청난 아이디어가 있다고 하더라도 나는 헤밍웨이가 아니지 않은가? 내공이 없다면 '빛 좋은 개살구'일 뿐이다. 그렇게 몇 년을 허송세월하고 보내고 나니 슬슬 주변의 눈총이 따가워지기 시작했다. 쓴다는 글은 안 쓰고 '아직 때가 아니야.', '영감이 안 떠오르네.', '지금 트렌드가….' 등의 핑계만 대고 있으니 누가 믿겠는가? 거짓말쟁이 양치기 소년이 따로 없었다. 무수히 많은 우여곡절을 겪은 후에 외부에서 파랑새를 찾는 것을 그만두고 내부로 눈길을 돌렸다. 그 순간 봇물 터지듯 쏟아져 나오는 이야기들에 깜짝 놀랄 수밖에 없었다. '내 안에 이렇게 많은 이야깃거리들이 있었다니!' 그 이후로 고속도로를 달리듯 글쓰기에 속도를 낼 수 있었고 지금은 15권째 책의 출간을 앞두고 있다.

우리는 소설가가 아니다. 우리가 쓰고자 하는 글은 픽션이 아니다. 필자는 소설을 쓰는 작가를 무척이나 존경한다. 무에서 유를 만들어 내는 것처럼 경이로운 사람들이다. 그러한 경지는 현실적으로 우리가 도전할 영역이 아니다(나중이라면 모를까 지금은 절대 아니다). 우리는 철저하게 논픽션을 쓰려고 하는 것이다. 그러니 완결된 책으로 나올 가능성 있는 아이디어나 소재를 외부에서 찾지 말고 개인의 경험이나 내면에 채워진 삶의 목록에서 가져와야 한다. 내가 잘하는 것도 좋고, 못하는 것도 좋다. 내 것이면 된다. 물론 여기에는 간접 경험도 포함되어 있다. 그러니 소재나 아이디어를 특정한 것으로 제한하지 말자.

신규 작가로 활동하는 데 도움이 될만한 제목, 프롬프트, 장르 및 주제를 포함하여 다양한 아이디어를 소개했다. 매일 글쓰기 습관을 들이는 것이 필요하다면 필자가 쓴 『매일 매일 글쓰기를 실천하는 365가지 주제』를 참고하는 것도 좋은 방법이다. 주제가 확실하면 세부 내용으로 들어가기가 쉬워진다. 다양한 주제를 떠올려 보고 가장 자신 있는 내용을 선택해 좋을 글을 써서 많은 사람에게 선향 영향력을 끼칠 수 있기를 기대하며 맺음말을 갈음한다.